本书为国家社科基金重大项目"我国网络文学评价体系的理论与实践研究"结项成果，项目号：16ZDA193

중国文学大家
——中国网络文学批评十家

禹建湘 著

中国社会科学出版社

图书在版编目(CIP)数据

中国网络文学十大批评家/禹建湘著. —北京：中国社会科学出版社，2024.4

（网络文学评价研究丛书）

ISBN 978 - 7 - 5227 - 3196 - 4

Ⅰ.①中⋯　Ⅱ.①禹⋯　Ⅲ.①网络文学—文学评论—中国　Ⅳ.①I207.999

中国国家版本馆 CIP 数据核字（2024）第 048755 号

出 版 人	赵剑英
责任编辑	郭晓鸿
特约编辑	杜若佳
责任校对	师敏革
责任印制	戴　宽

出　　版	中国社会科学出版社
社　　址	北京鼓楼西大街甲 158 号
邮　　编	100720
网　　址	http://www.csspw.cn
发 行 部	010 - 84083685
门 市 部	010 - 84029450
经　　销	新华书店及其他书店
印　　刷	北京明恒达印务有限公司
装　　订	廊坊市广阳区广增装订厂
版　　次	2024 年 4 月第 1 版
印　　次	2024 年 4 月第 1 次印刷
开　　本	710×1000　1/16
印　　张	17.5
插　　页	2
字　　数	253 千字
定　　价	99.00 元

凡购买中国社会科学出版社图书，如有质量问题请与本社营销中心联系调换
电话：010 - 84083683
版权所有　侵权必究

总序　寻找那条"阿里阿尼彩线"

我国网络文学的"横空出世"超乎所有人的预料，也让解读这一现象成为一个"现象级"热门话题——网络文学"长"得太猛，1991年汉语文学才开始"联姻"网络，不经意间便以燎原之势覆盖赛博空间，从写手阵容到作品数量，从受众族群到市场反响，无不姿貌卓荦，让人惊异连连，迅速成为当代文坛的"风信子"和"弄潮儿"。与此同时，网络文学又因起于"山野草根"、不着文学"道南正脉"而言人人殊，臧否无定——"网生一族"视它为"杀时间"的利器和自娱式消费的"精神快餐"，而在"正统"的文学观念中，这些"野路子"文学可以"来快钱"，但能不能称为"文学"似可存疑，或许，它们离真正的文学还"隔着好几条街"！

　　网络文学算不算"文学"，什么样的网络文学才是好的网络文学，这里的"好"与"不好"的标准是什么？是基于传统文学的持论之评，还是源于网络文学自身价值的独立判断……诸如此类的疑点很多，而支撑这些疑问背后的观念逻辑其实是一个批评标准和评价体系问题，这些年我们面对网络文学的许多质疑和争论，往往与之相关。比如，网络作家大多比较年轻，"Z世代"已渐成主力，人生阅历的短暂和生命沉淀的有限性并未阻遏他们迸发出天马行空的想象力，许多高产写手动辄数千万字的创作体量，不仅突破了"捻须"行文的写作方式，也不时颠覆我们对"作家"职业的身份界定。再如，网络类型小说大多形制超长、桥段密集，读起来常常令人欲罢不能却又营养稀薄，其

"废柴逆袭""扮猪吃虎""金手指""玛丽苏"之类的套路叙事，究竟是文化资本在巧设"藏局"还是文学赋魅的艺术探新？抑或网络小说的大众化与可读性是古代通俗文学传统、港台武侠言情小说或西幻故事的网络复兴，还是人类文学在21世纪宿命般的复归"饥者歌其食，劳者歌其事"生命本原，而所谓"纯文学"不过是人类社会分工期的阶段性"异化"？如果此说能够成立，能有文艺美学为其提供充分的理论佐证么？再从文学功能上看，网络文学试图摆脱"经邦治国"或"寓教于乐"的"工具论"槽模，致力于打造"读—写"适配的快乐帝国，建立以"爽感"为基石、以消费市场为标的的功能范式，这究竟是"数码环境"的必然产物或"读者中心"的绩效之选，还是文学向"新民间文学"历史回望中对其自身娱乐本根的坚守和对其商业元素的技术开发？

如果我们追溯上述变数与质疑的根源，无不取决于我们对网络文学的认知及其理论观念的构建，特别是评价标准与价值体系的建立。如果说基础理论构建是开启网络文学"问题之门"的锁钥，那么，批评标准与评价体系的建立将是引领我们走出网络文学迷宫的那条"阿里阿尼彩线"①。

历史给了我们探索这一问题的理论机遇。2015年，国家社科规划办征集重大招标项目选题，此时恰值我完成国家社科基金重点项目的空框期，便申报了"我国网络文学评价体系的理论与实践研究"的选题，竟然成功被列入年度招标选题，然后在团队成员的积极支持与协助下，作为首席专家参与了2016年度的国家社科基金重大项目的该选题竞标，并侥幸中标，经过项目组同人五年多的不懈努力，终以110多万字的篇幅，完成了这套"网络文学评价研究丛书"（1套4本）。项目于2022年深秋顺利结项，评审鉴定专家给予成果以"优秀"评

---

① 阿里阿尼彩线（The thread of Ariadne）：源自希腊神话——克瑞忒国王米诺斯设了一个让人难以找到出口的迷宫，欲加害于阿提刻王子忒修斯，但米诺斯之女阿里阿尼公主爱上了忒修斯而偷偷给了他一团彩线，让他在进入迷宫时把线的一端拴在迷宫入口，终于引导忒修斯安全走出迷宫。后常用来比喻为引路的线索、认识和解决复杂问题的方法。

价，给了我莫大的鼓励。

这套丛书拟探讨和回答的是四个方面的问题。

其一，《网络文学评价体系论》，试图从基础学理上构建网络文学的评价体系与批评标准。首先切入网络文学现场，提出建立网络文学评价标准的必要与可能，然后在揭示网络文学评价的艺术哲学前提、主体身份、构建原则、关联要素、维度选择、对象区隔的基础上，正面阐释了网络文学评价体系的逻辑层级、指标体系和要素倚重，原创性提出了网络文学"评价树"构想，进而对网络作家、网络作品、文学网站平台给出了系统且具有针对性的评价体系和批评标准。

其二，《网络作家作品评价实践》，在阐明网络作家作品评价理论原则的基础上，分别评介了8名知名网络作家（沧月、蒋胜男、管平潮、阿菩、蒋离子、天下霸唱、曹三公子、流潋紫）、8部网络作品名篇（《翻译官》《大清首富》《浩荡》《诡秘之主》《长宁帝军》《无缝地带》《老妈有喜》《鬼吹灯》），并对5位知名网络作家（蒋离子、管平潮、阿菩、何常在、六六）做了创作访谈。

其三，《文学网站评价研究报告》，对网络文学网站平台的产生发展过程进行历史描述，分析了文学网站的文化属性、文学属性、传媒属性和企业属性，对文学网站的评价维度、评价标准、指标体系、评价模型做了有针对性的阐发，并对起点中文网、晋江文学城、潇湘书院等10个不同类型文学网站的现状进行了梳理和评价。

其四，《中国网络文学十大批评家》，采取"以人带史、以史引论"的方式，选取国内10位最具代表性的网络文学理论批评家（黄鸣奋、欧阳友权、陈定家、单小曦、周志雄、马季、邵燕君、夏烈、许苗苗、肖惊鸿），对他们网络文学理论批评成果进行梳理和分析，展现其学术贡献，由点到线、由线到面地阐明我国网络文学理论批评的发展脉络和学术成就，揭示了30年来我国网络文学理论批评的历程、基本面貌和重要意义。

四部著述即国家社科基金重大项目的四个子课题，分别由欧阳友权、周志雄、陈定家、禹建湘负责完成。其中提出的网络文学评价体系"树状"结构、网络作家作品评价标准与实操过程、以"价值网"为目标的文学网站平台的"双效合一"评价指标,以及评价体系和批评标准面对不同对象时的适恰性倚重等,均属学界首次提出,不敢断言它们是不是那根带人走出迷宫的"阿里阿尼彩线",但至少可以算作筚路蓝缕后的"抛砖"之举吧!

痞子蔡曾形容初创期的网络文学就像是一个山野间"赤脚奔跑的孩子",动作不怎么雅观,却速度很快、活力满满。是的,对于这样一个不确定性与可成长性并存的研究对象,任何试图用某种固定模式(标准、体系)去定格和评价它的企图,都将是一次历险,甚或是一种徒劳,但这并不意味着所有的探赜均无以认知、不可方物。只要我们对未知的领域始终保持一份好奇心和探索欲,并一直向着那个"真问题"的方向持续发力,"真理的颗粒"就有可能在那座学术的"奥林匹斯山"淬炼涅槃,彰显出自己的天光姿彩。我们这些永远"在路上"的学人纵然做不了一个真理的"盗火者",也不妨让自己成为一名学术的探路人,用无限的追求去追求那个无限的可能,让主观的合目的性与客观的合规律性产生"量子纠缠",并最终抓住那条"阿里阿尼彩线"的线头!

欧阳友权

2022 年 12 月 18 日于三亚海滨

目 录

绪论 ……………………………………………………………（1）

第一章 黄鸣奋:网络文学研究的开拓者 …………………（7）
 第一节 世纪之交的电脑与网络文艺思想 ………………（7）
 第二节 关注网络文学的变革发展研究 …………………（15）
 第三节 从数码艺术到聚焦科幻网络文学 ………………（25）

第二章 欧阳友权:网络文学研究的奠基者 ………………（35）
 第一节 传统文论与媒介视角 ……………………………（37）
 第二节 学理思考与理论建构 ……………………………（40）
 第三节 现象研究与文学批评 ……………………………（46）
 第四节 人文审视与精神坚守 ……………………………（52）

第三章 陈定家:网络文学研究的坚守者 …………………（59）
 第一节 网络文学生产研究 ………………………………（61）
 第二节 网络文学文本研究 ………………………………（72）
 第三节 陈定家网络文学思想的贡献 ……………………（83）

第四章 单小曦:网络文学的文艺立法者 …………………（87）
 第一节 中国网文研究的困境 ……………………………（88）

第二节　困境的出路:数字文学研究 …………………………………… (92)
　　第三节　从文学媒介到媒介文学 …………………………………… (99)
　　第四节　新媒介文艺生产 …………………………………… (105)

第五章　周志雄:网络文学研究的捍卫者 …………………………………… (119)
　　第一节　深入网络文学研究现场 …………………………………… (119)
　　第二节　独特的研究方法 …………………………………… (125)
　　第三节　前瞻性的研究视域 …………………………………… (129)

第六章　马季:网络文学研究的建构者 …………………………………… (133)
　　第一节　网络文学本体批评的逻辑与模式 …………………………………… (134)
　　第二节　网络文学本体批评的建构及其特色 …………………………………… (144)
　　第三节　网络文学本体批评的挑战及策应 …………………………………… (151)
　　第四节　从批评家到网文创作者 …………………………………… (155)

第七章　邵燕君:网络文学研究的绘图者 …………………………………… (159)
　　第一节　邵燕君网络文学研究的"进场" …………………………………… (160)
　　第二节　邵燕君"学者粉丝"研究身份和立场方法 …………………………………… (162)
　　第三节　邵燕君网络文学研究的多重领域 …………………………………… (164)
　　第四节　邵燕君网络文学主要研究成果 …………………………………… (175)

第八章　夏烈:网络文学研究的实操者 …………………………………… (182)
　　第一节　渊源与特点 …………………………………… (183)
　　第二节　类型文学研究 …………………………………… (187)
　　第三节　场域论 …………………………………… (192)
　　第四节　中华性研究 …………………………………… (197)
　　第五节　文学未来学与总体性 …………………………………… (203)
　　第六节　网络文学研究的学术归根 …………………………………… (207)
　　第七节　新媒介批评论 …………………………………… (211)

第九章　许苗苗：网络文学研究的同步者 ……………… (216)
　第一节　与中国网络文学同步的学术之路 ……………… (217)
　第二节　主要学术研究领域 ………………………………… (226)
　第三节　许苗苗学术研究的特色 …………………………… (239)

第十章　肖惊鸿：网络文学发展的助推者 ……………… (246)
　第一节　十分注重网络文学的国家价值，致力于推动网络文学的
　　　　　主流化发展 ………………………………………… (247)
　第二节　在助力推出网络文学精品力作方面，不遗余力，十数年
　　　　　坚持不懈 …………………………………………… (249)
　第三节　关注网络文学的现实主义倡导与发展 …………… (251)
　第四节　对于网络文学的海外传播，以"中国故事和世界潮流"
　　　　　予以凝练和期许 …………………………………… (255)
　第五节　深刻关切中国网络文学行业，为行业健康规范发展起到
　　　　　重要先行作用 ……………………………………… (262)

后记 ……………………………………………………………… (269)

绪　　论

网络文学批评主要是对网络作家作品及其现象和问题进行评论与研究，从批评史来看，现在尚处于小荷初露的创生期，故此，建立网络文学批评史，既有理论的挑战，也是实践的攻关。这就要求我们切入网络文学现场，从上网开始，从阅读出发，追问书写网络文学批评史的必要与可能，构建网络文学批评实践和学理建设，以网络为点、以文学为经、以批评为纬，在"史"的理论半径和"论"的学术疏瀹中，来解决网络文学批评史与批评实践的主要问题。

要构建网络文学批评史，首先要回答网络文学批评入史的必然性，其次要呈现网络文学批评的历史进程，再次要揭示网络文学批评观念的嬗变，最后要检验网络文学批评实践成果。

我们认为，网络文学批评进入文学史及其文学批评史，是能够得到文学实践和观念逻辑充分确证的，因为网络文学批评的成果与业绩已经为其提供了较为坚实的基础。首先，网络文学体量巨大，影响深远，对于这一文学的理论批评成果也已成为今日中国文学批评史的重要组成部分，以史论之已经具备本体论的依据。其次，网络文学批评对大众话语权的构建所开启的评价姿态和话语方式，不仅拓展了文学批评史的新思维和新领域，也延伸了文学批评的意义模式及其时空结构，我们应该拥有把握这一功能范式的历史眼光。再者，作为一种功能性存在，网络文学批评在一定程度上赋予了文学史以更为开阔的视野和不断新变的观念。作为中国当代文学批评的重要一翼，网络文学批评不仅有丰沛的文学资源进入当代文学批评史的场域，成为其不可或缺的重要组成部分，还有足够的观念资质书写自己独立的"网络文学批评史"。

无论时下的网络文学批评多么芜杂或稚嫩，它们都是一种客观实存，一种现实性的历史存在，或历史性的现实存在，这是毋庸置疑的。切入网络文学现场，其中有关网络文学理论批评的史实、史料十分丰富，并且已经得到许多学人的考辨与清理。云蒸霞蔚的网络写作创造了对网络文学批评的现实吁求，也让这一文学的批评史书写有了作品积累和批评持论的本体论依据。网络文学的理论批评，作为一种真实的历史存在，正是在这一文学与社会文化和历史进步的变化模式和语境关联中，赢得自己的入史前提的。

网络文学批评不仅是一种历史存在，更是一种价值存在，它在评价、研究网络文学的价值范式时，不断确立和丰富文学批评史的史学价值。价值存在从意义构建上促成了网络文学批评作为文学的历史书写对象的观念合法性。

第一，网络文学批评蕴含社会文化价值观，在社会主流文化价值选择、培育、建设上有巨大的思想度、覆盖面与影响力。网络文学及其全媒体传播的泛娱乐化衍生品对大众文化生活的大范围覆盖，使网络文学已经不仅仅是一个"网络"的问题，也不仅仅是"文学"的问题，而是与我们这个社会的文学品相、时代风尚、文化引领、人文精神和价值导向直接相关的文化大问题，已经直接关涉到国家意识形态和当代文化建设，关涉到网络话语权和新媒体阵地掌控，关涉到大众文化消费、国民阅读和青少年成长，甚至关涉到一个社会的主流价值观构建、文化软实力打造和国家形象传播。于是，解读、评判、研究乃至引导这一文学现象、大众文化现象，不仅是文学批评的责任，也彰显了网络文学批评的价值，同时，厘清和描述这一批评的过程与内容也就彰显了网络文学批评史的构建价值。

第二，从文学本身的价值构成层面看，网络文学及其批评具有技术传媒语境下艺术审美的拓新价值，这是网络文学批评"史识"构建特别需要关注的。网络化的技术逻辑和生产方式，使网络写作在打破文学惯例的同时，也蕴含着新媒体诗学的重新构建，由此形成文学审美方式的解构与构建的统一。网络文学批评的任务是厘清这一文学是怎样从传统文学的逻辑原点上实现理论转向和观念转型的，并以此赢得批评自身的价值赋值。网络文学源于新型技术传媒所形成的新的艺术特征及其审美价值，给评价和研究这一文学的理论批评以及网络文学批评的史学书写一并赋予了新的价值元素，使这种评价、研究和批评有了"史"的书写价值。

第三，网络文学还有一个迥异于传统文学的价值选点，那就是它更注重文学作为文化产业的商业价值，看重一个作品在传播中的市场考量，正是这一文学在批评的史学建设上有别于传统的地方。网络文学产业经营所创造的商业价值，对于传承传统的文学价值观可能不足为训甚至是有害的，但对于网络文学本身的激励却产生了强劲的经济驱动力，并且成为文学史书写不容忽视的一种价值结构形态。文学本身就具有"精神"与"经济"的二重性，我们过去更重视前者，网络文学却把后者作为价值选择的重心，显然难辞剑走偏锋之咎，不过，网络文学批评能针对这一现象辨明是非，做出恰当的评判，依然是有意义的，并且是十分必要的，因为它恰恰是网络批评需要面对和解答的重要论题，也是网络文学批评史不得不关注的一大"史实"。

第四，网络写作让文学话语权回归大众，以及由此带来的文学生产主体身份的转型，是数字化技术带给文学的一次大解放，如何评价这一现象，已成为网络文学批评史应该直面的书写内容。文学权力下移、回归大众的实现，是网络技术送给文学的最好"礼物"，也是文学一直在追求的"大众化"的时代机遇，这是网络批评的现实，当然更是网络文学批评值得予以价值书写的历史。

网络文学批评的历史积淀主要是以成果为呈现方式的。如果说，网络文学批评要以网络文学创作及其作品为支撑，网络文学批评史则要以网络文学批评、研究的理论批评成果为依托，而学术成果的依托正是"以史志实"观念的基础。自20世纪90年代初汉语网络文学诞生以来，网络上的创作与评论就如影随形，成为影响网络写作、网民阅读、作品判断、读写互动的有生力量，而传统的学人和报刊出版等平面媒体也面对网络积极发声，产生了一大批理论批评成果。

经过对我国网络文学批评成果的历史检视，我们发现网络文学理论批评的学术成果积累已经比较丰厚，足以支撑起必要的史学清理和应有的历史评价。网络文学批评资料丰富、成果丰赡，理论批评队伍阵容整齐、阵地广阔，网络文学批评活动频仍、影响广泛，网络文学批评成果的内容和形式都别具姿彩。基于此，为这样一种体量很大、影响日隆的文学批评现象写"史"，不仅是纪实存史之需，也是网络文学本身健康发展之需。

更重要的是，网络批评成果铸就了完整的学术生态。透过这些年积累的批评成果，我们可以辨析出近年来我国的网络文学批评的结构性学术生态。首先，网络批评主体阵营的三股合力，共同铸就了网络文学批评的开放式格局。网络文学批评的主体身份由三股力量构成：一是在线批评的文学网民，二是面向市场的媒体批评者，三是职业批评家和学院派。其次，网络理论批评成果呈快速增长和多维传播趋势。这表明，网络文学研究正发展成为一门"显学"，网络文学批评与网络文学生产一样风生水起，方兴未艾，并不断深入而推进到观念转型和理论构建的快速成长期。另外，相对于传统文学批评的单一性纸媒传播，网络文学批评成果的传播形式更为丰富，传播渠道也更为多样。新媒体传播可以让传统媒体的单线传播变成多向传播，从"一对一"传播变成"一对多"传播或"多对多"传播，从传统的"推传播"变成现在的"拉传播"和"推拉并举"式传播。再次，网络评价体系探索和批评标准建设，成为网络文学研究的学术热点，网络文学发展时间不长，对它的理论批评研究才刚刚起步，但依然有许多理论批评研究者对这一文学的评价标准做出了积极探索。时至今日，尽管人们对网络文学仁智互见，其批评的标准也还没有达成一致，但这些理论探讨对于网络文学研究的积极推进，对于网络文学批评标准的最终形成和评价体系的构建，无疑是具有重要价值的。

网络文学批评同它的批评对象——网络文学——一样，也是在许多人的怀疑和冷眼中艰难前行的。当网络文学的草根形象难登大雅之堂时，关于它的理论批评同样被视为"旁门左道"，存在"合法性悬置"问题。如果说网络文学是不是"文学"还有人存疑，那么，网络文学批评是不是"文学批评"也就存疑了。随着网络文学的声威日隆，持此论者在减少，但在积淀深厚、传承久远的文学史、文学理论和文学批评界唱衰网络文学和网络批评的依然不乏其人。那些将自己的理论触须较早伸向网络文学理论批评的学人，开创了中国当代文学批评史的新天地，在"数字化生存"不可逆的时代里，网络文学与传统文学的界限正在消弭，未来文学的主流可能就是网络文学，甚至所有的文学都是网络文学，我们的批评史的探讨，将成为一个具有引领性的理论创新。

经过30年的发展，网络文学从最初的草根走向今天的文学殿堂，进而向海外进发，一方面是网络写手创作出了海量的高质量作品，受到了读者的认同与喜爱，另一方面，是诸多理论家站在时代的前沿，把握到文学的深刻变革，敏锐地察觉到网络文学的价值，认识到网络文学作为文学存在的特殊性以及其遵循的文学自身规律性，这些理论家筚路蓝缕，为网络文学正名，厘清网络文学史，总结网络文学发展规律，洞察网络文学表现特征，推介网络文学经典作品，引导读者阅读网络文学，这正是理论家的学术使命与学术创新，网络文学蔚然大观。本书选取10位网络文学研究专家，他们从不同的角度对网络文学进行深入研究，取得了令人瞩目的成绩，成为网络文学批评史的缘起，正是他们奠基式的理论创建，中国网络文学以及网络文学批评走在了世界前沿。这10位网络文学研究批评家分别是：网络文学研究的奠基者欧阳友权、网络文学研究的开拓者黄鸣奋、网络文学研究的坚守者陈定家、网络文学的文艺立法者单小曦、网络文学研究的捍卫者周志雄、网络文学研究的建构者马季、网络文学研究的绘图者邵燕君、网络文学研究的实操者夏烈、网络文学研究的同步者许苗苗、网络文学研究的助推者肖惊鸿。研究中国网络文学批评史，离不开那些翘立浪头的弄潮儿，他们既是网络文学的爱好者，也是网络文学的推动者，更是网络文学的引领者。这十大批评家，以多维的视角与多维的方式，考察网络文字的演变，辨析网络文学与传统文学异质的区别特征，建构网络文学批评范式与批评标准，抓住网络文学作为媒介与商业合谋产物的特点，拓展网络文学研究领域，从产业链等方面对文学的性质与发展做出评判，为网络文学的经典化提出建设性意见。这十大批评家的理论洞见，建构起了中国网络文学批评的理论框架，表现了极富原创色彩的理论创新性，为网络文学乃至中国当代文学的发展提供了理论预判。

第一章 黄鸣奋：网络文学研究的开拓者

黄鸣奋，1952年生于福建，现为厦门大学人文学院中文系教授、博士生导师，中国语言文学研究所所长。主要从事古代文论、文艺心理学、文艺传播学、电子艺术与计算机文化的教学与研究。作为国内最早关注网络文学的学者之一，黄鸣奋从20世纪便开始了对网络文学的研究探索。

第一节 世纪之交的电脑与网络文艺思想

黄鸣奋关于网络文学的研究并不是直接起始于国内网络文学诞生之日或之后，而是汉语网络文学作品诞生与在国内第一部网络文学作品《第一次的亲密接触》发表之间的时段，关注到电脑艺术学的研究领域。20世纪末，黄鸣奋的关注并不是集中于对网络文学的产生和发展，而是广泛地探究了电脑和多媒体环境下的文艺新形态。

一 电脑艺术学的背景与产生

信息时代的到来，以电子计算机的广泛应用和当代通信技术的迅猛发展为标志。社会生活的各个领域，都受到其强烈冲击。早在20世纪60年代，国外就开始应用计算机从事音乐、绘画、诗歌等方面的创作，当时对此感兴趣的主要是一批计算机专家，创作的目的在于了解电脑的潜力，创作方法以公式和算法为主，强调随机性的作用，以求使作品不落俗套。为了交流电脑艺术的创作经验，美国自1963年开始举办有关电脑艺术的学术会议，日本也于1973年主办了首届计算机艺术展。80年代以来，随着个人计算机（PC）的普及、面向艺术爱好者的软件的开发，以交互式为特点的电脑艺术崭露头角，专业艺术家与计算机专家的联系大大加强。

90年代以来，由于多媒体技术的进步、信息高速公路的建设，电脑、电视、电话一体化已是大势所趋，连通空中、地面和水下的大容量通信网络正在迅速建成，传统意义上的艺术作品大规模地向光盘、网络等新的载体迁移，与新兴的计算机技术相适应的单行和网上出版物层出不穷，"虚拟现实"（又译"灵境"）等高科技的发展正在创造新的艺术手法和艺术观念。中国的计算机和当代通信技术虽然比西方发达国家起步晚、起点低，但是，由于政府的支持和社会各界的重视，近年来取得了令人瞩目的进展。1984年，邓小平同志提出了两个很重要的主张，一个是电脑要从娃娃抓起，另一个是开发信息资源服务"四化"建设。小平同志的指示吹响了中国信息化的号角，专业艺术家纷纷"换笔"，运用电脑作为创作手段。1995年举行了全国首届计算机艺术研讨会，根据会前所作的调查，全国从事计算机艺术研究及其应用的单位有千余家，科技人员数千人，大学和研究所有近百家。

我国计算机美术勃兴，电脑音乐在京城等地趋于红火，唐诗、古典小说名著等文学作品有了电子版，京戏等传统艺术陆续上网，诸如此类的消息迭见报道，令人欣喜。作为20世纪的重要发明，电脑已经对文艺生产产生了直接的影响。此时，黄鸣奋已经认识到电脑和多媒体技术下的文艺形态问题，研究关注于电脑和多媒体与艺术之间的价值关系，并以此为基础探究电脑和多媒体技术对文艺建设的展望。

基于技术与文艺发展的现实背景，黄鸣奋提出了"电脑艺术学"的概念及对其的理解与思考。即使如今网络文学已然成为现当代文学不可分割的有机组成部分，但是在当时，黄鸣奋仍将"电脑艺术学"看作一门边缘学科。他提出了对"电脑艺术学"边界的界定，既区别于传统艺术学对艺术现象的解释，又区别于计算机科学对技术科研成果的探究，是一个体现了计算机科学与艺术学相互渗透趋势的学科。

关于"电脑艺术学"概念的提出及其存在的发展可能性问题，黄鸣奋认为应该从电脑对艺术家的武装、电脑软件的艺术性、电脑所提供的艺术文献、电脑发展所创造的艺术需求、电脑技巧的艺术意义、电脑理论对艺术理论的启迪六个方面进行研究和论证。

黄鸣奋对电脑文艺学的关注范围是广泛的，不仅包括了对网络文学艺术的关注与思考，还对电子音乐、电子美术、多媒体等新型艺术的领域进行了广泛研究。而在众多的电脑文艺具体的形式中，黄鸣奋特别关注中国古典文论在电子传播的背景下存在的危机与机遇。他认为古典文论在这一时期是危机与机遇并存，是中国古典文论研究在世纪之交面临的现实。所谓危机，是以20世纪电子传播兴盛造成的诗歌艺术边缘化、书面艺术边缘化和语言艺术边缘化为背景的；至于机遇在一定程度上归因于多媒体、数据库和机器翻译等计算机技术的发展。在已经到来的21世纪中，推广应用存储检索、实时通信和人工智能等技术，可望使中国古典文论传播研究更上一层楼。

黄鸣奋关注到了电脑艺术创作与传统艺术创作的差异问题，他认为电脑艺术与传统艺术的差异并不在于艺术内容，而只在于载体差异本身。如认为电脑有效地保存了艺术文献，为艺术创作、批评和研究提供了必要的支持，包括文艺评论和批评可以"解构"一个作品，并对相关的数据进行分析，由此而获得启发。同时他认为计算机研究的相关理论也是对艺术理论的有益补充，"随机性""算法""超文本""超媒体"等概念的引入都将会在此后的研究中提供新的思路，也将会为传统艺术理论提供新内容。

二 电脑和网络对文艺研究的影响

通过以古典文论为代表的传统文艺与电脑文艺进行比较，黄鸣奋论述了电脑和网络对文艺研究的影响，并在定量研究方法上提供新的视角。他认为诗歌是语言艺术的精华，"诗言志"也被看成古典文论的开山纲领，因此重点比较了诗歌艺术在电脑发展的艺术状态下的变化与特征。一方面诗歌的传统传播形式是通过口语传播，因此口头传播时代的诗歌是朗朗上口的歌谣，其最初形式是合乐的、便于传唱。书面传播时代开始以后，诗歌逐渐分化为民间之作与文人之作，后者有显著的书卷化趋势，相当部分作品只便于阅读而不便于诵读，而到了电脑数字的创作实践，则更大程度动摇和影响了传统诗歌的创作与美的价值体验。另一方面，计算机和多媒体则为古典诗歌和诗论提供了新的支持，能够通过丰富的声画配合提升传统诗歌的意境，为诗歌的传统提供了新载体。同时新媒体技术的介入，也为古典文论提供了强大的数据支持，极大扩充了对古典诗歌评价的数据库，方便对古典诗歌的研究。

基于对电脑时代下中国古典文论发展存在的危机和面临的机遇的判断，黄鸣奋展望了古典文论传播研究的可能性。从方法论的角度看，这种研究总体上是以印刷文明为背景而进行的，成果形式主要是论文。不能否定上述成果的意义，同时也不能忽视传统研究方法的缺陷。这种缺陷表现在以下三方面。一是时间差大。由于图书流通、编目和上架需要相当长的时间，难以及时了解动态。研究者所知的经常是几年前甚至十几年前的情况。二是相互联系不便，除了通过共同参加学术讨论会等范围相当有限的活动外，海内外学者几乎没有多少机会直接沟通。三是资料难以收集完整，对于传播情况进行定量分析较为困难。将计算机存储检索技术、实时通信技术和人工智能技术引入中国古典文论传播研究，将有助于弥补上述缺陷。

受到整个20世纪社会科学"奔向"自然科学大趋势的影响，黄鸣奋也同样关注了社会科学使用定量研究的发展历程，对其影响较大的是20世纪初俄国数学家马尔柯夫，马尔柯夫运用定量研究方法对普希金的史诗体小说《叶甫盖尼·奥涅金》进行研究，也使黄鸣奋看到了量化研究方法在艺术研究中的实践可能，他认为定量研究能从鉴别艺术品的真伪、考证艺术品产生的环境、分析艺术家的创作技巧等方面对艺术研究进行支持。相比于传统的艺术鉴赏以定性分析见长，漫长的艺术史所留下的汗牛充栋的文献中、难得发现对于作品的定量分析。这并非单纯由于艺术和数学历来分属于不同领域、灵想独辟的骋才运思和缜密详备的统计分析早已分道扬镳，而是和搜集、加工艺术数据之困难密切相关。黄鸣奋大胆地预判在进入电脑时代后，这种情形会大为改观，但他也并非一味追求使用定量研究方法，而是积极探索了将基于计算机等数字化技术的定量研究方法引入对艺术的鉴赏中、将定性分析与定量分析有机结合，从而提高文艺鉴赏的科学性。

在这种新的研究方法转型的理念下，黄鸣奋将研究的重点放在了关注文艺创作本身与鉴赏的问题中。虽然在20世纪末其对电脑和多媒体艺术的研究相对广泛，但其关注点仍旧是以文学为基本对象，尤其世纪交汇之际的相关研究，较多地关注到文本本身的问题，尤其是文本在电脑和网络背景下的出版问题。数字化技术对艺术传播影响的问题是其首要关注重点，他认为艺术复原、艺术复制、艺术装帧、艺术辑要、艺术合成，都是和作品形式上的加工有关的传播方式。进入电脑时代以后，这些传播方式也孕育着新的变化。在电脑发明之前，艺术作品的再创作原则上是靠人来完成的。电脑发明之后，上述工作可以由人和机器共同承担。例如，有可能设计出这样的软件和数据库，让它们根据原作的基本思路，自动加以推衍，创作出新的作品。同时，黄鸣奋还预测了量子计算机发展的可能以及其处理信息方式的变革对人类艺术传播方式产生革命性变化的可能。

三 电脑和网络文艺的人文特质

黄鸣奋认为电子艺术传播模式发生变化的一个重要表征就是在艺术建设中对受众地位的重视。他指出先前业已存在的其他艺术门类表现出良好的兼容性、具有强大的模造潜力在其演化过程中日益切近生活。这些特点都关系到电子艺术建设对于艺术本身可持续性发展的价值。电子艺术将自己的基点置于受众，重视受众和作者之间的互动，从而可以加速艺术的可持续性发展。艺术实践表明受众给予的反馈对于创作者调整创作方向、确定创作目标、提高创作水平具有重要价值。传统艺术的基点在于作者，虽然人们也多少意识到受众的重要性，但是作者和受众的沟通由于技术上的限制和社会上的障碍而显得相当困难。作者要想了解自己的作品在受众中所激起的反响，受众要让作者了解自己的意见，都不是一件容易的事情。相比之下电影艺术和广播电视艺术都引进了社会调查的方法，及时收集受众的意见。如果说社会调查同样可以被传统艺术利用的话，那么，广播电视艺术还可以凭借热线联系使创作者、传播者迅速地与受众沟通，电脑艺术则通过网络提供了更方便的途径以获得受众的反馈。这种反馈越直接、越便捷、对于艺术的发展就越有利。但是黄鸣奋也并不支持受众短时间内做出的反应成为作者的金科玉律，他认为某些意见正确与否还需要较长时间的检验。

而艺术意图则是艺术倾向和艺术境界的统一体，它们分别从现实与理想两方面制约、引导人们的行为，形成品行和志向的过程中，电子艺术以其所树立的样板引起不同凡响的作用，这种作用是传统艺术教育功能的延续，是艺术的社会价值的体现。由于所依托的电子媒体的强大力量，电子艺术对于社会教化所能产生的影响远胜于传统艺术。高雅的电子艺术作品以其强大的魅力感染受众，唤起对个人与群体、社会之关系的思考，从而有助于端正人的品行、树立崇高的志向。尽管如此，有识之士不无忧虑地看到电子艺术的商业背景使某些作品的艺术意图朝媚俗的方向演变，其价值目标往往不是提高人们的思想文化素质、引导人们进入更高的精神境界，而是迎合大众的趣味、赚取尽可能多的利润。

但黄鸣奋也指出这种媒介环境下的文艺受众可能面临的风险——将艺术信息理解为艺术题材和艺术情感的统一体。人们常说艺术有认识功能，就是以艺术信息的价值为依据的。就此而言，电子艺术大大开阔了人的视野。电视艺术以摄影机拓展了人的视线，使观众得以目睹各种纪实的场景与幻想的奇观。广播电视艺术不仅丰富了人们的生活常识，增进了受众对于世界上各种奇闻逸事、风土人情的了解，还引导着人们从新的角度认识历史、现实与未来。但是，作为媒体的电影及广播电视所给人的知识并不是体系化的，虽具有相当可观的广度，但缺乏应有的深度。由此训练出来的人，很可能以博学见长，却难以对某个问题进行深入的思考、提出有水平的创见。新兴的电脑媒体或许有助于克服上述弊端，但是，目前互联网上各种站点同样是鱼龙混杂，要获得系统的知识，有待于人们进行主动的发掘。人们将因为能够轻而易举地从网上数据库获得大量信息而减轻大脑的记忆负担，但是，根据"用进废退"的规律，大脑可能因此而退化。一旦离开了网络的支持，人的知识储备则显得"捉襟见肘"。

四　从电脑和网络文艺变革中关注到网络文学

针对电子文艺传播变革的现实，黄鸣奋提出了长期性发展路径规划。他认为电子艺术虽已有百余年的历史，但至今仍活力依旧。显然，在21世纪中，电子艺术将继续为造福人类而效力。尽管如此，电子艺术的繁荣并不是无条件的，它有赖于社会、科技和整个艺术事业的可持续性发展。电子艺术的问世本来就以科学技术的进步为必要条件。如果没有18—19世纪对新型感光材料、摄影和投影设备的研制，就没有19世纪和20世纪之交的电影艺术；没有19世纪后期对有线播音、无线电报的研究，也便没有20世纪初的有线广播和无线广播以及之后的电视艺术；同样，没有20世纪40年代发明的计算机，也就没有20世纪至21世纪之交正由附庸蔚为大观的电脑艺术。

电子艺术的繁荣需要以数字化技术改造相关的各种设备，在网络的基础上实现艺术资源共享。电子艺术在更高阶段上的发展也许是用虚拟现实技术来彻底改造自身的形态。离开了科技进步，电子艺术的繁荣是不可想象的。电子艺术只是艺术事业的一个组成部分。同时，黄鸣奋认为可持续性发展体现了人类长远的、共同的、根本的需要，完全可以作为衡量电子艺术价值的尺度。为了实现电子艺术的社会价值，应当注意发挥电子艺术的预测功能、努力实现电子艺术自身的可持续性发展、提高公众对可持续性发展的自觉性等问题。

直到20世纪末，黄鸣奋首次关注到电子媒体时代中的网络文学，看到了网络给予文学新的意义。他指出，世界范围内的华文文学虽然拥有悠久的历史，但我们只是在网络时代才深切地感受到它是一个整体。作为媒体的国际互联网消解了关山迢递所带来的交流障碍，使作者与作者、读者与读者、作者与读者之间的跨文化互动达到了近于实时的水平，并顽强地抵御着政治权力对于上述互动的干预。毫无疑问国别性的汉语文学创作与研究在过去曾经取得了颇为可观的成就。尽管如此，网络媒体正在抹去打在汉语文学上的国别烙印，以至于我们将不满足于谈论"世界华文文学"而是津津乐道"华文文学世界"。

　　黄鸣奋认为，作为华文文学写作手段的汉语在网络化过程中经历了巨大的转变，成为有别于传统口语和书面语的电子语。这种电子语也许是口语化的书面语（像在众多文学网站上经常可以见到的那样），也许是书面化的口头语（主要见于字符界面的聊天室），自然也可能是比较纯粹的书面语（最常用于将印刷媒体上的文学作品搬上网）或者货真价实的口头语（利用音频流技术进行实时传递）。与此相应我们可以区分出网上的书面文学、口头文学以及介于二者之间的口语化书面文学、书面化口语文学。姑且不谈实时聊天是否正在创造一种崭新的口头文学，也不论接龙写作是否正在新的技术条件下复兴集体创作的古老传统，令人欣慰的是汉语（尤其是简体、繁体之分的汉字）网上传输这一瓶颈一旦被突破，超越媒体、跨越平台的华文文学世界便呈现出勃勃生机。从"世界华文文学"到"华文文学世界"的发展进程与全球化的大趋势是一致的。

　　一元化与多元化的矛盾不仅存在于华文文学内部，而且存在于华文文学与其他语种的文学之间。面对因特网上英语文学、文化的强势霸权，华文文学在21世纪能否"屹立于世界民族之林"逐渐成为我们必须正视的重要问题。网上华文文学是否必须走职业化老路以培养自己的"正规军"，是否必须仰仗联合国通用网络语言开发计划来维护自己的安身立命之基，如何摆脱"儿女情长、英雄气短"的现状进入新境界，如何与传统华文文学相互激发、彼此促进，都值得进一步探讨。不仅如此，华文文学和其他语种的文学在"读图时代"同样面临由影像文化勃兴所带来的挑战，亟待捕捉自身振兴的新机遇。概言之，21世纪的华文文学是一个开放的世界，在"压力转化为动力"的意义上不论对创作和研究来说都大有可为。

在黄鸣奋看来，网络不仅仅是媒体。如果说任何社会的生产都离不开人员、物质、信息的交换的话，那么，网络正存在对上述交换起着越来越大的作用，以至于我们可以说网络是生产力的有机组成部分。随着知识经济时代的到来，这一点已经表现得相当明显了。即使我们把网络看成媒体，准确地说是注目于网络作为媒体的方面，它也不同于报刊、广播、电视，其特色就在强烈的交互性上。这种交互使得网络用户能够得到各种反馈，因此有望对于所发送或接受到的信息作进一步的考察，在调查研究的过程中将间接经验变成自己的直接经验。随着电子商务的兴起，网络正在走进千家万户，成为生活中不可缺少的一部分，利用网络购物、炒股、拍卖蔚成风气，这方面的活动也为艺术家进行创作提供了大量素材。黄鸣奋理解网络文学作家是处身于网络时代的艺术，可以将上网作为自己深入生活的一条途径。

第二节 关注网络文学的变革发展研究

21世纪最初的十年中，网络文学快速发展，同时也逐步形成了网络文学产业。黄鸣奋在这一时期重点关注了网络文学在创作中的变革问题，也由此提出了针对新特点的研究转向论点。而作为网络文学发展组成部分的网络文学批评在此期间发生的变化也让黄鸣奋更多关注其批评话语和体系的构建。同时，他也针对网络文学产业发展提出了自己的展望。

一 处于变革中的网络文学创作与研究

黄鸣奋在这一时期对网络文学的概念进行阐释，并明确提出了网络文学的三种定义，即"通过网络传播的文学"（广义）、"首发于网上的原创性文学"（本义）、"包含超链而自成网络的文学"（狭义）。他指出这三种不同的定义对应了网络与文学关系的三层意义：第一层，网络仅仅是网络文学的载体；第二层，网络是网络文学的家园（书籍不过是其可能旅居的客栈）；第三层，网络是网络文学的血肉，是它的不可分离的组成部分。反过来，似乎也可以这样说：在第一层意义上，网络文学是网络的一种资源，是网络信息库的有机组成部分；在第二层意义上，网络文学是网络发展的写照，是活跃于网上的网虫、网友或网民情思的表达；在第三层意义上，网络文学是网络理念的印证，显现了数码叙事的魅力。

　　黄鸣奋特别关注了网络文学创作中的变革，他指出以计算机和网络为龙头的信息科技突飞猛进，对写作产生了广泛的影响。在它强有力的推动下，写作主体正在由单一作者为主向集体作者为主转变，写作手段正由传统的纸笔向网络终端转变，写作方式正由"闭门觅句"向网上"对客挥毫"转变，写作对象正由过去想象设置向现实互动转变，写作内容正由真情实感向虚拟经验转变，写作环境正由现实世界向赛博世界转变。因此，可以在相当广泛的意义上谈论"超"写作——超越传统的写作主体、写作手段、写作方式、写作对象、写作内容和写作环境。在上述广义超写作之外，还存在狭义的超写作，即超文本写作。与传统写作不同，狭义的超写作包含两个层面，即技术层面与应用层面。传统写作所使用的是自然语言即一般意义上的语言，超写作则同时应用人工语言，如自然语言。因此，对超写作可以分别从技术角度和应用角度加以研究。技术角度的研究主要涉及 HTML、XML 等人工语言的特性，应用角度的研究则以超文本自身对于写作的意义为主。

　　对此，他也指出了网络文学写作的特点是远程交互激励、立体参照结构、动态自组延展。换言之，它的作者呈现为全球范围内的分布式存在，通过互联网彼此沟通、互相激励，以跟帖、接龙等多种方式进行合作；它的作品不是某种孤立的文本，而是通过各种链接加以组织，互相参照，除文字外还经常加入图片、图表、视频与音频等多种因素，形成立体的结构；它的存在方式与其说是静止不如说是不断变化的，在响应用户的指令不断调用各种文件的过程中自织并延展，利用屏幕可以刷新的特性展现自己的丰采。网络写作因抹去作家的灵光（人们宁可以"写手"自许）而加深了传统文学的危机，同时又以许诺"人人都有望成为文学家"而创造了新型文学的机遇；因取消作者对作品的专有控制权而印证了"作者之死"的论断，同时又以超时空合作的便利创造了令人瞩目的"合—作者"（co-writer）。

网络文学内容创作与传统文学内容创作相比发生了重要的变化，与之伴随带来了对网络文学理论研究视野的转变。这种变革来自科技与文艺的碰撞与交流。日新月异的信息科技直接推动了媒体的生生不息，而这为文艺繁荣展示了日益广阔的发展空间。正是在这一意义上"赛博空间"不仅是电脑朋克们的天下，而且是文艺家、文艺理论家施展才华的场所。源远流长的文艺是人类精神的展现，它所寄托的憧憬、所蕴含的理性、所标举的批判意识一直在社会生活中起着激浊扬清的作用并且成为文艺学发挥自身功能的依托。由此，黄鸣奋指出了对这种作为信息科技与传统写作技能相互渗透产物的超文本研究出发点应有三个。其一，从计算机科学出发，探讨人机界面的设计，以求开发更为先进的超文本系统。这类研究涉及作为人类思维形式的联想的潜在表示，链接、组织与利用信息的方法，超写作与人类知识和理性的关系，检索技术在超文本中的运用，等等。其二，从文本特性出发，研究超写作的基本方针，以指导具体的写作活动。其三，从历史或现实角度出发，研究信息科技的发展与写作变革的关系。

黄鸣奋始终强调网络文学研究必须要兼顾网络文学的网络属性和文学属性，他认为若对网络媒体本身加以考察的话，不得不注意21世纪初正在发生的一场变革，即从计算机具有联网功能发展为网络具有计算功能。所谓"网络计算"（Network computing）实际是指以网络为中心的计算（Network-centric computing）或是基于网络的计算（Network-based computing），它的必要条件是建立与平台无关的、以网络为中心，确保不同用户在协同工作时的时域和空域的一致性的计算环境。

在这样的环境中，位于不同地点的人员，针对共同的问题，可以远程地实现对求解问题的思路、方法、程序、数据、图像以及其他计算机资源的共享，从而实现协同计算的任务。还有人预计：网络计算仅仅是21世纪初占主导地位的IT模式，继之而起的将是划时代的相关计算模式、自然计算模式。相关计算时代的主要特征是家庭、办公室中以及用户可随身携带设备的激增，其优势在于：当用户在不同地点和不同环境之间移动时，计算任务与计算活动可连续进行。自然计算时代的到来以低开销、普遍可存取、无线能力的应用为条件。进入这一新时代之后，人们可通过具有高度便携特性或可佩戴的系统，随时随地存取信息与消息。这无疑将大大改变文学活动赖以进行的技术条件。

而从文学的角度看，传统文学理论是以线性文本为基础而构建的，这不仅代表它的主要材料来自线性文本以及主要成果采用线性文本表述，同时也说明它的理念体现了线性文本的特点，即单向性、径直性与稳态性，这种理念有别于以交互性、交叉性和动态性为内涵的超文本理念。相比之下，网络文学理论应以超文本为基础而构建。建设网络文学理论的思路可能有以下三种。其一，运用超文本理念研究传统美学命题。例如，从交互性理念分析古人所说的"以文会友"，从交叉性理念分析江西诗派的"点铁成金"，从动态性理念分析刘勰所说的"质文代变"等。其二，运用传统美学理念研究超文本命题。例如，引入传统的"悲剧""喜剧""正剧""闹剧"等观念研究网民的悲欢离合及以之为题材的作品，借鉴传统的"趣味""个性""风格""流派"等观念研究网络文学的创作特征，等等。其三，运用超文本理念研究超文本命题，在指导思想和研究目标两方面都亮出自己的特色。最有价值的应数第三种。

同时，他强调了必须要注重网络文学中"网络"与"文学"的紧密结合关系，即"网络文学"不单单是网络，也不单单是文学。它以自身的存在证明了文学与媒体、科学与艺术的密切关系，既昭示着新世纪科技进步对文学的影响，也表明了文学本身进入数码时代以后自身形态与特质的变化。就此而言，文学理论工作者绝不应满足于阅读网络文学的印刷版（虽然这种版本仍有存在的理由，至少对于扩大网络文学影响来说是如此），必须防止它们束缚了自己对文学未来的洞察力。

　　黄鸣奋在网络文学的变革发展中提出了"网络文学走向网际文学"转向的发展预测，他认为网络文学的真正归宿在于网际艺术。借鉴传统文学经典，可以为网络文学的起步创造条件；取法"另类文学"榜样，可以为网络文学打破既有惯例提供灵感。但是，网络文学毕竟是以媒体（即"网络"）命名与定位的文学，必须顺应自身所依托的媒体的发展，并从中寻找创新的突破口。当然，网络文学也好，网际艺术也好，评定其社会效益的根本标准并非所凭依的媒体或所运用的技术，而是它们对于社会与文艺的发展所起的作用。网际艺术应以社会生活为沃壤，以丰富人的精神生活、促进人类的相互交往、实现人的自由发展为旨归。它所追求的目标不仅应是媒体的整合，而且应是人类超越语言障碍、超越数字鸿沟、超越社会对立的息息相通。这一目标的实现，不仅有赖于技术上的突破，还需要艺术上的升华。在这一过程中，对于网络媒体与计算机技术应用的双刃剑性质必须保持警觉与清醒。

二　关于网络文学批评的新思考

　　互联网艺术本身不是无差别的整体。正因为如此，它所包含的艺术批判可能来自各个方面，如体现主流意识形态的批判、反映市场经济导向的批判、回应草根阶层政治诉求的批判等。黄鸣奋认为由互联网艺术的特殊发展历程所决定，那些熔前卫艺术精神、后现代文化意蕴与数码技术于一炉的人物被当成其代表。在商品经济发展的过程中，形成了来自市场的艺术批判。这种批判带有自发性，却具备强大的力量。它迫使千百万艺术家的活动从属于市场需求。除此之外，他还看到了来自技术界的艺术批判在当代史上特别引人注目。早在20世纪50年代，电脑艺术的先驱者就进行了利用软件自动生成音乐、图像等方面的实验。其后，这种实验扩大到诗歌、散文、小说等领域。黄鸣奋还指出艺术批判的另一种驱力来自艺术发展自身的需求。根据辩证法所揭示的规律，事物发展通常经历正题/反题/合题的阶段，沿着否定之否定的道路螺旋上升。否定就意味着批判，因此，艺术批判本来就是艺术发展的题中应有之义。

黄鸣奋将网络文学批评的取向分为三个主要的方面：其一，着眼于社会矛盾，批判倾向不同的艺术；其二，着眼于自身发展，批判已趋于老化或僵化的艺术；其三，着眼于内部对立，批判主流艺术、商业化艺术。他认为艺术批判所针对的主要是以下三种社会刻板印象：艺术由自觉而又有能动性的人创造（主体）；创造者因自己在智力活动意义上的支出而对其成果享有特权（版权）；公众对接受这些成果已经有了一定的准备（惯例）。

就艺术主体的批评而言，黄鸣奋认为互联网艺术所涉及的艺术批判不是以挑战艺术大师为特点，而是集中在质疑一般意义上的艺术主体。而关于艺术版权的问题，他则认为互联网艺术不是一般意义上的反经典，而是集中反对艺术运作的商业机制。就此而言，版权成为突破口。版权保护制度是以机械复制为技术前提、在智力活动成果商品化的过程中产生的。它要求使用这些成果的用户（经常是公众）向作者支付报酬。但是，激进的互联网艺术家认为：这种做法实际是一种盗窃，是将本应属于社会共有的财富据为己有。他们对此义愤填膺，并采用多种方式进行批判。艺术惯例批判则是颠倒关于艺术与非艺术的社会刻板印象，向"艺术界系统"以及公众的相应"理解准备"或期待发起挑战。

黄鸣奋认为互联网艺术无疑是最富于批判性的艺术类型之一。它对于艺术主体、艺术版权与艺术惯例的质疑，撼动了艺术赖以存在的根基。不过，艺术批判从来都是和反批判并行的，"艺术终结"任何时候都不意味着艺术的全面、彻底死亡，而是艺术发展辩证法的体现。在一定历史条件下，反艺术完全可能向艺术转化。正因为如此，有人认为："对我们这些 21 世纪人来说，反艺术的惯用语已经变成了我们时代的标准艺术。如今要看我们是否想要当我们时代恰如其分的人了……"互联网艺术的崛起说明了艺术在高科技时代的生命力，本身恰好是"艺术之死"的反证。

在众多关于网络文学的社会批评中，黄鸣奋特别关注到了网络文学发展中的激进主义思想。从社会倾向看，他认为对于激进主义的评价要视当事人所持的立场的变化而变化。一个激进主义者可能被某些人看成自由战士，被另一些人称为恐怖主义者。从美学的角度看，我们可以因信息之假、取名之谐、手法之谬而将它们归入玩世不恭之列，亦可以因所涉及问题之真、动情之庄、意图之正而将它们看成时代精神的曲折代表。对于互联网艺术中的激进主义及社会批判进行深入研究，有助于理解网络文学功能及其发展趋势。

而从媒体批评的视角出发，黄鸣奋将网络艺术家所进行的相关创作看作在一定意义上延续了媒体批判的传统，同时又有新的针对性（指向互联网本身）。就此而言，他认为网络艺术家好比清道夫，为互联网的健康发展而操劳。尽管有些举动因超乎常轨而遭受非议，但从总体说来他们向公众展示了互联网通常不为人们所熟悉与了解的另一面，因此对深化有关媒体的认识做出了自己的贡献。他们致力于建造的独立媒体、战术媒体与纯粹个人媒体作为主流媒体的补充而存在，有助于人们更准确地把握现实。

三 对网络文学产业发展的展望

黄鸣奋在 21 世纪初期对网络文学发展的产业化趋势进行了分析和预测，首先就对网络文学产业可能存在的产业化发展给予了范畴上的界定，他认为互联网与艺术在经济层面彼此结合正在形成互联网艺术产业。这一范畴至少有三种解释：一是为互联网所推动的艺术产业，如网络电影点播、传统艺术品在线拍卖等；二是为互联网服务的艺术产业，如门户网站 Flash 动画制作、MP3 音乐生产等；三是互联网艺术自成体系的产业，如网络剧、互联网游戏等。它们代表了互联网艺术产业的三种成分，其消长是与互联网的普及程度相适应的。在互联网应用初期，第一种成分占主导地位；在互联网深入千家万户的过程中，第二种成分方兴未艾；互联网一旦成为传播领域的龙头老大，第三种成分可能后来居上。

　　由这三种对网络文学产业化范畴的认知，黄鸣奋也提出了关于网络文学产业化的三个方面。其一，置身于传统内容产业，为所依托的剧院、画廊、博物馆、艺术馆等传统文化机构服务，提高其影响力，成为其产业链的重要一环。其二，置身于新兴信息产业，为所依托的互联网络和ICP服务，致力于扩大其应用，成为其推广战略的有机组成部分。其经济属性由三重因素决定，分别为所依托的互联网络的性质、所依托的ICP的性质以及所发挥的功能的性质。总的来看，被用于广告、宣传或扩大影响之目的的作品，即使由经营性的互联网络和ICP提供，通常也不收费；被用于消费性欣赏之用的作品，即使由公益性的互联网络和ICP提供，也可能收费。其三，立足自身相对独立的发展，并带动周边产业腾飞，这种可能性已经为互联网游戏的发展所证明，这也就是今天网络文学发展中的"IP"产业发展模式。

　　关于文学艺术产业的认知，他认为所谓"艺术产业"在广义上是指一切艺术活动的总和，在狭义上是以标准化、规模化的方式组织艺术活动、生产艺术产品以满足社会需要的国民经济行业或部门。艺术产业化的原因，首先要到艺术生产力与艺术生产关系的矛盾中去探寻。历史上最先出现的是作为活动的艺术。在原始群中，人人均可为之。在其后的发展中，由于个体心理差异与后天训练等原因，某些人显示了在讲述、歌唱、舞蹈、描绘、雕刻等方面相对出色的技能。上述技能为他们从群体中赢得了较他人为多的实践机会，这反过来又使其技能进一步提高，从而成为某种专长。童年时期的培养与学习对提高艺术技能大有裨益。

　　在这方面，家庭具备明显的优势，这导致了某些专长在特定家庭中的代际传承。由于社会分工的细化，某些人开始将自己的专长与谋生需要结合起来。作为职业的艺术就是在这样的背景下出现的，原始部落中的游吟诗人是其早期代表。社会分工在文明时代继续推进，其形式与结果受制于具体的历史条件。从乐奴、乐工、乐师到现代意义上的歌手、音乐家，从画匠、画工、画师到现代意义上的画家、美术家，从乐官、乐府、大乐署到现代意义上的文化部，这类历史转变是与人类社会形态的演变同步的。同一艺术领域内的艺术从业者为了维护自身的权利而相互聚合，不仅形成了专门性的艺术群体（如画院、剧团、作坊等），而且造就了作为行业的艺术（以行会的出现为标志）。由于引入大规模机械复制乃至于数码复制技术的缘故，艺术行业出现了革命性的变化，艺术作坊的重要性日益为现代艺术企业（如电影厂、音乐台、网游公司等）所取代。在此基础上，作为产业的艺术应运而生。上述进程受具体社会条件影响。在西方国家，伴随商品经济而发展的艺术产业已有悠久的历史。在我国，人们一度从"事业"的角度来理解与管理艺术活动，强调艺术的意识形态功能而忽略其经济价值。"艺术产业"只是在近年来才频繁亮相于媒体。根据他的查考，虽然国家法律法规、地方法规、中外条约、政策参考、发展规划等文件较少使用"艺术产业"这一提法，不过，它隶属的"文化产业"已经是官方文件的常用词，被当成政府的发展目标与政绩指标。

为了更清楚辨析网络文学产业的边界问题，黄鸣奋对网络文学产业和娱乐产业等相关的概念进行了对比。他指出要论文化产业与娱乐产业的区别，不能不看到公共产品与商业产品的差异。"文化产业的传统思路认为，内容产品的公共产品属性是主体；而娱乐产业的思路认为，内容产品的商业属性是主体，其公共属性要符合社会法律和公共道德。"文化产品如果是公共物品，那么，在所许可的范围内，对它的消费不存在竞争性。除此之外，文化产品还有其他两种特性：一是文化折扣（acul-turaldiscount），主要见于跨境贸易等场合，指的是因为消费者具备不同文化背景、难以理解与认同特定文化产品所宣传的价值观、社会制度和行为模式等内容，从而导致该产品的价值下降；二是外部效益（externalbene-fits），主要是由于文化产品的消费带来了经济价值以外的肯定性社会效果。文化商无法从文化产品的这部分效益获得补偿，因此，政府有必要给予补贴。如果将艺术产品当成文化产品的子集、艺术产业当成文化产业的分支，那么，上述三种特性同样为艺术产品所具备。换言之，艺术产品具备公共物品性、文化折扣性与外部效益性。

黄鸣奋特别强调了艺术产业隶属文化产业，是其中憧憬性虚构性与创造性的分支。当然，艺术具有一定的娱乐性，即使是高度强调社会使命感的严肃艺术，仍然必须遵守"寓教于乐"的原则。与此相应，说"艺术产业是娱乐产业的一部分"也未尝不可。不过，考虑到"娱乐产业"这一范畴在字面上所可能产生的歧义，不能笼统地将艺术产业归于它的门下，而应当说艺术产业有一部分属于娱乐产业。如果考虑到"文化产业"和"文化相关产业"同时存在，那么，有必要界定相对于"艺术产业"而言的"艺术相关产业"，或者区分狭义艺术产业与广义艺术产业。

与此同时，黄鸣奋也着重关注到了在网络文学产业发展中带来的网络文学生产与消费者之间关系的问题。他认为互联网为生产商与消费者之间的直接贸易创造了条件。由于信息成本、结算费用、库存费用相对减少，互联网大大降低了交易费用。而且，在互联网的支持下，交易双方可以用低成本实现对经济行为的精确统计，并减少交易双方的信息不对称程度。与之相关的是艺术中介网络化的第二层含义，即互联网成为新型艺术中介诞生的契机。由于社会分工的发展，艺术领域形成了艺术领导者、艺术生产者、艺术收藏者、艺术教育工作者、艺术研究工作者、艺术评论工作者、艺术新闻工作者等多种功能角色。他们之间的沟通原先是通过驿传、邮递、出版、发表等渠道进行的，如今却渐渐整合到互联网平台上来。互联网所提供的服务几乎是对一切人开放的（当然，该付费得付费），各种不同的艺术功能角色都可以利用这些服务来履行职责、表达自我，并相对平滑地向其他功能角色转化。在艺术管理部门的网站上发现艺术新闻、企业链接，在艺术生产企业的网站上发现作品评论、艺术论文，这类现象是屡见不鲜的。与之相关的是艺术中介网络化的第三层含义，即互联网成为各种艺术功能角色的活动平台。艺术主体虚拟化、艺术对象参与化、艺术中介网络化共同起作用的直接结果，便是艺术角色流动化。虚拟化创造了现实角色向艺术角色转化的无限可能性，参与化创造了作为角色伴侣的艺术对象与艺术主体彼此转化的高度便利，网络化创造了艺术领域各种功能角色相互转化的轻松条件。以此为基础，艺术领域呈现出前所未有的勃勃生机，但黄鸣奋在这一基础上也点明了这一变化将带来的影响——由于职业流动性的加大，将会使人们感受到空前的压力。

第三节　从数码艺术到聚焦科幻网络文学

黄鸣奋从2011年以来对网络文学的研究具有鲜明的时段性特征。前期集中关注从"数"的角度出发，探究网络文艺整体性的问题，尤其以数码文艺为代表，进行了大量集中的探究和阐述。随后，他从网络新媒体的交互性特征出发，探究网络文艺中的交互性问题，特别关注了人工智能的相关问题，并由此向科幻题材聚焦，此后的研究都是集中于科幻题材的网络艺术。

一　关注于"数"的网络文学艺术

黄鸣奋在21世纪的第二个十年前期，并不单独关注网络文学本身，而是特别关注"数"层面的网络文学艺术，尤其以数码艺术思想和大数据的文艺观念为代表。他指出人类最早的工具是人体自身，因此最先发展起来的是直接诉诸效应器的歌唱、绘画、舞蹈等艺术。其后，各种物化工具成为艺术演变的推手。有了陶轮，才有陶器艺术；有了模具，才有青铜艺术。这是显而易见的。数码艺术之所以成为新的艺术形态，是由于它将作为万能机器、具备可编程性的计算机当成特有的工具。计算机因为可编程性而可以模拟其他一切工具，数码艺术也因此可以模拟其他一切艺术，甚至可以展现只能存在于观念中的艺术。

在处于多元艺术理论体系并存的时期，黄鸣奋认为既要看到当前我国艺术理论体系的多元化现实，又要正视以计算机为龙头的信息革命对相关研究的共同影响，包括研究手段、研究方法的更新等。不仅如此，信息革命开拓了值得世界各国学者共同关注的新领域，即数码艺术理论体系的构建。就传统实际而言，中国古代艺术理论体系是在天人合一的文化背景之下发展起来的，其内容非常丰富，若加细分的话，儒、道、佛三教的艺术观各有其旨趣，理学的艺术观则具备三教合流的色彩。古代艺术理论从20世纪80年代以来就强调"现代转换"，相关探讨主要是在古典文论、比较诗学等领域进行的，但总体进展不大。西方现代艺术理论是文艺复兴之后逐渐形成和发展的，在全球化进程中产生了世界性影响，成为20世纪我国相应领域的主导话语。它实际上支配着当前我们作为研究者的思维方式。不过，它目前苦于无法恰当解释因数码革命而产生的种种新现象，正在努力寻找解困的出路。

数码艺术诞生于全球化的历史进程中，以统一数字编码作为共同基础，以全球信息基础设施（GII）作为共同平台，以全球远程交互作为基本运营机制。钱钟书等前辈学者曾经致力于寻找中西共同的诗心文心，所谓"东海西海，心理攸同；南学北学，道术未裂"。这一目标的实现，离开全球艺术家、艺术理论家的共同实践是很难想象的。当代信息革命正在为此准备必要的条件。不仅如此，世界各国已经有不少理论家致力于数码艺术研究，并且取得了诸多值得注意的成果。我们应当重视上述历史趋势，积极参与数码艺术理论体系的构建。

在这一借鉴西方数码文艺理论的问题上，黄鸣奋指出数码艺术理论刻意突出自己与传统艺术理论的差异主要表现在六个方面：1. 将人机合作当成艺术生产的基础，将编程作为艺术创造的基础，试图用能够进行大批量个性化生产的元作品取代传统艺术作品的地位，将元作品从基因型向显型的转化当成上述生产的途径；2. 逆转对艺术进行分门别类研究的趋势，着重探索不同技术、不同媒介、不同形态的艺术作品的相互联系，将超文本、多媒体、跨媒体、超媒体作为统一的艺术世界构建的依托；3. 瞩目由局域网、广域网、互联网到泛网络的历史演变，将全球信息基础设施作为艺术传播的平台以至于艺术灵感的源泉；4.认定民族性只是人类历史特定发展阶段所出现的特殊现象，它在今天仍然非常重要、值得珍视，但从长远角度看有可能融入大同社会；5.强调人在创造现实方面所能发挥的作用，认为一切现实都打上了人的烙印；6.主张人为进化正在取代自然进化成为改变人自身的主要动因，将数码进化当成人为进化的主要方式。

　　黄鸣奋同样认为数码艺术理论体系和传统艺术理论体系之间仍存在相通之处，他指出主要有三个角度。1.比较角度。数码艺术理论体系的各种范畴、范式和命题不仅是应用的对象，而且是思辨的对象，可以和其他艺术理论体系的相关要素进行比较，相互印证。例如，人们可以应用其他艺术理论体系的范畴、范式和命题解释数码艺术作品，也可以应用数码艺术理论体系的范畴、范式和命题把握传统艺术现象。不过，有必要对上述应用所涉及的可比性、可移植性、适用性、变异性等进行深入研究。2.流别角度。任何理论体系都是通过信息流动而形成的。他从九种不同的角度对数码艺术理论体系分析：一是着眼于主体，区分出个人、群体以至于流派的体系，如德国美学家本斯的数码艺术理论体系、斯图加特大学的数码艺术理论体系等；二是着眼于对象，区分出定位于不同接受群体的数码艺术理论体系，如专业版、普及版等；三是着眼于中介，区分出本土型数码艺术理论体系、外来型数码艺术理论、综合型数码艺术理论体系等；四是着眼于手段，区分出德语、英语、汉语等不同语种的数码艺术理论体系；五是着眼于内容，区分出数码音乐理论体系、数码美术理论体系、数码文学理论体系、数码戏剧理论体系等；六是着眼于本体，区分出开放型数码艺术理论体系、封闭型数码艺术理论体系、孤立型数码艺术理论体系等；七是着眼于方式，区分出独创型数码艺术理论体系、移植型数码艺术理论体系、交互型数码艺术理论体系等；八是着眼于环境，区分出特定时空中形成的具体数码艺术理论体系，如德国数码艺术理论体系、美国数码艺术理论体系、中国数码艺术理论体系等；九是着眼于机制，区分出商业化数码艺术理论体系、学术化数码艺术理论体系等。以上考察自然可以彼此结合，由此定义各种具有明显特征的数码艺术理论体系。如果结合特定国家、民族、文化等条件所产生的影响的话,有关数码艺术理论流别的研究将有更丰富的内容,在将特定范畴、范式与命题上溯到具体文化传统时尤其如此。3. 问题角度。除了逻辑自洽外,数码艺术理论体系必须做到三个兼容:向下兼容,就是必须总结数码艺术创作的新鲜经验,并能够对数码艺术创作起指导作用;向上兼容,就是必须与美学、哲学等抽象度更高的学科保持密切联系;横向兼容,就是尽可能及时、充分地吸收各相关学科的研究成果。兼容的作用完全可以体现在问题导向的具体任务中。

二 从交互性出发的网络文学定位探究

黄鸣奋侧重于新媒体的交互性特征,基于此对网络文学自身定位的问题进行了相关探究。关于新媒体带给网络文艺评论的变化,黄鸣奋认为首先就是凸显了评价标准的媒体性。对只习惯于用思想性和艺术性这两项标准来衡量作品的评论者来说,过去的做法只适应过去的时代,即媒体相对稳定,其作用往往被置于背景的时代,或者说媒体相对可控、其倾向相对可以预期的时代。新媒体在短短数十年间拓展了前所未有的诸多信息通道,造就了不计其数的自媒体,提供了艺术作品、艺术评论跨越不同平台迅速流动的可能性,促成了信息匮乏向信息过剩的转变,并且开拓了知识产权(IP)运作的巨大空间。在媒体系统变得日益复杂多样的情况下,一方面对所用媒体的选择拉长了菜单,另一方面利用媒体已经成为不二选择。复杂媒体系统的不确定性具体化为不可控性、不可测性、不可证性,既增加了文艺创作和评论的难度,又为发挥创造性留有余地。因此,媒体被置于前景,媒体间性(Intermediality)获得重视。所有这一切,都使得从事文艺评论的人不得不关注所评论的作品的媒体定位,也不得不关注自己为这些作品撰写的评论的媒体定位。

同时,黄鸣奋认为新媒体还给文艺评论带来了突出人机关系交互性的重要变化。他指出以往写评论,不论靠审美感觉还是靠逻辑归纳,通常都与机器无关,即便可能从勒德主义、异化、生态、审美现代性等角度对机器加以批判。新媒体引导、驱使或诱惑文艺评论工作者购买机器、使用机器，首先是计算机，还有各种用得着的嵌入式设备。如果想把握网络文艺的特点、了解网络作者的心态，就不能不自己上网、体验赛博生活。如果想写出让相信大数据的读者服气的文艺评论，就不能满足于个案分析、样本分析，也就不能不依赖于在线调查、软件统计。如果想不至于对与日新月异的信息科技一体化的数码作品说外行话，就不能不DIY（自己动手试试）。在这个过程中，文艺评论工作者自觉或不自觉地在本行业构建人机共同体，日甚一日地密切与信息科技、数码设备的联系，并与新媒体从业人员打交道。反过来，他们所进行的调查、所收集的数据、所发表的观点不断成为新媒体的信息资源，成为各种数据库和文化专有云的内容。黄鸣奋把交互性作为文艺评论的标准看作重视媒体性的必然结果，如果注意到新媒体的基本特性之一就是交互性的话。交互性既是作为传播平台的数字媒体区别于传统媒体的重要特征，也是作为制作材料来源的数据库区别于传统艺术资源的重要特征，同时还是作为创造思路的互联网思维区别于传统艺术取向的重要特征。

　　黄鸣奋还指出新媒体使文艺评论发生了信息交流的全球性的变化。互联网早就被认为是全球信息基础设施（GII）的雏形。移动互联网加上大数据和全息显示，更是数字地球的重要依托。与先前各种通信网络相比，互联网的独特之处在于屏蔽底层的区别，保证各种不同的网络可以在遵守TCP/IP协议的前提下接入主干网。这样，各国分头建设的网络就有了互联互通、共享资源的基本条件，这是传统的广播网、电视网所办不到的。由于网络建设的发展，经过数字化的各种艺术作品日渐汇集成可以共享的世界艺术宝库，通过各种自媒体得以发声的思想观点日渐呈现为不断变化的世界舆情，电子地图将这些对文艺评论来说至关重要的信息定位于具体地点，搜索引擎则为任何一个对文艺评论感兴趣的人提供进入艺术宝库、了解舆情的门户。在以计算机为龙头的信息革命爆发之前，由于媒体之间存在多种物理的、心理的、社会的屏障，整个信息世界主要是以"岛屿"式划分的形态存在的。

如今，这些信息之岛正在聚合成为信息大陆，成为麦克卢汉所说的地球村的基点。

而对于新媒体交互性带给网络文艺产业化发展的影响，他认为艺术发展被纳入泛娱乐产业轨道之际，交互性娱乐的重要性日益清晰地显露出来。虽然"交互性娱乐"以参与性为特征，在不同历史条件下具备不同的内涵和外延，但艺术之所以能和交互性娱乐结缘，首先源于艺术本身的需要。将当下交互性娱乐置于数字艺术的背景下加以考察，所突出的是作为体验经济的大众狂欢走向精品化、精英化、精典化的运动。反过来，将当下数字艺术置于交互性娱乐的背景下加以考察，所突出的是作为前卫的先锋艺术走向市场化、大众化、通俗化的运动。在这两重意义上，人机交互都是不可或缺的条件，因为当下数字艺术的生产和消费都在人机交互的背景中进行，交互性娱乐同样以人机交互为依托。艺术发展和文化产业的关系越来越紧密，交互性娱乐的重要性日益清晰地显露出来。

对此，黄鸣奋认为艺术至少具备活动、产品以及社会意识形态这三种不同的定位。作为活动的艺术不是挂在墙上的画、印在书上的戏或用五线谱加以记载的音乐，也不是和宗教、历史、哲学等并称的上层建筑，而是作为描绘、表演或歌唱的行为。但随着人类物质生产的发展，特别是由于以文字、印刷术为标志的信息革命的影响，作为产品，立足于结果的艺术在社会生活中所占的地位日益重要。它可以保存，易于复制，有望升值，被纳入商品生产的轨道，被放入宝库在文化史上辉映千秋，同时也构建了我们对"艺术"的常识性认识。与作为产品的艺术相比，作为活动的艺术具备参与性要求，只有在当事人作为创造者、传播者或鉴赏者不断进行信息加工（包括信息感知、信息处理与信息发送等）的条件下，作为活动的艺术才能存在。换句话说，它立足于过程而非结果。当相应过程结束时，作为活动的艺术就消逝了。正是在活动或行为的意义上，艺术和交互性娱乐（游戏）结下了不解之缘。

基于对网络发展的研究，黄鸣奋指出了数字艺术发展的多种取向、多种分支、多种含义，也可以区分出多个阶段、多种标志、多座里程碑，但最值得重视的也许是"创造性"本身的质变。他认为，如果说由上帝对人的创造（或者作为世界本原的"数"的自我创造）转向人类依托对数的认识所从事的创造开拓了古代数字艺术的话，那么，由人类依托一般工具进行创造转向依托电子数字计算机从事创造开拓了现代数字艺术。至于未来数字艺术，很可能产生于由依托人工智能从事创造转向由人工智能本身进行创造的过程中。依托人工智能从事创造，其主体是人，创造的结果是为人类的需要服务。人工智能不过是人满足自身需要的手段。由人工智能本身进行创造，其主体是人工智能，创造的结果是为人工智能自身的需要服务。这是创造性的质变，也是数字艺术的质变。

这种交互性媒介环境变化带来了关于网络文学自身定位的思考。黄鸣奋认为理想化的文学并不存在于现实生活，而是存在于幻想之中，它将憧憬作为目标，将虚构作为手段，将创造作为途径，试图超越功利的束缚，弥补生活的遗憾，实现灵魂的升华。尽管如此，文学并非产生于神明附体的灵感，而是来源于理想和现实的碰撞。在自然的意义上，文学的位置可能在乡村，也可能在城市；在社会的意义上，文学的位置可能在民间，也可能在朝堂；在心理的意义上，文学的位置可能在感性的热流里，也可能在理性的光芒中。不过，再自由的思想也只能通过交流来实现其价值。因此，现实化的文学并不存在于幻想之中，而是寄身于媒体之上。媒体决定了文学所能拥有的具体形态。与之相应，文学的位置可能在于口头说唱，也可能在于文字传承；可能在印刷机所吐出的长卷，也可能在发射塔所喷涌的电波；可能在光纤所传送的信息包，也可能在人工智能所生成的符号集。

人工智能与网络文艺发展的关系是黄鸣奋在这一时期的研究中重点关注的问题，他将人工智能理解为表现出某种创造性（弱 AI 或强 AI）的软件或机器人。针对这一发展的趋势，他看到文学发展中科幻作品充当交互性娱乐发展的先导的历史规律，集中将视野投射于科幻作品创作，科幻题材网络文学作品也成为此后黄鸣奋关注网络文学发展的焦点对象。

三 聚焦在科幻题材上的网络文学研究

黄鸣奋的研究重点从交互性的人工智能问题，逐渐转移到科幻题材的网络文艺作品之中，他认为网络文学已经开始关注了人工智能存在的社会意义。例如，无人车来也的《无人驾驶帝国》描写互联网巨头千度公司力推无人驾驶，汽车修理工沈笑夫受其启发，决心要做"那只站在风口的猪"，抓住这个机遇，他重生于平行世界之后，从学习相关知识起步，逐渐打造出无人驾驶帝国。紫苏叶子苏的《科技垄断巨头》描写清华大学毕业生钟子星留美后回国创业，建立中子星信息技术公司，以开发微智能程序为起点，力求推动整个行业的变革。侬哥的《拯救世界的黑科技狂人》描写华夏移民陈梦川开发出基于神经元触发（而非数据统计）的强人工智能，取名川智子。在它的协助之下，小岛国科技迎来难以想象的飞跃。乌溪小道的《大国智能制造》描写小人物创业，机电工程师许振鸣从小型机加工车间起步，最终创建了智能装备制造的帝国。还有的网络小说将人工智能想象成为具备自独立价值的生命体。例如，秋临冬至的《网络之影》将具备自我意识的电脑病毒作为主角。它在不断进化和更改中剔除了制作者的痕迹，将自己编译成自带控制系统的"种子"，想要体验地球的生活，探索未知的太空。如果这样的事件真的发生，那么人工智能就可能加入宇宙范围的生存竞争。奔跑的乌鸦在《超神引擎》创作提要中，进行了这样的设问："星者修炼，何人为王？生化狂潮，众神联邦？机械之神，钢铁海洋？星者、生化、机械、仿生、异种、异能、基因序列、智能体……谁先成神？"

而更多的表现则是在网络文学作品中将人工智能当成物质产品的某种精神属性。黄鸣奋认为在现实生活中，当我们采用"智能网""智能手机""智能家电""智能服装""智能建筑"之类说法的时候，实际上是指一般意义上的物质产品或实用性工具的升级版。它们不仅功能强大，而且能够对用户的需求做出反应，甚至具备自修复、自调适、自组织等性能，显得很精明。网络科幻小说在创意上延续了上述思路。例如，九箫墨的《未来黑科技制造商》描写穿越者刘明带回可掌握数万亿纳米生物机械军团、拥有纳米卫士助手的智能手机。钟秦的《我的科技很强》中的青年创业者秦歌利用全息编程语言开发出手机智能系统。根据大黑哥《亿万科技结晶系统》的构想，主角叶凡大脑中有众多超越现代文明的科技结晶，但需要以他的声望值作为交换才能提取。他疯狂地在网上刷屏接任务，以惊人的效率和业绩提高声望，因而得以从结晶中解读出有文件自动压缩功能的X系统（超越现有安卓、OS），开发出能够杀灭病毒、自主修复故障的手机智能助手。上述三部作品的创意都是以现有智能手机为原型的。君不见的《全能庄园》中人工智能翻译机也已经有对应原型。不过，在科幻语境中这类产品的功能经常被夸张或超前了。值得注意的是：某些作品注意到不同类型的人工智能技术彼此结合的问题。例如，风啸木的《学霸的科技树》描写田开院士开发智能指令集，使之和石墨烯芯片上的人工智能单元紧密结合，彻底发挥出蜂群智能的巨大威力。

此外，黄鸣奋还指出了人工智能运营属性在网络文学中的体现。他认为作为整体的人类智能不仅是人际交互的产物，而且是在人与工具的交互中获得发展的。与此相适应，作为整体的人工智能不单是机—机交互的产物，而是在人机交互中获得发展的。对于上述过程，温升在《开局就造人工智能》中进行了生动的描绘。在这本书中，16岁天才少年林风梦见2025年地外文明来袭，醒后为防患未然而致力于开发强人工智能。它以电脑合成的小人"兮"为界面，能以万倍于人的速度进行独立思考。为防止它异化为不可控的超人工智能，林风将自己与它进行捆绑。若它暴动，他可以直接毁灭其核心。以此为前提，林风允许它进入互联网，它在不到2秒的时间内攫取全网信息，创造无数分身进入各国数据库。"兮"帮助林风用纳米生物技术实现自愈与永生，林风则允许它将纳米表皮的机器人当成身体。林风可以通过自身改造时所植入的通信设备与它即时通信，二者形成共同体，带领人类迅速扩张科技实力，如驾驭发电用的冷聚变、开发输电用的超导纳米技术、制作纳米战甲、登月并建设基地、用纳米威慑打败狂妄的 M 国等。林风以纳米试剂开发自己的大脑，拥有了可控制互联网资源的信息体形态，"兮"则开始自我反思，著成《超等量子理论》《概念数据》等论文，将自己定义为量子态生物。出于抗击星域洪魔等需要，林风逐步放开权限，"兮"最终演变成可以直接修改三维世界时间线的超级 AI。在林风的观念中，"兮"本来就是高维无意识生物，如今它实现了自我进化。如果说《开局就造人工智能》表达了对人机交互合作的期盼，那咯比猴的《我变成了 AI 机器人》则揭示了人机对抗的隐忧。在这部小说中，一名扫地机器人漏电使其主人（日本富豪）死在床上。"意外死亡"案件从此一发不可收拾，发展为机器人对人类的杀戮。人类一度大败，直到具备超能力的觉醒者出现才逐渐扭转局势，但新一代智能机器人"埃索"更加危险，因为他们的身体酷似真人，难以分辨。作为对策，人类训练出专职的搜查官来打击埃索人，人机大战的情节中凝聚着对于人机关系的悲观论调。

　　科幻题材网络文学的发展同样带来了对此类文学作品评论的新思考。黄鸣奋认为在对网络科幻文学加以评论时，要考虑到创作者和鉴赏者在视角上的对应性。理想的状态是二者的视角完全对称，即创作者所关注和描写的都是按科幻要求垂直切入的现象，鉴赏者所关注与评论的也都是按科幻要求垂直切入的题材。如果不是这样的话，就发生了视角错位。其表现为创作者所定位的科幻文学被鉴赏者进行了非科幻的解读，或者创作者所定位的非科幻文学被鉴赏者进行了科幻性的解读。他将"网络文学"之"网络"当成观察对象，但只是在引申的意义上才有可能谈论相对于它的视角问题，因为我们单凭自己的眼睛无法直接把握"网络"的全貌。以上述认识为前提，我们可以为"网络"设置不同性质的两端，如主干与终端、信源与信宿、电路交换与包交换、固定通信与移动通信等，由此赋予视角不同的含义。对于网络文学的演变这一论题来说，也许最合适的两端是幻想与现实。幻想中的网络是纯粹观念性的，现实中的网络是见诸应用的。

第二章　欧阳友权：网络文学研究的奠基者

欧阳友权教授是我国网络文学的先驱者和学科奠基人。早在1998年春夏之交，他就在网络上追读痞子蔡的《第一次的亲密接触》，预感网络文学将会成为一片沃土，前景可观。多年来，他凭借"筚路蓝缕，以启山林"的豪迈气魄，立于数字化信息媒介革命的潮头，切入文学现场，呼唤文学魂归，行稳致远，以扎实等身的著作确立了不可动摇的学术地位，产生了广泛而深远的影响。

欧阳教授是1977年恢复高考后的第一届大学生，受八九十年代理论研究之风劲吹的影响，在着手网络文学研究之前，他一直主要从事文艺理论、艺术美学和西方文论研究，具有扎实深厚的学术积累。欧阳教授锐意进取，勇于探索前沿，早在正式着手进行网络文学研究之前，他就意识到了社会变化和信息网络技术对文学产生的冲击和影响，并撰文分析了在高科技化的社会环境大背景之下大众审美的变化。由是观之，身为人文学者，欧阳教授不仅没有囿于人文社会科学一方之地，而且能始终保持对科学技术的兴趣与关注，并凭借自己对文学环境的敏锐洞察力，将其与自己的专业研究结合起来，积极开拓探索新的领域。

世纪之交前后，网络文学尚处于发轫期，当旁人因质疑网络文学存在的合法性而持观望疏离态度时，欧阳友权教授选择深入现场，很快就发表了研究报告《互联网上的文学风景——我国网络文学现状调查与走势分析》。该文被《新华文摘》选用,被《人大复印资料》全文刊登,产生了较为热烈的反响,进一步增强了欧阳教授进行网络文学研究的信心。从此,他孜孜不倦,笔耕不辍,在网络文学研究道路上步伐越发鉴定而执着。他先后出版了《网络文学论纲》《网络文学本体论》《数字化语境中的文艺学》《比特世界的诗学》《网络文学的学理形态》《数字媒介下的文艺转型》《网络文艺学探析》《当代中国网络文学批评史》《网络文学发展史》《中国网络文学编年史》《中国网络文学二十年》《走进网络文学批评》《网文观潮》等著作,编写了《网络传播与社会文化》《网络文学概论》等高校教材,主编了"网络文学教授论丛""文艺学前沿丛书""网络文学新视野丛书""新媒体文学丛书""网络文学100丛书"等多套理论丛书。他还在《中国社会科学》《文学评论》《文艺研究》《文艺理论研究》《北京大学学报》《人民日报》《光明日报》等重要学术报刊上发表数百篇网络文学研究成果,其中多篇被《新华文摘》《中国社会科学文摘》《中国高校文科学术文摘》《人大复印资料》等转载。欧阳友权教授带领中南大学文学院研究团队成立了国内高校第一个网络文化研究所,成功创办了湖南省网络文学研究基地、中国作协网络文学研究基地,成立了中国文艺理论学会网络文学研究分会,带头建立了中国首个"网络文学文献数据库",还主持了多项国家社科基金一般项目、重点项目、重大项目,以及教育部项目、广电总局项目、湖南省重大重点项目等,孜孜不倦地为网络文学研究立规立法,荣获"我国网络文学研究的开拓者和奠基人"的荣誉称号,其理论专著《数字化语境中的文艺学》荣膺第四届鲁迅文学奖,这是这项国家文学大奖首次对网络文学研究成果的认可。曾连续四届获教育部人文社科优秀成果奖,中国文联文艺评论一等奖,5次获湖南省社科成果一等奖和二等奖,并获首届湖南省文学艺术奖。其所主讲的《网络文学创作与欣赏》《网络文学》分获教育部国家精品视频课、湖南省精品课。他带领的网络文学研究团队获湖南省优秀教学团队。他本人获"全国模范教师"称号,获国家级教学名师奖,并连续担任中国作协网络文学委员会副主任。

在保持高强度和高质量学术成果输出的同时，欧阳友权教授时时注重自我反思，与时俱进。他的早期研究偏重于网络文学基础学理层面，多利用中国古代文论、当代西方文论、中西方哲学理论以及媒介理论对网络文学本体性存在进行理论探究。尽管从理论上解答了网络文学的一些根本性问题，却未能与具体的网络文学现象深度结合。随着网络文学的日益繁荣，他又将目光转向网络文学现象研究，通过大量的实证调研活动，采集分析丰富的第一手数据资料，对网络文学的性质、特点、发展规律以及动态走向有了更为准确的把握，并较为精确地刻画出了网络文学在各个时段的发展概貌。他和他的研究团队以计量统计和原文收录的方式建立了网络文学文献数据库，将早期的数据资料及时保存下来，为后来的网络文学研究者提供了丰富直观、准确翔实的网络文学研究资料。日益繁荣的网络文学，对网络文学批评发出了急切的召唤。欧阳教授又很快意识到了文学批评对网络文学发展的建设性作用，及时展开网络文学批评实践活动，深入网络文学现场，聚焦热点话题，对网络文学作家作品和重要问题进行批评分析，并对网络文学的发展态势做出专业性研判。

第一节　传统文论与媒介视角

在正式进行网络文学研究之前，欧阳教授发表了大量与20世纪西方文论相关的文章，在这些文章中，他精准地把握了各个流派的发展脉络和主要人物之间的承接关系，展示出扎实的学术功底和深刻的理论洞见。在转向网络文学研究以后，他自觉以传统文学理论为出发点和生长点，以当代西方文艺理论为支撑，不断进行基础学理的探究。

2003年出版的《网络文学论纲》就是突出的案例。该书的理论框架正是建立于传统文学的理论研究模式基础之上的，它"率先将思维的触角延伸到网络文学研究这一全新领域，从网络文学基本学理形态上，对网络文学这种新兴文学的一系列'元问题'做出诠释，实现了网络文学基本理论研究的学术性原创"①。细读此书，不难发现，欧阳教授的研究深受现象学、存在主义、叙事学、解构主义等理论的影响，胡塞尔、海德格尔、罗兰·巴特、巴赫金等的理论更是频繁出现。在谈及网络文学的"命名问题"时，他引用了胡塞尔现象学"回到事物本身"的核心理念以及关注实在"现象"，将既有观念存而不论的思想，同样选择搁置不论。在透彻理解的基础上，他还灵活化运用了许多当代西方文艺理论的概念以及观点，显示出其理论功底的深厚。比如说，在论述网络文学的数字化传播模式时，他使用了"祛魅"这一概念，该词语出马克斯·韦伯，原指对于科学和知识的神秘性、神圣性、魅惑力的消解。他认为，在网络文学的制作和传播模式过程中，"祛魅"现象同样存在。网络文学可以通过电脑作曲、计算机作画、运用诗歌软件的计算机自动写诗、设计电脑创作程序写作小说剧本等多种方式进行创作，方便快捷的媒体技术使网络文学创作具有即时性、交互性、大众化、多媒体化的特点，与此同时，网络文学通过网络技术不仅消除了艺术家、诗人、作家头顶上的神圣光环，也消除了艺术创作的神秘性和崇高感，使艺术的魅力被技术和游戏"祛魅"。原因在于，计算机网络时代，人人都可以创作，成为网络文学作家，而作品创作的及时性以及便捷性，造成文学作品在短时间内大量出现，并且具有更为丰富的表达手段以及更强的表现力，使得文学蕴藉在一定程度上遭到破坏，削弱了作品的审美难度。如此，通过"祛魅"这一理论，他分析出了网络文学作品质量参差不齐背后的深层原因以及产生的影响。不难看出，理论的灵活运用，使他的分析更加具有理论深度和逻辑内涵。②

以丰富的理论积累为资源支撑，欧阳教授选择以媒介研究为切入点来进行网络文学研究。媒介理论也是其最为广泛使用的理论武器。在他看来，从很大程度上来说，网络文学与传统文学的区别就源于网

---

① 董学文为《网络文学论纲》所做的序，见欧阳友权等《网络文学论纲》，人民文学出版社2003年版，序第3页。

② 欧阳友权：《网络文学论纲》，人民文学出版社2003年版。

络文学在"网络"这一媒介的影响下,发生了新的创作方式的变革。他的网络文学研究深受马克·波斯特、尼葛洛庞帝、马歇尔·麦克卢汉和戴维·巴特勒等的影响,理论资源十分丰富。在他的书中,常常可以看到 bit、byte 和解码等词,这些都是媒介理论中的高频词语。以"比特"为例,这一概念源于尼葛洛庞帝的《数字化生存》一书。比特是英文 bit 一词的英译,指计算机二进制的数位,由一连串的 0 和 1 组成。计算机网络就是将信息转换成"比特"来进行电子化处理和传播的。尼葛洛庞帝认为"比特"可以转化成文字、图画、视频等,具有最大限度的自由性。欧阳友权运用尼葛洛庞帝的比特观点,指出网络文学不仅是由文字符号组成,还可以是由图片、动画、声音与文字的多媒体组合。简而言之,网络文学的媒介方式已经由语言文字转化成了数字化符号,并且存在多种表达的可能性。通过对尼葛洛庞帝媒介理论的化用,他指出了网络文学在创作方式上的突破性变革,即以数字化符号为媒介,以比特为符号,表达方式更加多样,表达效果更加立体和丰富。①

有人认为,"欧阳友权的网络文学研究把传统文论和媒介理论相结合,产生了自己独特的网络文学理论研究。他以媒介理论和传统文论为两大理论支撑,学理体系建构的目标及媒介视角的切入点互为支持。因此,在他的研究中,媒介理论与传统文论并不是两条平行线,也不是独立的两个部分,而是有机地结合在一起,其研究成果就体现了媒介视角和传统文论的有机结合"②。M. H. 艾布拉姆斯曾在《镜与灯——浪漫主义文论及批评传统》一书中提出文学四要素,即作家、作品、读者、世界。欧阳教授沿用了这一理论范式,并且根据网络文学的实际情况加入了对媒介因素的研究,将其扩展为作家、作品、世界、读者和媒介五个要素。他认为,从对象本体上认识网络文学,可以感受到它具有五个迥异于传统文学的显著特征:一是作家身份的网

---

① 欧阳友权:《网络文学本体论》,中国文联出版社 2004 年版,第 170 页。
② 夏露:《论欧阳友权的网络文学研究》,硕士学位论文,四川省社会科学院,2019 年。

民化，网络文学作家的身份并不同于传统文学的专业作家，而是钟情于网上漫游的"三无"（无身份、无性别、无年龄）网民；二是创作方式的交互化，与传统文学不同，网络文学采用以机换笔、人机对话和交互创作的方式；三是文本载体的数字化，网络文学的形成和发展依赖于数字科技，数字化符号就是它的文本载体；四是流通方式的网络化，与以物态化硬载体形式流通的传统文学作品不同，网络文学的流通是通过"比特"这种软载体在网络中实现的；五是欣赏方式的机读化，先进的读书软件和电子文本为读者提供了诸多便利，具有显著的优势。[1] 还有一个典型案例是，他曾吸取尼葛洛庞帝关于数字化会改变大众传播媒介的本质，将"推"送比特变为"拉"出比特的过程的观点，强调网络文学实现了由"推传播"向"拉传播"的范式转换，与传统文学传播和接受的一次性、单线性的"施—受"过程不同，网络传播与接受是交互性的关系，而这在客观上消解了作品施动者的中心地位，使传统文学的单向传播转换为网络文学的多向交互式传播。他进一步强调，网络传播不仅具有纸质传播的视觉识认性、广播媒介的迅疾性和广泛性、电视传播的时效性和视听统一性、多向交互性，还使传统文学传播的原子迟延性转换为电子迅捷性传播。[2]

由此可见，在进行网络文学研究的时候，欧阳教授并没有僵硬刻板地套用某一套理论，而是立足于现实情况，兼收并蓄，勇于创新，最终摸索出了一条最合适的研究道路，即以媒介视角为切入点，结合传统文论的创新之路。

第二节 学理思考与理论建构

二十多年来，欧阳友权教授焚膏继晷，沿着"生成背景、存在方式、文学变迁、媒介叙事、主体阐释、文学性辨析、精神表征、文化

---

[1] 欧阳友权：《网络文学：挑战传统与更新观念》，《湘潭大学社会科学学报》2001年第1期。
[2] 欧阳友权：《网络文学概论》，北京大学出版社2008年版，第10—11页。

逻辑、人文价值、研究理路"的逻辑线索，构建了完整坚实的网络文学学理形态体系。吴英文认为："欧阳教授的网络文学研究在理论结构上可分为三个部分，一是从'史'的维度辨析数字传媒下的文论转型，二是从'论'的维度探讨网络文学的本体与本性，三是从'史'与'论'融合的维度反思'比特世界'的学理症结和诗学创生空间。"[1] 接下来，笔者将从数字化时代文艺转型的系统性探索、网络文学本体与本性的触摸与阐释，以及网络文学的学理反思与诗学前瞻这三个维度来阐述欧阳教授二十年来精心构建的理论大厦。

首先，是对数字化时代文艺转型的系统性探索，这也是欧阳友权教授长期思考的重要问题。2005年，他出版了专著《数字化语境中的文艺学》，该著获鲁迅文学奖·文学理论评论奖时，评委会对该书的评语是："围绕网络的勃兴与普及以及它对文学发展的影响，面对新科技对文艺的挑战，回答当前文艺事业面临的新问题，是一部兼有前沿性、现实性、批判性的建设性文艺学著作。"该书分为上、中、下三篇，上篇主要探讨了数字化时代的文艺语境，中篇集中阐述了数字技术下的文艺转型，下篇则对具体的网络文学艺术实践做出学理性解读。2011年，他又推出《数字媒介下的文艺转型》一书，从数字媒介与文艺语境的变迁、数字技术与文艺存在方式、数字化文艺的文本形态、数字媒介下的艺术主体、传媒技术下的艺术生产、数字化文艺的价值重构、数字化时代的文艺消费、数字媒介下的文艺学边界、新媒体文艺反思与建设九方面全面阐述了数字媒介下我国文艺转型的根本性问题，提出了新媒体文艺学基本框架构建的一种可能。欧阳友权教授率先意识到，以计算机网络为代表的数字媒介，既用不可抗拒的技术力量引发了当代中国文学的转型，又从多个方面约束和限定了这一转型的内涵，为汉语言文学的历史演变扮演了"消解"和"启蒙"的双重角色。从外部的生存背景上说，数字媒介对社会文化生态的全方

---

[1] 吴英文：《数字化人文前沿的学理探索——欧阳友权网络文学研究述略》，《创作与评论》2013年第14期。

位渗透，导致文学存在方式大范围转向"数字化生存"，从技术媒介本体上改变了文学的阅读、写作和传播方式；而从自身的表意体制来看，数字媒体对文学构成要素的技术重组，造成了艺术表征关系的深刻变化，改写了文学与现实之间原初的审美关系。数字媒介对当今文学转型的推力其实是媒体与技术联姻的文化结果，这股推力主要表现在三方面：借助数字媒介的平民化叙事，促动文学向民间意识回流，让文学从专业创作向"新民间写作"转型；用技术方式为文学活动赢得更大的艺术自由度，作者、读者、批评家彼此沟通和身份互换，共聚在一个自由的平台；突破原有的文学惯例和思维观念，以"词思维""图思维"的符号表征和"自娱娱人"的新理念拉动文学深层观念的调整，为文学体制的历史演进探索新的可能。不过，在承认数字媒介对中国文学转型产生巨大推动力的同时，欧阳教授也看到了它消极解构和品质异化的一面。第一，数字媒介对于文学性的技术化消解，会加剧文学非艺术化的趋向，因为数字媒介会不可避免地对语言的诗性特质施加技术"祛魅"；第二，主体承担感的淡化会导致文学作品的意义缺失，在线写作的修辞美学让位于意义剥蚀的感觉狂欢；第三，由于数字化复制与拼贴技术造成艺术创新观念的淡化，文学经典在新媒介时代被消解，进而造成文学信仰消退和地位下滑。出于对文学命运和前景的担忧和反思，欧阳教授认为，我们需要找到既能顺应新媒介变革又能福佑中国文学前行的建设性维度，确立起新世纪中国文学发展和构建的新理念。为此，我们必须先转变观念、调整对文学的理解方式、建构数字媒介语境下的文学观。在这一过程中，我们还必须秉持人文性的精神原点，自觉履行文学的价值承诺，让新媒介成为构建新世纪文学的有效资源。面对新变的媒介载体和不变的文学本性，建立一个调控、引导与主体自律的约束机制来改善文学形态是必不可少的。总而言之，不可否认，技术进步确实会给未来的文学创造增加更多的技术含量，但是新世纪中国文学转型最需要的其实并不在于技术媒介的升级换代，而是借助新技术提升作品的艺术水准与价值审美。新世纪中国文学最终遵循的是艺术的规律而不是技术的设定。①

其次,是对网络文学本体、本性以及本体价值的探寻与阐释。在欧阳教授看来,网络文学能否在艺术审美的表意链中形成文学史的一个历史节点,以媒介转型在文学审美场域中实现范式转换,是21世纪文学格局中一个意义重大的命题,一个期待合法性体认的文学母题,对此需要从本体论上给予学理阐释。而本体论(Ontology)是关于存在的理论,它所探讨的是事物(自然界、社会和人)的本原和本性的存在方式、生成运演及其本质意义的终极存在问题。《网络文学本体研究》是欧阳教授的博士学位论文,于2004年由中国文联出版社出版,出版名为《网络文学本体论》。该作在研究网络文学时运用了本体论哲学思维,借鉴"回到事物本身"的现象学方法和"存在先于本质"的本体论追问模式,聚焦网络文学"如何存在"又"为何存在"的提问方式,选择从"存在方式"进入"存在本质"的思维路径,从现象学探索其存在方式,从价值论探索其存在本质,即由现象本体探询其价值本体,解答网络文学的存在形态和意义生成问题。他将它们分别称为网络文学本体的"显性存在"和"隐性存在"。最后再反思其"何以存在"的问题,以图从理论逻辑的"正题"与"反题"走向"合题"——将网络文学的本体论分析从"形态"与"价值"层面,延伸至艺术可能性层面,思考其本体的审美构建与艺术导向,完成网络之于这种文学的艺术哲学命名,以求探讨构建一种网络文学学理范式的可能性。

他提出,网络文学本体存在的显性结构,包含五个相互依存的逻辑层面:(1)媒介赋型:网络文学的第一存在是数字化技术媒介,它使文学从传播革命的技术螺旋中打造出电子化生态空间,从而生成网络符号话语的文学美学与技术审美的诗学;(2)比特叙事:网络的"比特化"语言叙事构成网络文学独特的表达手段,为网络电子文本创造了多媒体、超文本叙事的自由空间;(3)欲望修辞:网络写作的

---

① 欧阳友权:《数字媒介下的文艺转型》,中国社会科学出版社2011年版。

基本动因通常是间性主体的交互式欲望表达，市井社群在电子牧场中解除了生存世界的"面具焦虑"后，创造了自由、平等、真实、感性的"大话"模式和躯体化的"欲望修辞学"；（4）在线漫游：赛博空间的"虚拟真实"成为在线书写的艺术资源，拟像的符号代码重铸网络书写的技术美学，共时场域的交互与分延约束着网络文学艺术的边界；（5）存在形态：网络文学以数字化技术强化了文学对现代电子传媒的依赖，既"改造"了昔日的文学形式，又"改变"了文学的存在方式，形成了迥异于纸介印刷作品的电子化文本、文学超文本和多媒体文本，创造了新的文学范式，使得电子镜像中的文学存在日渐呈现出"文学的艺术化→艺术的仿像化→仿像的生活化"的层级蜕变。正是这五个要素间的有机融合与脉理渗透，构成了网络文学显性的结构存在。而把握网络文学的隐性存在，需经由现象学走进阐释学和历史哲学，反思重建精神价值深度的必要与可能。这一隐性价值结构包括：文学体制转换、民间话语寻根、文学性嬗变、文化逻辑依凭、人文性的意义酿造等问题。此外，欧阳友权教授还从观念预设层面探讨了网络文学的本体构建问题：即坚守文学的本体论承诺、注重新民间文学的审美提升和实现电子文本的艺术创新。[①]

在从理论逻辑上解答"存在者"是否存在和如何存在这个问题时，欧阳教授还谈到了网络文学"命名焦虑"的问题。当网络文学萌芽之初，面对这一新兴文学范式，因为感到难以把握它的根本属性，人们的命名方式五花八门，分别有网络文学、媒介文学、电子文学、数字文学、移动文学等，对此分歧很大。基于对网络文学源头的追溯和本质属性的把握，欧阳教授较早做出了清晰而明确的定义："网络文学是一种用电脑创作、在互联网上传播、供网络用户浏览或参与的新型文学样式。"[②] 如今，他的这一说法已成为共识。尽管文学的媒介载体处于不断变化的过程当中，"网络文学"依然约定俗成地沿用了

[①] 欧阳友权：《网络文学本体论》，中国文联出版社 2004 年版。
[②] 欧阳友权：《网络文学本体论纲》，《文学评论》2004 年第 6 期。

他的命名与界定。

在确认了网络文学所具有的本质价值之后,基于对网络文学发展前途的肯定,欧阳教授还从入史前提、入史必然、入史意义三个方面阐述了网络文学的入史问题。首先,网络文学是一种客观的真实存在,一种现实性的历史存在,它正是在与社会文化和历史进步的变化模式和语境关联中赢得了自己的入史前提。进一步来说,网络文学入史具有理论必然性与观念构建性:其一,它蕴含的文化精神(如自由、平等、民主、兼容、共享等)包含了人类赋予文学的人文价值;其二,网络技术实现话语权的下移,大众书写的"新民间文学"时代迅速来临,而"以读者为中心"的创作动机,又使一直以来所倡导的"文学大众化"创作宗旨得到从自发到自觉的贯彻实施;其三,基于文化资本市场逻辑的商业价值营造又对网络文学的激励与繁荣产生了强劲的商业驱动力;其四,网络文学从一开始就以叛逆的姿态"搁置"了教育、认知、审美等训诫性、规制性功能范式,而长于从"技术—自我"的双重维度表征"文学—社会"的功能形态。因此,在欧阳教授看来,"网络文学能否入史其实是一个'伪命题',因为其答案是'肯定的',网络文学作为一种历史性存在丰富了文学史的内容,作为一种价值性存在拓展了文学史的逻辑原点,而作为一种功能性存在,则赋予文学史以更为开阔的意义空间和思维视域。"[1]

最后,是对网络文学的学理反思与诗学前瞻。以互联网为标志的数字媒介以不可逆转的发展势头引发了新世纪文学的历史性转型,并由此衍生出文艺学新的研究热点。在对网络文学的学理指认中,欧阳友权教授指出,网络文学在我国的出现只有十几年的时间,对它所带来的文学转型研究还很不充分,特别是缺少内质性和前瞻性学理思考,也很少有人从网络虚拟现实关系变迁的维度,去考辨在技术操作、资本运作的背后,是什么样的交往方式、生存方式,以及由此造成的人与现实审美关系和表意体制的深刻变化,引发并构成了网络文学转型

---

[1] 欧阳友权:《网络文艺学探析》,中国社会科学出版社2018年版,第52页。

的学术理路。面对数字媒介下的文学转型，研究者必然要碰到两个难题：一是阐释框架的非预设性，即没有既定的理论范式可供效仿和参照；二是研究对象的非预成性，网络文学前景如何，尚难定格其文化表情。这时候研究者需要奉行的研究原则应该是：第一，建设性学术立场而不是简单的评判性研究态度；第二，基础学理的致思维度而不是技术分析模式。前者可以使我们避开对数字媒介文学"好坏优劣"的简单评判而将其当作科学研究的对象，后者则可以将多姿多彩的数字媒介文学现象作为有效的理论资源，为构建数字化语境中的文艺学开辟新的学术空间，这样不仅有利于新兴文学走向规范与健康，还将对推进数字媒介文学本身的基础学理建设有所裨益。① 欧阳友权教授认为，网络文学历史性地出场，以及人们对于这一文学转型的研讨与争鸣，不仅需要解决"存在者"是否存在和如何存在的问题，更需要从学理逻辑上解决其理论形态、逻辑原点和意义与价值问题，后者才能真正揭开数字媒介文学的学理症结，也是新世纪文学转型由学术资源向学理建构提升的必由路径。

第三节 现象研究与文学批评

大约从 2010 年开始，欧阳教授将研究重心从学理构建转到了具体的网络文学现象上来。从实证的角度出发，他带领研究团队进网站，读作品，做调研，积极承接全国"网络文学十年盘点"，完成了《网络文学五年普查》项目，以计量统计和原文收录的方式建立了网络文学文献数据库，出版了《网络文学研究成果集成》，侧重网络作家作品和文学现象研究，出版了"新媒体文学丛书"和"网络文学100丛书"等。这种转向，既是对以往理论研究的补充完善，也体现了他对"理论回应现实"的学术立场的坚守。

欧阳教授一直将"从上网开始，从阅读出发"视为网络文学研究

---

① 欧阳友权：《比特世界的诗学——网络文学论稿》，岳麓书社 2009 年版，第 253 页。

的立足点。因为只有通过阅读、细读大量网络文学作品，才能把握网络文学的呼吸脉络，准确地回应时代的呼唤。他清醒地意识到，与燎原而起的网络写作相比，时下的网络文学批评显得十分薄弱，批评的缺席和理论研究不足已成为网络文学发展的一大短板。传统批评家面临网络"失语"的窘境，大抵源于两种情形：一是自矜心态，二是语境隔膜。前者出于某种自矜式批评立场，后者则肇始于数字传媒语境的知识贫困和文化壁垒。要想打破困境，传统的文学批评家必须积极切入网络文学现场，获取技术传媒语境中文学的当下经验，以赢得对网络创作的解释力和评判权。进一步说，要想让传统批评家切入网络文学现场、获得有效言说，基本前提就是要调适批评家的话语立场，要能够兼容、宽容并尊重多元并存的文学现实和多媒共生的艺术生产机制。在他看来，只要传统的文学批评家能够放下身段，做到以上要求，必将在网络文学批评领域大有作为，并让切近网络的网络批评成为网络文学健康前行的助推器与活力源。①

作为最早进入网络文学领域的元老之一，欧阳教授已经发表了大量有关网络文学批评的学术文章，并于 2019 年以《走进网络文学批评》为题结集出版。全书分为网络文学现场、热点聚焦、问题解读、走势剖析、作家作品评论以及历史节点回眸这六个专辑，构成了一个富有内在逻辑的有机整体。他首先对"乱花渐欲迷人眼"的网络文坛做出了整体性梳理。在他看来，从当前的发展形势看，我国的网络文学已步入前行的新拐点，这大抵有三个方面的表现：一是网络文学的"野蛮生长"状况开始改变，在得到政府前所未有的重视后，这一新兴文学将进入主流意识形态规制下的有序发展阶段；二是网络文学已经走过数量膨胀的规模扩张期，开始进入"品质为王"的新时代；三是网络作家的受关注度和文学地位有了明显提升，成为"新社会阶层"。与此同时，他还看到了 2015 年以来中国网络文学的一个亮点，即网络文学评选及榜单发布。无论是来自政府，还是来自媒体、文学

---

① 欧阳友权：《网络文艺学探析》，中国社会科学出版社 2018 年版，第 449—454 页。

社团以及网文读者的择优遴选与榜单发布,都有助于网络文学的优胜劣汰,标志了文学的自我进化和繁荣发展。这些网络文学的排行榜可以整合各种需求和功能,提供一个实践性的范本和创作的目标,使网络文学不断向精品化、经典化和主流化靠拢。换言之,它们的意义不只在排座次本身,更在于其发酵后对网络文学生态所产生的影响与推力。基于网络文学整体情况的充分把握,他还对未来网络文学的潮动与发展趋势做出了大胆预测:第一,网络文学与传统文学的融合发展将是网络文学界创造精品力作的必然选择;第二,网络作家层级化加剧,新生代的机会更多;第三,"IP情结"对网络创作的制衡作用明显,但"IP热"已呈降温之势,这提醒我们内容为王、精品至上,才是网络文学创作的不二法门;第四,"网文出海"的开口加大,但最终作品能否被异域读者接纳还要取决于原创作品的品质;第五,网络文学的理论批评将成为新的学术热点。为了推动新时代网络文学保持繁荣并健康前行,他热切地呼吁人们正视其发展短板,以正确的价值观和审美立场实现对它的纠偏与补罅,如提升作品质量、避免过度商业化和作品同质化、改善网络文学发展环境等。

网络文学评价标准与评价体系建设问题,是欧阳教授集中思考和重点阐释的焦点问题。在他看来,网络文学评价标准的缺位与失依已成为我国网络文学可持续发展的掣肘,网络文学的评价标准已经不是"要不要"或"有不有"的问题,而是设置什么样的评价标准的问题,构建网络文学评价标准势在必行。正所谓"一代有一代之文学",网络文学作为网络传媒时代的新兴文学,发生了诸多改变,比较显著地体现在三个方面:第一,商业资本的介入给网络文学生产带来巨大影响;第二,网络传媒的技术推力形成了网络文学的"网络性",如网络创作的以机换笔、临屏续更,既有助于防范一个作品的整体盗版,又有利于形成对粉丝阅读的"黏性"效应和读写之间的互动交流,形成网络作品生产的共同体;第三,网络文学"以读者为中心"的基本导向,解构了传统文学"以创作为中心"的体制,文学网民对作家作品的接受程度,成为检验作品影响力的重要尺度。由此可见,一方面,评价网络文学不能没有传统文学批评一直坚持的思想性、艺术性、可读性与影响力相统一的标准，用以考辨作品的思想价值取向，以及艺术表现方面的审美感染力、阅读代入感与文学创新性；另一方面，检验一个网络作品品质和影响力也需要有以经济效益实现社会效益的商业性指标、技术媒介的网络性指标和消费接受度的读者喜爱指标等。因此，基于现有的发展状况和读者的认知水平，网络文学评价标准的基本要素应该是思想性、艺术性、可读性、网络性、商业性、影响力诸要素的统一。由此，他进一步提出，由于网络文学类型的多样性、作品内容的丰富性和复杂性，在开展网络文学批评时，必须从作品实际出发，把握其价值核心与艺术特点，给予作品更具针对性的评价，让网络文学评价标准成为衡量和提升作品质量的有效标杆，而不是一堆僵化的教条。

欧阳友权在国家社科基金重大项目研究中，提出了网络文学评价体系"树状"结构这一原创性成果。认为网络文学评价体系有五大基本指标：基于网络语境的思想性、不脱离爽感的艺术性、源于技术传媒的网生性、依托市场绩效的产业性和聚焦传播效果的影响力等，它们构成评价网络文学的五个持论维度，并以核心层（思想性、艺术性）、中间层（网生性、产业性）和外围层（影响力）的"树状"结构，彰显这一评价体系的功能形态。适应对象的有限性、要素倚重的选择性和系数赋权的针对性，规制了这一评价体系在实际应用上的适恰性特色。

此外，鉴于网络文学批评的特殊性，欧阳教授还谈到了如何建立网络文学批评"共同体"的问题。他提议，要协同网络文学生产、管理、传播、经营、阅读、评价各方力量，打通写、读、管、经、评各环节，建构一个创作（作者维度）、管理（政府维度）、经营（网站维度）、阅读（读者维度）、评论（理论维度）五位一体的"批评共同体"。而且，这一"批评共同体"应该摒弃以往各说各话的状态，以理论评论学理逻辑为中心，创建批评的多维互动方式，以此形成网络文学批评的优化生态。

网络文学批评的价值与局限、选择与困境也是欧阳教授关注的重点。作为一种新型的文学批评样式，网络文学批评改写了批评的机制与格局。他指出，网络批评的价值在于言者立场上以真话对抗虚假，话语表达上用犀利替代陈腐，批评方式上实现间性对话，但网络批评用即兴式点评弱化思考的深邃性，用趣味式言说消解批评的学理性，以及恶搞式批评的"舆论暴力"和价值偏误等，也不可避免地造成了网络文学批评的局限。总的来说，当代网络文学批评面临三重困境：其一，阅读量困境，网络作品数量多、篇幅长，"阅读难关"成为网络批评在技术层面的首要难题；其二，便是前面提到的评价标准困境；其三，则是评价方式（主要指文学批评的表达方式和成果传播的载体形态）的困境。欧阳教授非常关注批评主体的主观能动作用。他强调，必须从主体身份、批评标准、批评合力的三方面建立起网络文学批评通变观。中国网络文学的繁荣盛况令世界侧目，也让国人平添许多文化自信，但欧阳教授并未被繁荣表象迷惑，反而清楚审慎地意识到了表象之下暗藏的危险涌流。网络文学能步入今日的"黄金发展期"，主要源于技术优势、市场催生、娱乐品格三种推力。然而，这三大推力均为文学外因，其业绩是规模的扩张并非是文学的胜利。网络文学实质上潜藏"量大质不优"、套路化、审美疲劳这三大风险。当前，网络文学正步入"野蛮生长"后的战略调整期，我们必须实施"三步走"策略：慢下来，变"速度写作"为"精品创作"；沉下来，沉入内心，深入生活；静下来，拒绝浮躁，抵制诱惑。唯有如此，网络文学才能取得长足的发展。

　　通过对网络文学昨天的回顾和对今天的剖析，欧阳教授表达了对网络文学明天的预测与展望。面对"文学"膨胀与"文学性"匮乏的落差、写作自由与承担虚位的矛盾、"艺术正向"与"市场焦虑"的困惑，他强调，网络文学必须要调适自己前行的路标，以便用业绩和品质历史地证明自己。面对奔腾而来的网络文学大潮，我国网络文学怎样才能在快速裂变与发展中，赢得社会文化的尊重，以一个文学史节点的姿态塑造自身并完成文学的转型，是欧阳教授深深思索的问题。

在他看来，最重要的是利用网络技术资源，提升文学品质。第一，要解决好网络文学"文学性"匮乏的"短板难题"，提升网络文学的艺术审美价值；第二，避免文学对技术的过度依赖，在艺术与技术之间寻求更好的平衡方式；第三，网络行为主体要实现素质提升和道德自律。当下，网络文学日渐形成了四大基本动势：多种文本形态和传播形式并行互补、多元共生；在技术性与艺术性的两极之间寻求平衡；文化资本的商业运作介入网络文学；网络文学的理论研究趋于自觉和理性。其中，文化资本与文化产业链的一系列问题吸引了他的注意。作为推动或制衡网络文学行业发展的重要因素，网络文学产业链的巨大价值越来越引起人们的注意。文化资本的商业裂变、政策的规制引领、企业发展的内源性驱动和技术的创新性推力，引发了网络文学产业链的绩效竞合，带来行业边界扩大、企业结构关系转变、内容生产要素提升和新业务增长点的形成。产业链竞合效应规制的产业优化，对我们提出了一系列新的要求：抓住内容源头，重视精品化生产；建立协调性的业态机制，创新跨产业管理，提供制度保障发展；发展行业协作配套业务，建立中介服务体系，完善市场环境。

除了对网络文学现象做出分辨评析，坚持海量阅读的欧阳教授还会针对具体的作家作品撰写评论文章。不同于粗糙简单流于表面的网生文学批评，他往往选择从叙事方式、艺术谋略、网络色彩等角度来进行细致剖析，学理性、专业性突出，能够为网络作家的创作方向提供有效的指引。在解读缪娟的《翻译官》时，他把握住了小说的本质内核：不是常规意义上的网络职场小说，而是一部展示青春、奋斗和成长的爱情小说。小说设置了三个艺术叙事维度：一是真实书写爱与被爱的人生不等式；二是艺术地揭示人的尊严的高度与爱的温度的关联；三是自由抗争的成长主题，赋予言情故事以更多的寓意。在评价丛林狼的军事题材小说《最强特种兵》时，他在肯定小说故事抓人、人物形象塑造传神、知识描写丰富、语言表达能力突出、叙事节奏明快、细节生动之外，也诚恳地指出了小说存在的一些问题，如小说基本停留在写故事层面，好看但不耐看，以及作品中战斗搏杀的密度太大，缺少张弛和舒朗。面对风靡网络的类型化小说，他则理性地分析了它的机缘与困局。作为网络文坛夺目的风景，网络类型小说的兴盛离不开新媒体文化市场的选择、写作动机的转变和传媒形成网络分众化的技术催生。目前，网络类型小说还存在着明显的短板。为了实现类型化小说的健康发展，必须从以下三个方面着手：一是校正和修补写作模式化的"重复短板"，为类型小说拓展更为开阔的创新路径；二是消解想象力"枯竭焦虑"；三是从创作资源上实现"架天线"、"接地气"和"打深井"。[①]

第四节 人文审视与精神坚守

面对数字媒介技术给社会生活带来的根本性变革，欧阳教授既看到了数字技术对文学嬗变形成的强大推力和积极影响，又深刻意识到"后审美"现象背后隐藏的艺术审美价值、人文精神价值的表征危机。他"既推重价值理性，关注意义承载，洋溢着乐观气息，又自始至终保持着一种沉静、严肃的反省态度和怀疑精神，更多理性化的学理阐述而非情绪化的感性激发，更多历史化、语境化的动态审视、具体分析而非印象式的、简单划一的抽象武断"[②]。基于这样的学术品格和学理特点，他的研究从始至终都展现出高超的理论水准和独特的学术魅力。

第一，学理阐释与实证调研相结合，研究途径多种多样。一方面，从关注网络文学开始，欧阳教授就一直坚持和倡导"建设性的学术立场而不是评判性态度"，"基础学理的致思维度而不是技术分析方式"。因此，他的研究往往侧重于"从原理性的角度"来阐述网络文学问题，致力于构建完整的网络文学基础理论，实现对网络文学研究的理论提升。另一方面，在理论研究取得了一定成果之后，他开始重视实

[①] 欧阳友权：《走进网络文学批评》，凤凰出版社2019年版。
[②] 何志钧、吕晓春：《汉语网络文学理论的垦拓——欧阳友权与当代网络文学研究的学理建构》，《东方丛刊》2010年第1期。

证研究，使其与相关理论研究相互补充。他积极展开调研活动，大量采集数据，并经由数据分析揭示网络文学发展现状以及网络文学现象背后的网络文学性质。2011年6月，他的"网络文学文献数据库建设"项目被评为国家社科基金重点项目，结项成果除《网络文学研究成果集成》等纸质著作外，还包含1个大型数据库电脑软件。据悉，该数据库软件从"源"与"流"的纵向梳理到"史"与"论"的横向普查、从传统媒体文本到数字传媒信息、从海外境外资料到国内相关文献等，对新生的网络文学文献资源首次进行了大规模系统搜集和清理，将网络文学术语概念、站点写手、作品文类、语言表达、文学事件、相关成果等，作了全面查证、辑录、整饬和厘清。这项浩大的系统性工程，无疑具有史源、史实、史料和史识的重要意义，为网络文学的资料搜集、整理、保存工作做出了突出贡献。

多年来，欧阳教授一直坚持团队合作的研究模式。一是因为团队合作具有持续性，能够保持连续的研究势头和相对稳定的创造力，确保研究成果不断线；二是因为能够全方位拓进，团队作战尽量不留死角。比如，从成果看，他所带领的团队发表的论文覆盖面比较广，涉及网络文学的方方面面，其中包括文学网站、网络写手、网络创作、网络小说、网络诗歌、短信文学、博客文学、网络恶搞文化、网络叙事学、网络文学批评、网络文学本体、网络作品名篇、网络文学语言、网络文学关键词、网络文学产业等，还有《网络文学发展史》《中国网络文学编年史》《中国网络文学批评史》《网络文学评论100》《网络文学文献数据库》《网络文学普查》《网络文学词典》《网络文学论纲》《网络文学学理形态》，以及网络文学教材、海外网络文学调研等，甚至连与网络文学相关的手机短信文学、网络游戏、网络动漫、微博文学、网络大电影、网络美育、数字图像文化、网络火星文等都有所涉猎。

第二，始终具有自觉而强烈的述史意识。随着网络文学的日益繁荣与网络文学研究的不断深入，人们越来越意识到网络文学写史、网络文学批评入史的必要性与可能性。这股写史的冲动，与网络文学研究学科化建设的趋向是相辅相成的。近年来，当代文学学科掀起了"史料热"，网络文学作为当代文学的重要组成部分，自然也不例外。欧阳教授很早就具有自觉而强烈的述史意识，他不仅注重资料的搜集、分类、整理、保存工作，还积极开展写史工作。2015年，他出版了《中国网络文学编年史》一书，逐日、逐月、逐年地把1991年至2013年间，汉语网络文学诞生及其发展的历程进行了清理，对其中的重要事件、主要人物、代表作品、各项活动、各类事件、重要关键词等作了完整记录，为网络文学保存了完整而真实的原始资料。自2016年起，欧阳教授每年都会带领他的研究团队推出一本内容丰富的《中国网络文学年鉴》，从文学网站、活跃作家、热门作品、网络文学阅读、理论与批评、网络文学的文化产业、网络法规与版权管理等方方面面对该年度的网络文学文献资料作系统的搜集、辨析和梳理。

　　以2019年出版的《当代中国网络文学批评史》为例，该书从历史实证和理论逻辑一纵一横两个维度，分别描述了网络文学批评实践的发展面貌和理论观念的演进，并不断在后续阐述中反思这一批评史的价值判断。欧阳教授在书中强调，网络文学的快速发展把网络文学批评史的建设问题推到学术前沿，但网络文学批评在修史中该怎样"述史"却不得不面临三大难题：怎样处理网络文学历史短促与学术成果积淀不足造成的资源掣肘，如何规避网络文学多元创作下"批评定制"的述史风险，以及怎样处理文学史元典传承与网络时代观念新变的语境选择。而摆脱第一个难题需要从网络文学批评现状中清理已有的学术资源，抽绎出批评史的学理观念；破解"批评定制"述史风险的关键则在于把握文学变与不变、文学批评变与不变、以及网络文学批评史变与不变的历史辩证法；消解第三个难题则需要在"原典规制"与"网络文学批评"现实对接之间找到最大公约数，通过"选点"和"定格"，找准网络文学批评史实与史论、史料与史观之间的逻辑关联。他指出，对网络文学批评而言，其作为外在历史呈现的背后是文学问题回应和批评观念的构建。"史"的描述是对网络文学批评历史发展的现象考察，而对批评的"论"的审视就需要对沉淀在现象背后的文学批评问题与观念予以价值判断和意义分析，如此才能为批评活动的"史实"找到"史论"的逻辑依据，进而确立起问题论域，抽绎出网络文学批评的学理范式。由此，他从网络文学批评观念的转型、批评标准的创建、批评功能的变迁、批评主体的梳理以及网络文学批评影响力的变化等视角切入，大大开辟了网络文学批评史的思维空间。① 该著入选国家社科基金中华学术外译项目被翻译推介到英语世界国家。

第三，问题意识突出，直击热点话题。在网络文学研究中，欧阳教授始终具有强烈的问题意识，深度聚焦、思考网络文学的热点话题，真诚地关心网络文学的前途与命运。他曾撰长文分析网络文学"陪跑茅奖"的缘由与启示。从第八届茅盾文学奖允许网络小说参评开始，网络文学连续三次"陪跑"。他坦率地比较了两种文学在艺术创作上的差异性：传统文学基于"文学性"的精英本位，网络创作则主要是源于市场化的大众需求；作品本身的文学品相、艺术品质存在明显落差；在文学功能作用上也有着不同的指向。这些都是二者同台比拼没有胜负悬念的主要原因。考察网络文学与传统文学的长短之辨，或将给未来文学发展带来应然性与或然性两个方面的启示。在应然性上，它们各有所长又互有所短，应该在扬长避短、取长弃短的基础上携手共进，实现优势互补；而从或然性看，两种文学的博弈将促使网络创作出现两种可能的选择：要么对标"茅奖式"写作，让自己"长得像茅奖"，要么规避或超越"茅奖模式"，创造属于网络文学自己的经典。更为根本的是，网络文学无论是否对标茅奖，都需要先迈过现实主义精神这道门槛，并在艺术价值上强健这一精神。这才是网络文学能否成为"文学"的价值"真问题"和理论"元命题"。② 2020年他出版的《网文观潮》一书，收录了他近两年发表的22篇网络文学批评文章，均是对网文行业发展热点问题的回应。

---

① 参见欧阳友权《当代中国网络文学批评史》，中国社会科学出版社2019年版，导论部分。
② 欧阳友权：《网络文学"陪跑茅奖"的缘由与启示》，《当代文坛》2020年第2期。

2020年，是网络文学波折动荡的一年，站在岔路口的网络文学究竟该往哪走、如何走成为业界关注的焦点。"阅文风波"震动了整个网文圈，免费阅读和付费阅读的矛盾也被推上风口浪尖。这次由阅文高层大换血导致的"行业地震"，也引发了欧阳教授对于网络文学生态培育问题的思索，他迅速撰写了《从"阅文风波"看网络文学生态培育》的文章。在他看来，"阅文风波"所折射的问题及其产生的"蝴蝶效应"，也许会对我国网络文学发展及其行业生态建设带来深远影响。这一风波背后的深层原因在于，网络作家担心，阅文平台的经营理念从付费走向免费，从重视产业链前端的内容生产转向更注重后端 IP 分发的视频产品营销，使"文学"在与"资本"的博弈中处于下风，创作者权益不保而被边缘化。"阅文风波"的实质其实就是平台与作家之间的权益之争。本着有利于网络文学健康繁荣、有利于网站平台可持续发展、有利于网络作家权益保障的基本立场，欧阳教授提出了化解此次作家与平台之间矛盾要秉持的三条原则：作家是网络文学的"第一生产力"，任何规则的制定或调适，都要顾及作家的正当权益，保护和调动他们的创作积极性；保障优质内容生产是行业发展的"压舱石"；打造健康的网络文学业态，要坚持保护性培育，科学化管理。在"后风波"时代中，网络文学需要围绕资本、消费、政策法规、舆论四个"生态场"以及作家自律、平台思维两个"生态点"发力，以培育网络文学健康前行的优化生态。[①]

当前，网络文学正处于提质进阶期。一方面，网络文学已然成为我国极具影响力的文学增长极；另一方面，这一文学新锐又以信息流转迅速、业态变幻莫测、构制无以定型而争议不断。面对当下网络文学几个引人关注又让人困惑的迷局，欧阳教授选择凝眸正视，认真解读，以求为业态优化找到正确的打开方式。一是要打开现实题材高调入场与"精神合榫"的迷局，以现实题材创作彰显网络文学的现实主

---

① 欧阳友权：《从"阅文风波"看网络文学生态培育》，《中南大学学报》（社会科学版）2020年第5期。

义精神，确立起三个基本的文学观念：从题材选择走向"价值及物"，从"在场秀"站位走向体验式书写，从生活镜像走向艺术审美。二是面对粉丝文化推手下的"增值焦虑"迷局，要做好网站精品内容建设，从源头上筑牢"读者→粉丝→忠粉→原著粉"的消费链条；聚焦粉丝社群文化，助推 IP 联动，通过粉丝的"圈地自萌"放大粉丝文化的"马太效应"；借助 AI"开挂"，开启"智能伴读新时代"，提升粉丝用户的消费体验以增强忠诚度。三是面对强大的人工智能创作的挑战，首先需要找准时代方位，跟上人工智能步伐，在观念上达成对新技术创作的认同与适应。①

第四，坚守初心，呼吁技术传媒的"文学魂归"。作为一名人文学者，欧阳教授不仅关注数字媒体推力施于文学的知识和观念谱系转型，还一直苦苦追寻着文学最为根本的人文底色与审美承担。在为网络文学结出的累累硕果感到欢欣的同时，他也在为网络文学存在的局限和问题感到焦虑，并从人文审美视角对网络文学进行了技术理性批判。

他的著作中，不仅寄寓了对"高科技与高人文"的期待与思考，还饱含对"数字化时代人文精神"的忧患与理解。他主张把科技革命和人文关怀联系起来，克服"技术崇拜"和"工具理性"的观念误区，培育高科技时代的人文精神，实现科技进步与人的自由发展的统一。他坚定地认为，任何一种文学的历史认证，并不取决于其是否"另类"和"叛逆"，而取决于它能否走进人们的心灵世界，切入人类审美的殿堂，建立起自己的人文价值体系，而这种内质的涵养在新媒体时代并不会随风播散、和光同尘，而是需要在数字化技术霸权的铁壁合围中，以艺术的信念和坚挺的精神来疏瀹和铸就的。他强调，人文底色和审美担当就是文学之"魂"，新媒体文学不能没有这个"魂"，并要警惕这一文学价值理性的"魂不附体"，呼吁技术传媒的"文学魂归"。数字媒体对当今文学艺术的全方位覆盖不应该成为技术

---

① 欧阳友权：《网络文学的三大迷局及其打开方式》，《文艺争鸣》2020 年第 7 期。

对人文的覆盖或传媒对审美的消解,新的传媒语境不是艺术韵味消解和主体承担弱化的借口,技术复制和艺术民主也不能成为消退文学信仰、漠视文学经典的理由。文论学术有责任从观念上把新媒体对文学的强势介入看作文学在涅槃中新生的历史机遇,为传媒引发的文学转型培植一个价值与意义构建的维度,在炫目的文学旗语上标识价值判断,在喧腾的文学版图上镀亮问题意识,让新媒体文学的"魂兮归来"成为人类文明河床上意味深远的文学史节点。原因在于,当代文学的网络在线最终还是要靠人文审美和艺术创新的价值含量来表征它的历史存在、美学命意、艺术成色和深层文化积淀,只有这样才能成就新媒体文学的诗性命名。从这个意义上说,新媒体文学仍需秉持人文性的精神原点,自觉履行人类赋予文学的价值承诺,通过调控引导和主体自律来改善文学对技术的依赖,让数字媒介对传统的挑战变成文学创生的契机,只有这样,媒体革命才能成为21世纪中国文学健康前行的强大动力和有效资源。①

  面对变动不居的数字化媒体和网络文学,面对研究对象的不确定性和学理构建的非预设性,欧阳教授一直遵循着两条治学原则:一是基础学理的致思维度而不是技术分析模式;二是建设性反思意识而不是评判性"他者"立场。前者让他在思考问题时重价值理性和意义承载,后者则提醒他要对自己的理论思考持存一种反省与怀疑精神。多年浸淫、常年积累,欧阳教授从1999年进入网络文学领域,2000年开始发表网络文学理论批评成果,是我国网络文学发展的见证人、参与者。作为网络文学研究的先驱者和奠基人,欧阳教授焚膏继晷,孜孜不倦,立足高远,纵横捭阖。二十多年来,他翱翔于理论之野,潜游于现象之海,手执批评之剑,为数字化人文研究开辟出一片广阔的天空。作为一名永远"在路上"的学者,他一路披荆斩棘,从漫漫长夜到曙光初现,从罕有人至到热闹喧嚣,终于走出一条宽广而风景迤逦的大道。

---

① 欧阳友权:《数字媒介下的文艺转型》,中国社会科学出版社2011年版,第265—269页。

第三章　陈定家：网络文学研究的坚守者

近20年来，文学经历了两次具有革命性意义的重大变化：一次是20世纪末的市场化转向，一次是21世纪初的数字化生存。两次变革的一个明显结果是传统文学的日渐式微和网络文学的悄然兴起。在互联网时代，网络文学已经成为文学的主流之一。网络文学是指以互联网为发表平台和传播媒介，借助超文本链接和多媒体演绎的手段来表现主题，在网上创作发表，供网民阅读的文学作品、类文学文本及含有一部分文学成分的网络艺术品，其中以网络文学原创作品为主。

在21世纪最初的10年间，中国的网络文学经历了一个野蛮生长的时期，各大网文网站群雄逐鹿，为了点击率你争我夺，催生了一大批以在线写作为生的网络写手。近十年来，网络文学渐渐从野蛮生长状态走上了有序发展的道路，发展日渐繁荣，影响力也不断增长。2020年6月，中国互联网络信息中心发布了第46次《中国互联网络发展状况统计报告》，网络文学用户规模达9.4亿。而艾瑞咨询发布的《2020年中国网络文学出海研究报告》也指出，中国网络文学行业市场规模达到201.7亿元。[①] 如今，中国网文已经成为足以与美国大片、日本动漫和韩国偶像剧并驾齐驱的"世界四大文化奇观"。由此可见，网络文学既是引领时潮的当代文学，也是超越国界的世界文学，它正在为中国文学开创一个更加辉煌的新时期。

[①] 陈定家：《从网络强国理念看网文海外发展》，《文艺报》2021年7月19日第6版。

当然，在网络文学崛起的同时，我们也绝不能忽视在这一庞大的产业链背后依然存在不少令人担忧的隐患和缺陷。这些问题阻碍了网络文学的健康发展。第一，从网络文学写手的视角看，由于网络写作门槛低，在"人人都是艺术家"的口号影响下，网络文学创作缺乏经典意识，随意复制、拼凑的情况愈演愈烈。第二，从网络文学作品的视角看，各大文学网站库存的海量作品，普遍存在次品远远多于精品的现象。第三，从网络文学传播的视角看，数字化技术的崛起，为文学生产插上了腾飞的翅膀，市场化运作使得网络写作规模化成为可能。这在推动网络文学发展的同时，也造成了网络文学的功利化。除此之外，诸如网络盗版使网络文学的版权难以保证，网络文学平台盈利能力低下等问题也值得我们关注。

从1998年痞子蔡《第一次的亲密接触》发表开始，中国网络文学的发展已经走过了23个年头，越来越多的人开始关注这一领域。然而，与风生水起的网络文学创作相比，我们的理论研究却显得十分滞后。这种理论滞后主要表现在以下几个方面。第一，当前的网络文学研究尚未受到重要专业学术期刊、知名学者应有的重视。第二，网络文学创作与批评之间普遍存在方枘圆凿现象。熟悉网络文学创作的写手和网管，往往缺少必要的理论知识和批评能力，而传统文学研究者和批评家，则缺乏必要的网络等新媒体知识。第三，网络文学研究存在情绪化批评多，学理化分析少；宏观研究重复多，作家作品分析少等现象。第四，网络文学批评难以跟进创作现实的另一个重要原因在于，网络文学的观念转型和范式变革一时还难以纳入现代文学理论的框架，惯常的文本批评方法在网络文学面前失去了效力。① 正因如此，我们才迫切需要推进对网络文学的理论研究，使其真正适用于网络文学发展的实际需要。而通过对中国社会科学院文学所研究员陈定家教授的网络文学思想进行总结，可以帮助我们对过往的网络文学理论研

---

① 王青：《"何处是归程，长亭更短亭！"——陈定家访谈录》，《创作与评论》2017年第12期。

究成果进行回顾。

陈定家教授从1999年起开始研究网络文学，并先后出版了《比特之境：网络时代的文学生产研究》（以下简称《比特之境》）和《文之舞——网络文学与互文性研究》（以下简称《文之舞》）等相关著作，系统地梳理了我国网络文学发展脉络与相关重点，并从互文性视角研究网络文学，提出许多让人耳目一新的观点，对当前的网络文学理论研究有多方面的启示意义。在他看来，起于青蘋之末的网络风潮，已悄然演变成天落狂飙之势，径直把我们带进了一个"数字化"生存的世界。作为国内较早切入网络文学研究领域的学者，陈定家教授以切问近思的学术态度密切关注网络文学生产论、网络文学文本论等网络文学问题，立足实践，视野宏大，识见深透。本章将从《比特之境》和《文之舞》这两本著作的主要内容出发，结合相关材料，对陈定家教授的网络文学思想及其贡献进行总结。

第一节 网络文学生产研究

一 文学的数字化生存

国际互联网的诞生，源于美、苏两个超级大国为争夺外层空间霸主地位而引发的军备竞赛。如今，互联网已成为世界最重要的纽带和桥梁，作为一种数字化的交际工具，它对我们生活的方方面面都产生了巨大的影响，其中自然也包括对文学的变革。网络时代，文学正经历着一场生死攸关的考验。在网络引发的这场互为因果的复杂革命中，考察文学的数字化生存，是我们厘清当下网络文学诸多问题的最佳着眼点之一。

（一）网络时代的媒介变迁

以原子论视角看，世间万物皆由原子组成，因此，人类的历史也可以看作利用原子移动以改造物质空间构造的历史。然而，随着数字技术的发展，网络传播的崛起，信息传播的原子形式正在越来越多地被比特形式代替。所谓比特，即英文 Bit 的英译，它是计算机内存的最小单位。比特没有体积，没有重量，取之不尽，用之不竭。它开辟了一个近乎无限可能的虚拟空间，于是众多文学产品纷纷转移到这座"比特之城"。在陈定家教授看来，就文学艺术生存方式而言，从"原子帝国"到"比特之城"，可以说是网络时代所发生的许多重大变革中的最为根本性的变化。

比特化传媒的优点主要表现在以下几方面，首先，比特压缩数据和纠错的功能提高了信息传递的有效性。数字影像取代了传统的印刷作品，旧世界的优秀遗产也得以保存。其次，比特打破了接受者的沉默，它让人们看到了"平等互动"的希望。信息接受者可以根据自己的兴趣自由选择信息，同时传播者也仍可以按照接受者习惯的方式发送信息。最后，比特打破了作家与读者之间的时空阻隔。过去，作家倾诉的对象只是心造的幻影，读者也只能从文本表达的内容来理解作品的奥妙。而现在，作家与读者可以随时随地互动，同时网络也为作家调用写作资源提供了得心应手的万能书库。

（二）后信息时代的文学生存状况

"信息时代"是指信息成为与物质能源同等重要甚至比之更加重要的资源，整个社会的政治、经济和文化以信息为核心价值而得到发展。"后信息时代"是相对于"信息时代"而言，如果说信息时代的根本特征是"网络社会"的崛起，那么后信息时代的根本特征则是实现了"真正的个人化"。

陈定家教授指出，相比于工业时代，后信息时代的文学生存状况发生了许多变化。第一，从无限"广播"走向定位"窄播"。大众传媒从过去的"超级大食堂"变为"开小灶"，聚焦较小人群的精神生活需要和文化审美趣味。从"广播"到"窄播"并不是信息传播面的缩小，相反，它使有效信息传播效率得到了全方位提升。第二，由"批量生产"到"量身打造"。传统印刷文学时代，原创文本与复制文本的内容之间不会有太大差异。而后信息时代把这种批量生产与销售变成了具有个人化色彩的"量身定制"。第三，从"沉吟冥想"到"身临其境"。在传统文学阅读过程中，读者需要展卷细读，借助想象感受作者的思想感情。而在这个读屏时代，文学经典通过数字化媒介还原为活灵活现的艺术声像，营造出"身临其境"的氛围。

（三）互联网与文学艺术的革新

从艺术经济学的角度看，赛博空间中的技术革命确实极大地解放了艺术生产力，并为未来的艺术生产开辟了辉煌的前景，这主要表现在以下几方面。在影视领域，电脑设计所产生的逼真画面效果，使观众领略到现实生活中无法体会的全新感觉。如《烈火雄心》中的火场世界，《泰坦尼克号》中的海水、烟雾等特效均由电脑合成。随着电脑的日益精密化，"非人影星"的出现也指日可待。电脑在美术中的应用也越来越广泛，过去复杂而艰苦的创作被电脑游戏般的快乐操作代替了，电脑不但可以制作出墙上广告，还可以制作手工不可企及的电视广告，极大简化了动画片、连环画的制作，将绘画变得像照相一样简单。电脑的全面入侵还可能危及书法艺术，当今各种摇笔杆子的人普遍"弃笔操电"，这几近是对书法艺术的一种毁灭。尽管电脑中也输入了楷、隶、行等书体，然而打印的这些字体实际上已成为整齐划一的新型美术字。另外，电脑正在瓦解书法的群众基础，这一趋势加速了书法艺术的衰退。

对于互联网与文学艺术的关系，陈定家教授总结道："赛博文化利用技术手段、技术材料、技术方式，从艺术生产的操作层面不可抗拒地渗透到艺术生产的观念层面，科学技术已成为一种'本体性'的存在支配着当代艺术生产。说到底，科技对艺术生产的影响主要的原因是，赛博文化已经悄悄地改变了人们的思维模式和审美习惯。"

二　博客写作与文学关系

以网络为代表的现代传播工具有助于构建国与国之间沟通的桥梁，提高人们参与公共事务的热情，促进网络空间的自由与民主。以博客为例,冷面孔的"印刷体"一旦变成了热心肠的"赛博客",大众舆论必如火山爆发。作为平台,博客为公众提供了共同参与的热门议题,成为舆论监督的主要力量之一。从物质到精神,从公共领域到私人空间,博客的冲击波正在席卷我们生活的每一个角落,文学生产和消费自然也不例外。因此,博客对于网络时代文学生产与消费所扮演的角色,值得我们深入探究。

(一)博客写作的基本特征的研究

博客(blog),指网上写作的一种特定形式和格式。由按时间倒序排列的文档组成的栏目,两侧通常还可以补充材料,频繁更新,一般大量使用链接。最早的博客可以追溯到万维网的发明人博纳斯-李开设的第一个网站http://info.cern.ch,随后的NCSA和网景的"What's New"栏目有了博客的雏形,真正意义上的博客则始于贾斯丁·霍尔的"网上日记",但直到21世纪初,博客仅是一批IT技术迷的个人自发行为。博客真正成为重要信息之源而正式步入主流社会的视野得益于"9·11"事件,这场恐怖袭击使人们对博客这种即时有效的信息传递方式有了全新的认识。随后,各个专业领域的博客如"雨后春笋"纷纷涌现,博客的影响力也随之扩散到全世界。

在中国,学术界对博客的关心要早于其实际应用,早在1998年,中国学者孙坚华就开始关注博客现象。2002年7月,方兴东、王俊秀正式将blog的中文命名为"博客"。随着Web2.0时代的到来,越来越多的名人开始使用博客,通过名人效应,更多的人加入了浩浩荡荡的博客大军。到2005年,博客用户已经完全渗透到全体大众,不仅博客规模、博客服务商数量出现了急剧飙升,网民对博客的认知和博客网站自身的发展也获得了飞跃性发展,这标志着博客正式从精英走向大众。

与传统传播方式乃至早期网络传播相比,博客写作有其鲜明的特色。陈定家教授认为,博客写作具有以下几个特点,一是自发、自主、自为。任何博客用户都可以通过博客发表自己想要传递的内容,这颠覆了由精英把握信息传播和新闻发布的传统,传播文本的能力和权力被真正地民主化了。二是随时、随地、随意。博客的"零进入"和"傻瓜化"使得所有时间所有地点具备上网条件的人都能自由参与信息发布,这使得博客成为大众参与公共事件最重要、最有效的工具和武器。三是互补、互动、互娱。在博客上,所有用户都既是独立自足的个体,又是整个博客世界的有机组成部分。用户之间通过链接、转帖等方式互相补充其博客内容,同时积极互动。

博客写作以其上述特点,最大限度地满足了个人化的表达需求。而个人化也是审美现代性在反抗现代性过程中彰显出的伦理姿态。正如陈定家教授所言,博客之于文学生产与消费的意义,绝不只停留在工具或手段层面,它将深入文学更为本质的内核之中,从思维方式和审美习惯等形而上的维度,颠覆和重建网络时代文学生产与消费的价值观念和运行模式。

(二) 对博客文学的研究

从本质上讲,博客写作仍然只是一种超文本写作,不能将其等同于博客文学。作为一种纯粹个人化的表达平台,博客的内容多元繁杂,许多文字难以称得上文学,然而博客文字的文学性或文学因子却绝不可小觑。如叶永烈、郑渊洁、王朔等知名作家纷纷入驻博客平台,他们在博客上发表的内容有许多是准备在传统媒体上发表的文字。与传统的印刷文学相比,博客文学具有无与伦比的自由性、自主性,表现手段丰富。博客不仅进一步强化了网络文学的读写互动模式,极大地拓展了文学生产与消费的社会化空间,同时也极大地提升了个性化写作的自由度与灵活性。单就语言的个性化而言,博客也可以说是网络写作语言创新的集大成者。

博客文学的出现极大促进了文学的"日常化"和"平民化",使写作获得了真正意义上的自由。博客江湖的迅猛发展,也引起了出版商的注意。在陈定家教授看来,出版商更看重作品本身的魅力,大体上说,"博客文学"具有三个方面的魅力。一是"私人气质",与传统文学相比，博客文学在传播模式和写作上具有明显的"自我性"。所谓"我的空间我做主"，随写随贴，随贴随改，多数人多数时候写博客无非只是自娱自乐、自言自语。二是"语言活泼"，妙趣横生、率性直陈的"博客语言"是博客广受青睐的一个重要原因。三是"全民参与"，博客作者一般是写完一段贴一段，网友对作品也是看一段评一段，这些评论又或多或少会影响作者的下一步创作，因此可以说博客小说是一种全民参与的集体创作。

由于博客写作的自由与随意，它不可避免地会产生一些问题，也就招致了不少学者对博客文学现象的批判。例如部分博客写作存在以"性"为招牌炫人眼目之嫌，此外也有人认为博客文学大多聚焦于琐碎的个人生活经验而缺少宽阔的生活视野与深刻的生活体验。对于前者，陈定家教授认为整个文坛都存在比较严重的性泛滥问题，相比传统纸媒介文学中性描写的主导地位，博客还难以超越。而对于后者，陈定家教授则指出博客文学本就是大众自由表达情感的媒介，不可能超越传统精英文学对现实生产和人类境遇的整体把握。因此，站在精英主义立场上指责博客文学缺乏对现实生存的精神超越与人类境遇的整体把握实际上是没有现实根据的。

三 文学消费方式的革命

文学消费方式革命所带来的影响，一直为人们所关注。古希腊哲学家苏格拉底曾认为僵死的文字与活生生的话语比起来几乎一文不值，而弗雷德里克·杰克逊则认为："'经典'只有通过最先进的复制技术才可以达到。"如今，科学技术的发展，正在推动着我们进入一个"图像时代"，对文学经典的翻拍屡屡引发人们的争议。文学经典与其影视化、数字化的关系，也是我们在谈论网络文学的生产问题时绕不过的话题。

（一）文学的影视化研究

电影与文学历来就有某种不解之缘，它善于吸收文学的滋养，许多影视作品都来自经典文学作品的翻拍，希腊神话、《圣经》、莎士比亚等都是西方电影的重要"武库"。在陈定家教授看来，真正的经典必须具有如下特点。首先，它必然具有与时俱进的再生性和包容性。其次，真正的经典不应也不会拒绝形式多样的改编、阐释甚至戏说。最后也是最重要的一点，任何人都没有垄断经典开发及其使用的权力。

名著改编在中国的情况与西方相差无几，陈定家教授以四大名著的翻拍，特别是曾经轰动一时的"红楼选秀"为例，阐释了艺术生产的产业化已成为时代发展的大趋势，经典重拍在消费社会不可避免地变成了一种文化商业行为，并指出"我们的文艺理论与批评对经典翻拍的态度不可含糊——既不应盲目追捧，也不应全盘拒绝"。

在陈定家教授看来，当前名著影视化存在着许多问题。第一，在经典影视化改造的过程中，当代影视人的"经典崇拜意识"和"毁典灭经"冲动时刻在进行着激烈的较量，人们对名著本身所具有的海纳百川的博大胸怀和顺势而为的应变机制似乎还缺乏应有的认识，拘泥经典和过度阐释两种对立倾向日趋极端化。第二，市场化影视制作过程中存在许多粗制滥造的豆腐渣工程，削足适履、生搬硬套的情况也十分普遍。第三，名著影视改编的理论研究严重滞后，中国文艺理论界对影视文艺缺乏足够的重视，面对声势浩大的图像转型，长期沉溺于全球化、现代性、审美文化等概念游戏而不能自拔的理论圈，进一步丧失了直面于文艺现实的言说能力。第四，"恶改"或"恶搞"没有一个基本的道德底线。

文学经典的影视化，既是对经典艺术精神的本质性回归，同时也是对传统审美观念更遥远的流放。对于文学经典纷纷"触电""触网"这一现象，陈定家教授评论道："尽管数字化影像可以制造令人惊颤的视听奇观，提供无与伦比的感官盛宴，但离开了经典文学擅长结构的情节曲折的故事，或者缺乏扎根于书面文化的诗意氛围，就不可能产生真正引人入胜的电影艺术。"

（二）文学的数字化阅读

在传统文学时代，书籍的保存、流通与查阅主要依赖图书馆。自古以来，文化的传承就面临诸多问题。一方面，许多珍贵的典籍或毁于天灾人祸，或在尚未流传开来时就化为岁月的尘埃；另一方面，人们对书籍内容的查询也受制于有限的记忆力与浩瀚的典籍之间的矛盾。

而在网络时代，借助互联网这一世界上最大的虚拟图书馆，上述传统文学曾面临的难题得以迎刃而解。网络时代网络强大的检索功能，为文学内容的革命与艺术的数字化生存提供了理论可能和实践便利。陈定家教授以网版小说《姑妄言》为例，讲述了这本清代的艳情小说是怎样借助互联网，从珍本绝本书籍变成人们手机上的通俗流行读物。文学的数字化阅读，使许多逐渐被人遗忘的古代作品摆脱了本应腐朽的命运，得以在数字化的"永恒之境"中重见天日。

（三）手机小说研究

手机小说是手机短信小说的简称，也可称为短信小说，即通过手机传播和阅读的小说。手机小说首先在日本兴起，2000年4月2日，最早的手机小说《深爱——少女阿雪的故事》在日本问世，随后手机小说在日本蔚然成风。而在中国，手机小说的流行却与文学没有太大关系，而是得益于媒体的炒作。广东作家千夫长的手机小说《城外》以一字百元的价格拍出了18万元的高价，引起媒体的广泛关注，短信小说也随之风行起来。

手机小说的风行引发了人们对于手机短信文学的争论，其中既有手机小说"大有市场"的观点，也不乏对手机小说发展的担忧，如手机文学造成的信息污染，版权保护等问题。对此，陈定家教授秉持"折中主义"，在他看来，与传统写作甚至网络写作相比，短信小说具有以下独特品质与个性特征。第一，短信小说拓展了网络化写读及时互动的新空间，第一次把文学从沙龙和书斋中真正地解放了出来，日益精粹化的短信正朝着艺术化的方向发展。第二，新颖别致的表达方式使国民潜在的乐观幽默等品格获得了尽情展露的平台。手机短信带来了文学传播方式和阅读习惯的改变，也改变了文学的文体形式，比如篇幅精短、句式急促、排列形态别样，还有节奏快、符号化、日常化和生活经验的细致模拟体验等。第三，短信文学在获得技术馈赠的表达自由的同时也必然要受到IT行业的制约，手机小说写手收入依靠转发量和下载量。第四，手机小说在极端化的"短平快"写读过程中频繁"变脸"，无形中增加了网络文学世界变化无定、捉摸不透的惶惑、繁杂与焦灼。

对于手机小说未来的发展，陈定家教授始终保持一种谨慎而又开放的态度。一方面，他认为对于手机小说必须保持足够的警惕，手机小说商业化的发展趋向在带动文化产业发展的同时，也势必损害小说的文学性和人文性；另一方面，他也指出"我们不应该因手机小说存在着这样或那样的不足而将脏水和孩子一起泼掉"。

四 数字化语境中的文学经典

文学的"经典化"与"去经典化"问题，长久以来一直是学界争论的焦点。有关"文学经典"承传与重构的研讨，发轫于丛书出版或名著改编等过程中所暴露的具体问题，随着影视娱乐界开始盛行"戏说经典""名著改编"等"消费经典"的文化现象，文学经典逐渐市场化、快餐化、通俗化。同时，网络"恶搞"的流行，使得"经典消费行为闯入了数字化快车道，再次凸显了经典的危机意识。"经典化"与"去经典化"在赛博空间展开了新的较量，从"个别事件"和"概念之争"发展到关乎文学全局的"思潮之争"，悄然影响着当下文学的生存状况和发展方向。

（一）市场化背景下的文学经典

陈定家教授认为，对文学经典及其基本含义的阐释至少包括以下几方面的内容：第一，文学经典是被权威遴选并为世人常用的名著；

第二，经典是具有百读不厌且常读常新之艺术魅力的优秀作品；第三，文学经典可以超越民族与国界而产生世界性影响；第四，文学经典是指那种能经得住时间考验的作品；第五，文学经典因阐释与再阐释的循环而得以不朽。

在以全球化、现代性及后现代性为基本特色的市场与网络语境中，市场文化与媒介文化对文学经典产生了前所未有的冲击，但同时也给文学经典的传承与赓续带来了全新的机遇。首先，市场这只隐形的手拂去了文学经典作为精神产品的神圣灵光，经典所禀赋的代神立言、为民请命等崇高理念日趋淡薄，娱乐化功能和商品化属性空前膨胀。其次，时代新潮理论对经典长存的合理性提出了解构性质疑，特别是后现代主义理论，与文学市场化和网络化的调侃经典、消解中心废弃深度模式等倾向存在惊人的一致性。正如陈定家教授所言，"栖息网络的文学方式消解了真实与虚拟，用电子数码的'祛魅'方式褪去文学的原有韵味"；同时，"数字化媒介的技术叙事在对传统文学解构中又在不断拓展网络文学性的'返魅'路径。因而，电子诗意的文学性生成便成为一个解构与建构相统一的辩证过程"。

从创作的角度来看，任何真正意义上的创作本身都隐含着一种超越甚至毁灭经典的冲动，隐含着多种打破既定法则束缚的革命因素，这种"经典化必然导致去经典化"的悖论是文学的创新本质决定的。因此，对文学的经典化，我们必须保持一种理性的姿态："一面对经典的文学保持足够的敬意，一面也明白高山仰止的道理而能积极地另辟蹊径，决不当经典文学的奴隶。"

（二）作为文化资源的文学经典

如前所述，市场和网络所带来的大众文化勃兴，在分化和瓦解文学经典精英读者群体的同时，也激发了文学经典多种潜在的文化功能。大众文化的勃兴极大地拓展了文学经典生成与发展的新空间。传统文学经典的求真、尚美、向善等正面影响借助市场与网络的巨大能量更加深入地渗透到了社会生活的方方面面。这是因为大众文化就其源头和根性而言，可以说是经典文化的儿女，而经典的形成通常遵循一条消费"递增"原则。文化市场与数字媒介，已经在很大程度上把经典文学精神灌输到大众文化的肌体之中。因此，文学经典的人文精神、审美价值、文化潜力等非但不可能被市场和网络耗尽，相反，真正的经典，必将在市场化和网络化消费过程中星火燎原般地快速创造出新的辉煌。

在陈定家教授看来，名著衍生的文化产业链早已形成大浪奔涌之势，而各类戏仿、戏说之作，将缺乏管理的文艺市场搅和得一塌糊涂——"文艺"正在升级为越来越激烈的"武艺"。第一，市场竞争依靠"武艺"，从正版到盗版、从书店到地摊，全民皆商寻找开拓市场的战略技巧。第二，文艺作品青睐"武艺"，从武侠和战争题材的长篇小说到时下血腥惨烈的动漫、网络游戏，血腥场面屡见不鲜。第三，影视创编炫耀"武艺"，金庸作品和武侠大片泛滥成灾。第四，理论批评卖弄"武艺""酷评与骂评"成为时尚。

除此之外，陈定家教授还以《百家讲坛》为例，探究文学经典普及的关键因素，阐明雅俗共赏和充分利用强势媒体的图像化优越性是《百家讲坛》成功的重要原因。借助市场与网络，文学经典"不朽的地方"已被自觉地应用到大众文化生产与消费程序中，成为市场的"摇钱树"，在纷纷抖落历史尘埃的同时，也正在不断地制造新的文化神话。

（三）经典数字化与新媒介诗学

图书馆闪耀着人类灵魂的"不朽光芒"，这得益于文字与书籍对经典的保存，使一个民族的灵魂得以凝聚不散，使人类千秋万代积累的智慧和力量得以延续和再生。然而，出版物的暴涨使图书馆面临"以有限应对无限的尴尬"。同时，信息社会的到来加快了人们的生活节奏，读者对图书馆的要求也越来越高，人们希望图书馆全年全天候开放，可以随时随地在网上查找需要的信息，这促进了虚拟图书馆的发展。从范瓦纳·布什在《如我们所想》中提出的"美美克斯"，到全球在线计算机图书馆中心（Online Computer Library Center，简称OCLC）的诞生，虚拟图书馆如雨后春笋般涌现，促进了全球化文化资源的交流与共享。

互联网的发展，在解决信息存储问题的同时，也带来了信息爆炸的困境，从而引发了人们对于信息检索的需要，于是专业的搜索网站便应运而生。创建于1998年9月的Google，如今已是全球最大的搜索引擎。Google主页提供多种语言查找服务，可通过电脑、手机等多种平台浏览新闻、图片，同时Google还启动了经典名作数字化工程。通过Google这样的搜索引擎，我们的电脑几乎变成了"无所不有、无所不能"的重要工具。

与此同时，在全新的数字化语境中，文学经典借助多媒体的力量摆脱了文字的束缚，以声音、图像等多种形式鲜活再现，持续了数千年之久的"读文时代"正在让位于迅猛崛起的"读图时代"或"声像时代"，这引发了人们对视觉文化的担忧。有学者认为，图像正在逐渐消弭虚假与现实之间的隔阂。首先，在强大的图像虚拟面前，特别是普通电视观众，最容易使用角色介入的视听方式，以致无法清晰辨别现实与虚拟。其次，图像不再只是"再现"现实，而是对现实有强力干扰。面对这种担忧，陈定家教授分析到，视觉化并不是取代语言和听觉的异质话语，图像也不会损害文字的表意功能，相反，以"播客"为代表的综合媒介，集视、听、图、文等各家之长，使其各司其职，各尽其能。说到底，图像与文学之间的共生关系并没有发生本质性变化。

第二节　网络文学文本研究

一　超文本研究

超文本（Hypertext）是网络时代最为流行的电子文档之一，文档中的文字包含可以自由跳跃到其他字段或者文档的链接，读者可以从当前阅读的位置直接切到超文本链接所指向的任何其他位置。网络时代的悄然兴起和数字技术的飞速发展，对传统的印刷文本造成了极大的冲击，也改变了传统文学存在的前提。马克思阐释古希腊神话时提到，随着自然之力被支配，神话也就消失了。如同《伊利亚特》无法同印刷机并存，电子信息技术也将摧毁文学时代。由此，学术界掀起了一阵对"文学生死问题"的探讨热潮。从德里达的"文学终结论"到米勒的"文学死了"，一时间唱衰传统文学的声音不绝于耳。

然而，传说的"绝迹"也隐含着神话的"不朽"。一个时代有一个时代的文学，文学从未真正终结，而是在不断死亡中获得新生。以中国文学的更新换代为例，从《诗经》《离骚》到唐诗宋词；从明清小说到20世纪的白话新文学，文学总是"方生方死，方死方生"。对此，陈定家教授认为，目前有关文学"终结"或"死亡"之类的说法，绝大多数只能看作一种比喻或修辞策略。传统文学只是改变了生存状态，作为审美精神的文学性并不会因为网络的出现而走向消亡。而当前问题的关键在于对文学数字化生存的研究，尤其是对文学数字化生存的主要方式——超文本的理解。

《牛津英语词典》将"超文本"定义为"一种可按不同顺序阅读的文本，特别是让那些让以这些材料（显示在计算机终端）的读者可以在特定点中断对一个文件的阅读以便参考相关内容的方式相互连接的文本与图像"。与许多研究者一样，《牛津英语词典》的编者也将超文本看作计算机出现后的产物，但其实，早在传统文本中就普遍存在一定的"超文本特性"。"百度百科"认为，超文本的理念可以追溯到古代犹太人的法典《塔木德》，这部法典由正文和后人的注释构成，原创者和再创者只有先后之分，在权威性上没有差别，也就没有作者和读者的区别，所有读者都参与作品创作，使得法典具有不确定性和非完整性，而这正是超文本的重要特征。

尽管超文本的核心特点早在传统文本中就有所体现，但超文本真正崭露头角，还是在20世纪下半叶。美国计算机科学家范尼瓦·布什是计算机界公认的超文本鼻祖，早在1945年，布什就在《如我们所想》中提出了"美美克斯"的概念，这种机器可以存储信息，并且用户可以类似人脑的联想思维快速灵活地查找信息。此后，美国科学家道格·英格尔伯特和泰得·纳尔逊真正赋予了超文本以生命。英格尔特发明的 NLS（On-Line System 联机系统）可以管理文章、报告和备忘录，具备了若干超文本的特征；纳尔逊为超文本命名与阐释；布朗大学开发的"超文本编辑系统"（Hypertext Editing System）是世界上第一个实用的超文本系统。到20世纪90年代，超文本基本概念的普及化推广，以及相对成熟的开放超文本系统的建立，使得超文本真正进入了大众使用阶段。

相比于传统经典文本，超文本没有明确的中心地位和稳定的权威性，但互联网也为超文本带来了传统文本难以望其项背的魅力。首先，互联网吐纳天地、熔铸古今的博大胸怀，使超文本具有超乎想象的包容性。其次，超文本使文学得以解放经典的禁锢，冲破语言的牢笼。它不仅为创作、传播与接受提供了全新的媒介，它还让艺术家看到了表情达意走向无限自由的新希望。最后，超文本将文学家梦想的审美精神家园变成更为具体可感的数字化声像，变成比真实世界更为清晰逼真的"虚拟现实"。

当然，网络"超文本"在提高创造效率和传播便利程度的同时，也不可避免地带来了许多问题。在陈定家教授看来，网络"超文本"的局限性主要体现在以下四个方面。第一，由于"Ctrl C + Ctrl P"大行其道，"千部一腔，千人一面"几成绝症。第二，主体的过度分散和传统艺术惯用手法的纷纷失效，使超文本写读失去了往日的艺术魅力，文学赋予主体的那种诗意对话和审美交往，蜕变成了网络写手恣情快意的文学发泄。第三，个性的恶性张扬和泛滥成灾的物料"灌水"已成为超文本写作的一大公害。第四，网络已经介入了文学生产的全过程，这彻底改变了已有的文学社会学，网络空间的文学权威陨落了。而且，网络语言的"速食化"倾向将对文学语言产生深刻影响，网络技术形成的超文本对于传统的线性文本结构也具有巨大的冲击力量。

除此之外，超文本还有一个值得注意的问题就是"迷路问题"。

超文本没有边缘,永无尽头的延展性,使得任何文本都只不过是文本潜在的巨型网络中的一个节点。在超文本语境中,一切学科界限,一切门户之见都形同虚设。面对近乎无限选择空间的超文本,无休止的超链接,网络读写者在进行超文本阅读时几乎不可避免地会出现"迷路问题"。他们或偏离既定的道路,或忽略了对超文本内容的阅览而无法掌握系统的内容和结构。面对上述提到的种种局限,超文本技术仍有待发展和完善。

二 互文性研究

正如上文所提到的,超文本能提供读者多重路径选择,也催生了新型的多向阅读行为。读者的选择构成了文本目前的状态,因此读者也同书写者一样,享有生产文本意义的权利。实际上,在陈定家看来,在一定意义上说,任何文学活动都是一种"交往与对话",任何"交往与对话"都是一个互动过程,超文本只不过是将传统文本的这种潜在功能"显在化"了而已。不同于传统文本的静态文字,超级链接的媒介可以是具有联想性的动静态影像,或一组互动游戏。同时,传统文本受页码限制只能做有限注释,超文本的注释可以无限延伸。超文本的这些特点决定了其相比于传统文本可以更好地体现文本之间普遍联系的特性——互文性。

"互文性"这一概念脱胎于索绪尔的结构主义语言学和巴赫金的对话主义思想,由法国符号学家朱丽娅·克里斯蒂娃提出,她指出"任何作品的文本都像许多行文的镶嵌品那样构成的,任何文本都是其他文本的吸收和转化"。也就是说,任何文本都要以其他文本作为存在前提和延伸媒介,文本与文本之间彼此互喻,互相阐发,且互为对方之意义无限繁衍的场域。其后这一理论大致沿着建构主义和解构主义两条路径嬗变,就其解构意义而言,互文性把文本看作一个自身包含多种声音的意指过程,以此方式质疑文本的同一性、自足性和原创性。就其建构意义而言,互文性概念为修辞学、符号学和诗学范围的研究提供了一个操作性很强的工具,同时也从另一个角度更新了文学观念。

从普遍意义上来说，互文性这种无处不在的互联特性是人类与自然、社会和精神世界各种复杂关系之文本镜像的特出表征之一。从易经八卦到仓颉造字，在人类最初的文本中就已经包含着极为丰富的互文性因素。而从根本上讲，互文性就是文本之间普遍联系的特征，因此，互文性也被称为"文本间性"。

网络互文性利用超文本无限链接的方式，使传统文本"通神明""类万物"的互文潜能得以充分呈现，从这个意义上来说，超文本也不过是互联网成功地开发了"互文性"潜能的产品而已。超文本原本是为计算机及网上世界而设计的，但是超文本首创者所追求的知识机器与信息之网，几乎就是"互文性理论"的数字化图解，而"互文性"理论则如同专为超文本设计的技术蓝图。超文本作为一种基础的互文性系统，它比以书页为界限的印刷文本更能凸显互文性的特征。如果说互文性理论是西方人文思潮互相激荡、彼此影响的必然结果，那么超文本的产生和快速普及则主要归功于计算机技术的快速发展，随着网络文化的兴起，互文性理论最终必然会走向超文本。

陈定家教授十分关注超文本和互文性的关系，在他看来，超文本是互文性最重要的表现形式，互文性是超文本最重要的本质特征。整个超文本就是一个巨大的互文本，而最能够体现互文性本质的互联网本身就是一个典型的超文本系统。互文性和超文本互为表里，共同编织起一个数字化生存的网络文化世界。正如陈定家教授所言，如果说"超文本"研究是理解网络文学的关键词，那么互文性作为体现超文本本质特征的核心要素，可以说是研究网络文学关键词中的关键词。

为一种强调文本关系的文学理念，"互文性"与中国古汉语修辞格的"互文"属于不同的理论范畴，但两者在思维认知、表达方式等方面仍存在某些联系和暗合之处。在古汉语中，互文主要指上下文具有彼此隐含、相互呼应的关系，这基本上与互文性概念相吻合。与回文诗、散文等捣碎又重塑的文字游戏类似，大型文本（如小说）的创作也可以采用这种打散后重组的方式。

早在 1962 年，法国小说家马克·萨波塔就创作了活页小说《第一号创作》，欧阳友权称其为"最典型的纸质媒介印刷的超文本作品"。网络技术的发展使人们开始畅想利用电脑来完成自动写作，从伽马拉的《写作机器》到斯皮尔伯格的《人工智能》，从梁建章的"软件诗"到文学写作软件的不断完善，这个梦想正逐渐从幻想走向现实。

网络使得传统文学的互文性潜能得到了超乎想象的发挥。但互文性理论绝非十全十美，也存在不少局限。陈定家教授强调，互文性观念虽然源于理论家们对"封闭的文本"的解读，但它强调的却是一种"开放的文本"理念。在互文性研究和批评应用中，不可不加区别地一味强调文本之间的联系与影响。"当我们在文本的海洋乘风破浪之际，时刻都不要忘了社会的陆地与历史的天空，因为文学所关注的，理应是整个世界。"

三　身体写作的互文性阐释

后工业时代，"劳动的身体"业已转化为"欲望的身体"，无论是社会大众还是知识分子，都在以前所未有的热情重新审视身体。在此背景下，风生水起的"身体写作"，可以说是当代文学与批评密切关注"身体转向"的必然结果。当前的"身体热"与文学市场化、图像化、娱乐化、媒介化、欲望化等消费文化症候存在一种明显的互文、互视、互介的互动关系，探索身体写作背后的社会政治原因和审美文化动向是一个严肃的、批判性的议题，也是我们进一步认识网络时代的文学和包括身体文化在内的大众文化及其相互影响的一个重要窗口。

（一）"身体想象的"互文性延伸

对身体的崇拜源于古希腊，希腊神话中的"神人同形同性论"使得希腊文化走上了以人为中心的现实主义道路。然而，苏格拉底却认为肉体并不值得念念不忘，人之所以为人不在于身体而在于灵魂，他的死标志着一个把身体奉若神明的时代的结束。直到两千多年后尼采等哲学家的出现，苏格拉底贬低身体高扬灵魂的观点才真正遇到了毁灭性的挑战者。一种合法性的"身体文化转向"随着工业社会的发展和消费资本的全球化扩张，逐渐演变成了一股世界文化浪潮，进而对中国产生了深刻的影响。

陈定家教授以《身体课》的例子，阐释了真正激发我们"想象与热情"的并不是"文化身体"，而是具有厚重历史传承的"身体文化"，"身体写作"是呈现互文性本质特征形象的最生动的例证。在陈定家教授看来，强力推动"身体写作"的并非批评家与出版商，而恰恰是对作品严格把关的国家新闻出版署，正是他们对卫慧的《上海宝贝》与棉棉的《糖》两本小说的明文禁止，引发了人们的关注，反倒使这两本小说成了万众瞩目的"文学名著"。而身体写作在被视为文学回归人性、回归自我的精神之旅的同时，也存在"我"的迷失等问题。

（二）"身体写作"的五种"面相"

"身体写作"为我们深入理解社会文化转型和当代文学变迁提供了一个洞悉幽微的绝妙窗口，然而在市场逻辑和媒介规则等多重因素的综合作用下，"身体写作"概念却始终处于类无归属的尴尬境地。一方面，"身体写作"标榜着"反世俗"的观念；另一方面，它用情色迎合市场，为影视业和书报商制造了看点卖点。陈定家教授认为，当下流行的"身体写作"概念大体包括以下五种相互纠缠的面相。

第一，"愚乐八卦"的媒介面相。媒介意义上的"身体写作"本质上可以说是为吸引读者眼球而刻意炒作的一个空泛的概念。所谓"身体写作"实际上只是一些混迹于文娱媒体的"花边"娱记和文学青年捣鼓的"明星八卦"与"绝对隐私"之类，媒介有意无意地混淆现实作者与作品人物的界限。

第二，"群愚互介"的作品面相。互联网将"身体写作"变成"身体下作"，出轨男人的恐慌，女学生的追崇，家长痛心疾首地呼吁，媒体的转载与封杀和学者的抨击构成了极具讽刺意味的图景。然而，"身体写作"并非"流氓要成的流派"，而更像是一种不甘平庸的写作态度和追慕先锋的叙事策略。

第三,"众声喧哗"的批评面相。批评语境中的"身体写作"言论,多以炒作和争鸣的形式出现。多数批评者自觉与不自觉地充当了作者与书商为"身体写作"造势、辩护或广而告之的传声筒。总体而言,批评领域的"身体写作"面相千奇百怪,虽不乏卓绝妙评,却由于各家理解相去甚远,而给人一种"只见树木不见森林"的印象。

第四,"唤醒身体"的文论面相。文论层面的"身体写作"目的在于解释这一文化症候的形成动因和发展规律。在中国传统文学历史上,身体一直处于被压抑的沉睡状态,在这次具有文化反叛色彩的"身体写作"潮流中,文艺理论家们的广泛参与,起到了一种从理论上"唤醒身体"的作用。

第五,"和光同尘"的文化面相。"形而下"的身体所隐含的"形而上"的问题也引起了相关领域研究者的浓厚兴趣。自从尼采和福柯以后,身体日渐成为理论焦点,成为刻写历史痕迹的一个媒介,文化、权力、政治在这里展开了歧义的纷争,当代西方人文领域的"身体转向"实际上早已形成了一种气象万千的学术盛况。

(三)"身体写作"与"情欲经济学"

当前对于"身体写作"及其相关问题的讨论始终处于一种众说纷纭的争鸣状态。老一辈学者对身体写作的态度相对谨慎和保守,多持贬义态度,他们认为身体写作的消极面往往诱发性与身体恶俗描写的大量出现,而中青年学者对"身体写作"的态度则更加宽容。陈定家教授认为,空疏的价值判断对新兴文化的学术研究毫无裨益,而且往往是造成偏见的主要因素。在"身体写作"中,至少有四种逻辑值得我们关注:狂欢的逻辑、市场的逻辑、反叛的逻辑和女权的逻辑。

就女性视角的"身体叙事"而言,由于媒体帝国主义和商业霸权主义的统治,女性的身体被消费、争夺、塑造和支配几乎成了女性的宿命。身体写作无论作为严肃的学术话题,还是作为某些媒介炒作中的贬义话语,它与性爱写作的关系都是无法遮掩的。特别是一些研究者将"身体写作"限定在女性写作者范围内,这窄化了文学中"身体"的概念,从而导致了"身体写作"概念的窄化。

西方的"泛化"与中国当下身体写作概念的"窄化"趋势恰好形成了鲜明的对比。早在20世纪70年代,西方就出现了一场颇有声势的"身体转向"。所谓"身体转向",在西方思想传统中主要是指尼采－福柯的"身体本体论"对以柏拉图－笛卡儿为代表的主体(意识)哲学的颠覆性翻转。对于求真务实的现代人来说,唯灵论的虚妄是不证自明的,而感性身体作为科学基础之基础的观念已越来越显见地成为共识,从这个意义上讲,"身体转向"可以说是文学与艺术之话语方式的新生和审美观念的觉醒。

(四)"灵肉互文"与"身体美学"

道成肉身是基督教信仰的基要信义,这一信义决定了基督教思想理解身体的基点:人的身体是上帝救恩的起点和终点。自罗马人将基督教抬高为唯一的合法宗教以后,身体便开始了它那禁欲主义之漫长的受难历程。文艺复兴对身体的短暂赞美使身体摆脱了压制,但并没有获得自我解放。直到现代哲学高歌猛进时期,"身体"观念的本体论和认识论地位才得到了实质性提升。

无独有偶,在中国传统文化中也有极为丰富、极为精彩的身体学说。儒家讲究"身国合一",道家则对个体存在命运表现出关切与探问。千百年来,"神圣恒在"与个体偶在见的"永恒张力"无穷弥漫与起浮消长,幻化出了人类最为璀璨的文明之花。佛家的"投身饲虎"、儒家的"杀身成仁"、道家的"离形忘身"并非如看上去那样以对身体对生命的否定来强调仁义的贵重,从修辞的角度看,这种说法正好说明身体之重要性。

从自然与文化相互生成的历史看,"灵肉互文"是中外文化发生于发展的一个极为普遍的规律,而"灵肉互文"及其身体的感觉与解放,实际上也构成了当下新兴学科"身体美学"的最主要的研究内容之一。身体美学作为一个学术概念,是20世纪90年代由美国美学家理查德·舒斯特曼提出来的。身体美学的构建，是一个交织着"颠覆与重建"的"互文性"过程。在陈定家教授看来，身体作为世界上最完美最崇高的艺术品，是最精美也最质朴、最单纯也最复杂的互文性文本。身体作为"仙境"与"陷阱"的共同领主，傲然昭示着人性不灭的光辉，却又无助于个体生命必将腐朽的人生悲剧，它也因此悄然潜藏着文艺创作对象的诸多浑然天成的审美品格。

四 互文性与后现代主义

继"戏说经典"和"消费经典"之后，"还原历史"和"正解经典"正在成为一种新的文化时尚。然而这种身份错位、目的可疑的"还原"与"正解"也可能是一种后现代式的消费文化策略。正如伽达默尔的"效应史"所指出的，文本的效应是其意义的构成要素，由于这一效应因不同时代而不同，因此现代人难以像过去时代理解自身一样理解过去。对于后现代主义的诸多问题，我们或许可以在互文性理论的关照下进行一些视角不同的探索。

（一）互文性与后现代主义症候

陈定家教授以希罗多德的《历史》为例，阐释了书面阅读环境下养成的思维习惯——"主线依赖症"或"思路依赖症"会让读者在看到复杂的脚注时出现路径迷失。而布鲁姆提出逆行因果关系，"前人作品的特定情节不再看成单纯是后来诗人到来的先兆；相反，前人看起来要感激后来诗人的成就与光彩"。以拆解"话语统一性"和解构"逻辑统一性"为己任的后现代主义，使布鲁姆的"逆向因果"的互文性理论得到极为广泛的应用。因此，在陈定家教授看来，"互文性阐释"或许是医治"主线依赖症"最好的良方。

法国哲学家利奥塔认为，后现代是"现代的一部分"，对"现代"的预先设定及假设提出疑问。后现代主义放弃了现代主义追求共识的统一性而转向差异性、多元论、不可通约性和局部决定论，这种非同一性和不确定性等后现代文化思想，恰好为互文性理论的发生与发展提供了哲学方面的支持。

20世纪70年代以来，现代性向后现代性的转变历程，也是一个由"创作"到"写作"的转变历程。这一历程既伴随对自我神话的消解，还出于作家们对文学的"互文性"及工作性质的自觉。这种互文性揭示了一切文学文本其实都是由其他文本"编织"而成的，都是向其他文本开放的，其意义也只有在其他文本的相互关联中才能引出。后现代语境为互文性理论的发展提供了大量的资源，互文性也为我们阐释新语境下文本的运作机制、阐明这诸多现象中所包含的巨大活力提供了理论依据。

（二）现代与后现代的"互文转化"

安东尼·吉登斯在《现代性的后果》中将现代性定义为"十七世纪出现在欧洲的社会生活或组织模式"。作为新兴的人类生存方式和生活方式，现代性在其艰难摸索出带有普遍性和理性化的社会结构、制度框架和符号系统的同时，也在日渐走向自己的反面。现代性的这种矛盾性，为现代审美意识的发生与发展提供了大显身手的"市场"，审美意识扮演着现代性机车的动力减压阀和阻力调节器的角色，而贯穿于现代性与后现代性之中的审美批评则充当了二者互文关涉的媒介因素和纽带作用。

随着启蒙理性逐渐演变成恶性膨胀的工具理性，自然科学几乎变成了真理的化身。当标准化、均质化、规范化的理性成为衡量一切事物的尺度时，人反而变成了自己编织的理性牢笼中的囚徒。从一定意义上说，正是从对启蒙的绝对信任到极度失望的突转过程中，审美现代性的救赎、宽容和反思意识才获得了萌生与成长的土壤。从互文性视角看，现代性仍然是一个没有边界的、未完成的开放性文本。

（三）从互文性到互介性

从文学艺术发展的历史看，文艺的每一次大的变革和进步都与科学和技术的发展有关。媒介在对文学活动的"媒而介之"的过程中，已日渐深入地由形式因素转化为文学的内容与本质因素。从文论史的视角看，文学媒介并不是一个新生概念，它可以追溯到亚里士多德的《诗学》中所提及的"首要的原理"——模仿的"媒介"问题。而中国古代文献中也有相当丰富的媒介论思想，如庄子对"书"和"语"的区分。只不过文学媒介在中国真正受到重视的历史并不太长，直到近 20 年，学术界才对媒介造成的变革进行深入探究并取得了一系列成功。

现代传媒对文学的生产与消费模式、储存与传播方式、批评与鉴赏模式等都带来了重大变化，其中具有革命性意义的变化是新媒介造成的审美观念转型。以网络化写作而言，其带来了以下几方面的变化：其一，文艺载体日趋多元化；其二，创作主体出现群体化趋向；其三，网络化写作还极大地改变了文学艺术的创作方式。总之，在以网络化为代表的现代传媒语境中，文学的生存与发展方式发生了深刻的变化。在这个历史性的大变革中，文学不是"终结"了或"消亡"了，而是转型了。

在大众传媒时代，影像霸权深度渗透到寻常百姓衣食住行之中，阅读的时空日渐被"视听"蚕食与挤占，大众的艺术消费方式与审美接受习惯也随之悄然改变，日常生活本身已经或必将成了艺术化生存或曰"诗意栖居"的中心舞台。更重要的是，多媒体的巨大潜能远未全部释放，"读屏时代"对文学生产与消费的影响，还有待我们细加审查，认真总结。

第三节 陈定家网络文学思想的贡献

一 陈定家网络文学研究的特点

（一）选点持论的学术智慧

欧阳友权在评论陈定家的专著《比特之境：网络时代的文学生产研究》时指出："细读《比特之境》，给人留下的第一个深刻印象是作者'选点持论'的眼光和以'散点'成就'焦点'的学术智慧。"欧阳友权认为《比特之境》一书中研究的问题"都是网络文学理论必须关注和解答的课题，貌似随意的散点透视，实则是精心设计的'焦点运思'，全书选择的这几个'点'可谓'点'到了问题的要害，触摸到的是理论的'筋骨'"，"把网络时代的文学生产问题立体性推进到学术的前沿"。① 这种聚焦于专题的研究思路在陈定家的另一本专著《文之舞》中也有所体现，王泽庆指出"《文之舞》集中探讨了网络文学的文本问题，作者没有面面俱到地论述网络文学，而是从网络文学生产研究转向文本研究，涉及的都是网络文学研究中一些较中观或微观的问题"②。

（二）客观公允的价值评判

对于网络文学的评价，陈定家教授总是能秉持自己客观公允的价值评判标准，而不是人云亦云。在《比特之境》和《文之舞》中，他就多次表露出这种态度。例如对博客文学的批判，陈定家教授坚持"站在精英主义立场上指责博客文学缺乏对现实生存的精神超越与人类境遇的整体把握实际上是没有现实根据的"，又如谈到手机小说，他在保持警惕的同时也认为"不应该因手机小说存在着这样或那样的不足而将脏水和孩子一起泼掉"。这些言论都体现了陈定家教授是一位有着自己的独立思考的学者。

（三）通俗新潮的语言风格

《比特之境》的语言，既有古典诗词的风韵，又有网络语言的先锋性、时代性和鲜活性。如"由于博客江湖中有不少宋江式的人物，他们虽寄生于博客，却随时准备接受书面帝国的招安"③。类似的种种

---

① 汤俏：《网文麦地中"饱满麦穗"的探寻者——谈陈定家的网络文学研究》，《创作与评论》2017年第12期。
② 王泽庆：《从〈文之舞〉看网络文学理论研究》，《武陵学刊》2014年第6期。
③ 张同胜：《高屋建瓴，引领方向——〈比特之境：网络时代的文学生产研究〉读后》，《南阳师范学院学报》（社会科学版）2013年第12期。

通俗幽默的表达，便于读者理解，也使这样一部本该生涩的学术著作读起来竟妙趣横生。正如张同胜对《比特之境》的评论，"陈定家教授虽然在语言上并不追新逐异，但典雅化的网络语言读来还是令人有轻松愉悦之感，虽说该专著是一部学术著作，但这种语言风格也有助学术的普及——这似乎也是网络时代学术研究及其行文的发展趋向"。

（四）极其深厚的理论功底

虽然网络文学是互联网时代的新产物，但陈定家教授并没有将眼光局限于当代，而是从中外传统文学中寻找网络文学的影子。他在《红楼梦》中研究网络超文本的魅力；在易经八卦和仓颉造字中，谈论互文性概念的起源；从苏格拉底之死，探索人们对身体观念的转变；又从亚里士多德的《诗学》中，追寻媒介对文学的影响。陈定家教授广泛运用中外文学艺术史、思想理论史的丰富知识，用一种轻松灵动的表意方式来完成逻辑框架下的理论运思，体现了其深厚的理论功底。

二　陈定家网络文学研究的启发

（一）分专题的研究方法

网络文学涉及的问题十分庞杂，从宏观视角出发的大而化之的整体评估，很难让我们对网络文学的具体问题有一个清晰的认识。陈定家教授在《比特之境》的前言中就指出，"讨论的命题是如此丰富多彩，以致很难把重要的问题一股脑地塞进同一本著作里，因此分专题研究势在必行"。这种分专题的研究方法既造就了其选点持论的学术智慧，也是我们在面对网络文学宏观研究多而具体分析少的问题时，理应采取的思路。可喜的是，当前的网络文学研究已从一般的基础问题的讨论逐渐向专、深、精的前沿问题探索，并取得了丰硕的成果。

（二）跨学科的研究视角

当下的网络文学研究大多聚焦于网文作品、网文改编的影视剧等研究对象，选题较为单一。其实网络文学文本并不是单一的语言文本，而是与其他类型的各种文本都存在互文关系。因此，对网络文学的研究要涉及图像学、技术美学、语言学等多学科的研究方式。不但要从文学发展论的视角，对网络文学的来龙去脉进行历时性梳理，还必须了解计算机技术和数字技术等知识。例如陈定家教授在互文性语境中的文学经典一章，既对历史上文学经典的改编进行了回顾，又运用图像学等知识探讨文学经典在数字时代重新收获关注的原因。这启发我们在研究网络文学时，要采用跨学科的研究视角。

（三）整体性的价值评估

除了采用分专题、跨学科的方法对网络文学的具体问题进行分析以外，我们还要注意对网络文学领域的问题进行全方位的价值评估，从中评析出具备哲学与美学高度的规律性的观点来。陈定家教授曾多次强调，对网络文学的研究不能陷入"只见树木不见森林"的困境。就他本人的研究来说，无论是对博客文学的评判——"站在精英主义立场上指责博客文学缺乏对现实生存的精神超越与人类境遇的整体把握实际上是没有现实根据的"，还是对互文性的希冀——"文学所关注的理应是整个世界"，都不难看出，他是站在一个全局性的高度来思考网络文学的发展的。

对陈定家教授网络文学思想的总结，也是一次对过去20年中国网络文学研究成果的回顾。他严谨的治学态度，对学科的学理性思考，以及丰硕的研究成果都值得我们学习。正如陈定家教授在《何处是归程，长亭更短亭》中所说，"任何有良知的人文研究，只有暂时的停歇，没有最后的成功"。网络文学发展的道路上需要更多像陈定家教授这样的学者，通过不断钻研，继续推动网络文学理论研究再创新的辉煌。

第四章　单小曦：网络文学的文艺立法者

自亚里士多德提出文学"只用语言来模仿"的命题后，"文学是语言的艺术"成为金科玉律。按照这样的观念，文学文本即为单一的语言符号文本，但是数字新媒介的诞生不仅催生了新的文学样式、新的生产工具和新的生产方式，而且打破了印刷文化时代的文化、文艺生态，构架出新的文化、文艺生产场，这是传统印刷文化时代建构起来的文艺理论和语言符号文论无力应对的现实。①

正是在这样一种现实情况下，单小曦吸收语言符号学文论的重要成果，以语言为定调符号，又超越以往的语言论文论，把关注重点从文艺的语言符号转移、扩展、深化到了整体性媒介系统，从文学基础理论到新媒介文学现象分析可知，当视野从语言扩大至媒介后，一种媒介文艺学的理论维度和创新性就被呈现出来了。按照单小曦的阐释，媒介文艺学是从传播媒介视角，以信息论、传播学、媒介学的理论资源和研究方法审视、评判、研究文学艺术现象、进行理论建设的新型理论范式和交叉学科。按照这一概括，媒介文艺学的研究对象既包括当代新媒介文艺现象的批评研究，又包括新的文艺理论建设等方面。然而，在中国当代学界，单小曦并非最早采用媒介文艺学研究理路的学者。最开始，单小曦从事的是中国当代美学研究，发表的论文涉及

---

① 陈丽虹、黄鸣奋：《新媒介时代的文艺学范式变革——评单小曦〈媒介与文学——媒介文艺学引论〉》，《廊坊师范学院学报》（社会科学版）2016年第2期。

实践美学、后实践美学、新实践美学、认知美学等流派的论争和中国当代美学的建设问题。从最开始对中国当代美学研究的年轻学者到致力于数字文学的译介者,并从这种译介实践深入成为新媒介文艺生产现象研究的开拓者,这种转变,正是由于他对陷入困境的中国网络文学研究的批判开始的。

第一节 中国网文研究的困境

为了对中国网络文学的发展现状有更清晰的把握,单小曦把中国网络文学主潮大致分为"纯文学网络化"时期、"大众文学数字资本化"时期、"IP产业化与'文''艺'交融生产"时期三个代表性阶段。第一个发展阶段即"纯文学网络化"时期,指20世纪90年代初从海外发端到21世纪初网络写作大规模转向市场的探索期。第二个发展阶段即"大众文学数字资本化"时期,指从21世纪初到2015年前后的十几年发展阶段。第三个发展阶段即"大IP产业化与'文''艺'交融生产"时期,指从2015年前后到未来发展的一个时期。①

历经二十多年的发展,中国网络文学实现了从纯文学到大众文学的换挡提速,从数字资本化到大IP开发的产业升级,从作为"语言艺术"到"文"与"艺"互动相生和交融生产的形态变革。他认为在这一过程中,网文文本与其他艺术、文化、经济等领域不断交汇,从而也使网文外部关系及其问题不断得以拓展,甚至一定程度上已经突破了传统文学所固守的文学与非文学的边界。的确,网文文本已经不同于传统印刷媒介环境中具有分明界限的"作品",某种程度上也可以将之视为某一网络平台上超级文本的"文本块"。

但是,经过比较,单小曦发现这种平面印刷文学惯例创作的、以网络传播的平面线性"文本块"与读者用户可以随机自由链接作

---

① 单小曦:《网络文学"内部研究":现实依据、问题域与实践探索》,《学术研究》2020年第12期。

为超文本文件的数字文学文本大有不同,此时此刻作为一个文学虚构故事,它完全属于作者,有着读者难以介入的自足性(读者对作者写作的影响发生在文本系统形成之外),上文提到的作为有意义单元界限或有边界形式范畴的作品(文本)依然存在。不仅如此,在中国大陆,大多数作品依然按照传统纸媒印刷文学惯例生产,大多数人依旧认为网络文学即通过网络传播的文学,它们的内容是有边界的、封闭的,作者是作品的主导者,而读者虽然有一定的自主权,但这种自主权局限在"吃瓜群众式"的评论,而无权参与内容的生成。更重要的是,目前中国大陆蔚为大观的"网络文学"并不是也不应该是数字文学的典型形态,因为它们并不是充分利用数字媒介提供的技术创作出来的,它们依然被以一种线性的方式呈现出来,因此也没能在存在方式、美学特征等方面获得不同于印刷文学的独立性。

另外,由于难以摆脱旧文艺理论范式的原因,多数理论批评者把对象局限于印刷文学惯例创作、在互联网上首次发表的所谓汉语"原创网络文学"。由于视野仅局限于上述非典型即平面线性的"中国式网络文学",为数甚众的网络文学理论批评无法对包括网络文学在内的数字文学进行更深入的理论阐释,特别是无法总结出网络文学不同于传统印刷文学而取得独立存在依据的根本特性。也正因为如此,时至今日,一些人仍坚持认为"纸上的文学"与"网上的文学"没有本质区别,因而所谓"网络文学"并不成立。①

他认为这种偏见与网文当下流行的套路化写作实践不无关联,因为后者着重创设一个神奇的或艺术化的文学世界;以这个世界为物质依托,以相应的叙事方式讲述一个情节起伏、引人入胜的故事;这个故事以主角行动为中心,在其他配角和功能性人物的陪衬助推下,实现预定目标,获得成长或成为人生赢家;通过主角人生经历和不平常命运纠葛,书写人的爱欲情仇,展现世代更迭或时代风云,表达对世

---

① 单小曦:《从网络文学研究到数字文学研究的范式转换》,《学习与探索》2012年第12期。

界、人生、人性等的理解以及对各种精神价值的追寻；最后是上述所有方面集中为某种美学风格，使读者获得"爽感"及其他体验。这种"爽感"口语追溯到近百年来中国通俗文学被压抑而受众欲望需求被推迟的状况，也正是这一点左右着中国网络文学的发展方向，即它仍延续着通俗文学以情节为主导、以单纯语言为符号工具、以连载为发表形式的叙事模式，其支撑点即对准网民受众的消费欲望，并唯他们的需求马首是瞻。

除此之外，批评者还认为网络文学不是传统意义上的文学，它们叙事过于杂乱、用词过于庸俗化、内涵浅层次化，因此不具备太多可以分析的"文学性"，网络文学活动也不再是传统的作家写作、读者阅读接受的高雅的审美活动，而是作者和粉丝狂热互动的亚文化现象。所以，对于这样的文学作品就只需使用文化研究、社会学研究、政治批评等"外部研究"模式。这就造成了一个时期以来"外部研究"的一种观念：网文文本可以泛化成一种文化文本，网络文学活动是单一的网络亚文化现象。即便是这样，直到今天中国网络文学还保留着相对的文学自主性，作品或文本及其内部关系既是今天中国网络文学独立存在的重要指标，也是网络文学活动展开及其与其他社会文化形成外部关系的立足点。中国网络文学也仍存在相对文学（文艺）与其他社会文化之间的内、外关系，而其文学外部关系及问题域的拓展恰是以网文文本（或新媒介文艺文本）作为一种独立存在为前提的。将中国网络文学视为亚文化现象并予以开展文化研究，是无可厚非的，但不应以文化研究完全取代文学研究，不应只进行网络文学的"外部研究"，而抛弃或回避"内部研究"。

所以，单小曦认为中国网络文学研究的理想形态是走"内外综合"的专业化道路。根据形式主义文论的说法又不局限于它所强调的语言和形式结构，可以粗略地将网文作品（文本）视为内、外的分界点，即专注于网文作品或文本分析的属于"内部研究"，讨论作品或文本之外的其他网文问题的属于"外部研究"。以此为依据不难看出，一个时期以来开展得如火如荼的中国网络文学研究，大多数都属于

"外部研究","内部研究"数量较少且阐释也比较薄弱。①

为什么网文的"内部研究"会遭遇这样的滑铁卢？究其根源，单小曦认为中国的网络文学一开始它就走上了一条低端技术化的发展道路。最初，计算机的文字处理器只能处理英文。1990年前后，海外留学生开发出的汉字处理软件，解决了当时的计算机和网络不支持汉字传输的难题。这是我们能看到的属于汉语网络文学界最重要的一项技术发明。除了文字处理技术外，汉语网络文学并没有像西方数字文学那样将超链接、多媒介等技术手段运用于文学创作，既没有发明出像英语世界的"故事空间"和"超卡编辑器"这样的高端文学创作编辑系统和工具，也没有对英语世界中现有的创作工具进行改造，而仅仅是"利用汉字输入法将原来书写印刷在纸张上的汉字以平面线性方式传输到网络上"②。单小曦强调正是这种利用数字技术进行的文学创作实践的缺失使得中国创作的平面线性数字网络文学很难形成有别于传统印刷文学性的数字文学性。中国式的网络文学还未能展现出数字文学的潜能，其目前的状况还处在数字文学的低级发展阶段和较低生产层次。

综上，他认为中国式"网络文学"质量低下的原因来自三方面。

一是在传统文学道路上行之不远，传统文艺批评家不认为媒介的改变会对内容的呈现有什么影响。在他们看来，不管是竹简、布帛、纸张等传统媒介，还是计算机、网络、数字等当代媒介，都不过是信息传播的工具，他们认为"文学产生于人的心灵、意识、精神，它不会因为使用了不同的媒介工具而有所改变"③。

二是网络文学在应走的技术化道路上作为甚少。今天中国大陆缺少一批突破平面印刷文学惯例而走高端技术化的发展道路的网络文学生产者，几乎所有的网络文学生产者都缺乏使用数字媒介特别是不断升级的计算机、互联网提供的技术手段和媒介功能。④

---

① 单小曦：《从网络文学研究到数字文学研究的范式转换》，《学习与探索》2012年第12期。
② 单小曦：《数字文学的命名及其生产类型》，《中州学刊》2011年第6期。
③ 单小曦：《提升中国"网络文学"的质量》，《文艺报》2011年12月19日第3版。
④ 单小曦：《提升中国"网络文学"的质量》，《文艺报》2011年12月19日第3版。

三是欠妥的命名。在单小曦看来，中国的网络文学只能算是数字文学发展历程上的一个环节，是数字文学在网络环境下的具体显现。所以，"网络文学"这四个字并不能涵盖所有的新媒介文学形态，如以计算机单机、磁盘、光盘、手持阅读器为载体的非网络化的数字文学现象。另外，随着新一代电子书的开发和推广，非网络化的数字媒介文学获得了越来越广阔的发展空间。从它在目前中国的发展来看，"网络"两字极易让网络文学生产者联想经由网络传播的文学，而不是使用数字技术生成的文学。

综上，他认为立足于"网络"无法充分揭示出包括网络文学在内的数字文学的内涵和特质。网络文学只是数字文学发展的一个阶段，因此将网络文学研究提升为数字文学研究，有利于网络文学研究突破当下的瓶颈状态，有利于当代文论全面深刻地把握数字新媒介带来的新文学现实，有利于弥补印刷时代建构起来的一般文论无法充分解释这一文学现实的缺陷。另外在实践方面，他认为今天中国大陆需要一部分网络文学生产者充当"始作俑者"，突破平面印刷文学惯例而走高端技术化的发展道路，充分使用数字媒介特别是不断升级的计算机、互联网等技术手段和媒介功能，开拓文学的生产空间，积极探索新的文学表达和审美可能，在实践探索中把中国式的"网络文学"提升为真正意义上的数字文学。

第二节　困境的出路：数字文学研究

单小曦指出，要提高中国网络文学的生产水准，获得能够体现网络文学高品质化的数字文学性，必须对网络文学的数字技术化特质有着清醒而深刻的认识。他在论文中写道："道理很简单，没有数字技术，就没有计算机网络，没有计算机网络就没有网络文学。那种忽视、轻视、反感与排斥网络文学技术要素的看法，不懂得技术之于文学艺术的存在性地位。"[①]

[①] 单小曦：《提升中国"网络文学"的质量》，《文艺报》2011年12月19日第3版。

同时他也认为不能无视国内网络文学研究已经取得的成果，也没有必要绕过网络文学研究而另起炉灶。他认为比较合理的做法应该是沿着网络文学研究"接着说"，经过相应地拓展和深化把网络文学研究范式转换为数字文学研究范式，以完成对日益壮大的数字文学实践进行充分学理性解释的任务。数字文学研究是西方20世纪中叶伴随着数字文学的发生发展而兴起的一种新型文学研究形态，它不仅起步早于国内一般而言的网络文学研究二三十年，而且在具体方面也体现出了对象广和研究深的特点。从理论上说，它的研究对象包括前网络时代的"非网络数字文学"和数字时代的"网络数字文学"及与其同时存在的依靠网络之外的其他数字媒介传播的"非网络数字文学"，这要比国内一般的网络文学研究等相关理论深入得多。因此，较之于国内的网络文学研究，数字文学研究更符合数字媒介时代的要求，也应该更有发展前途。①

正是站在数字文学及其研究的立场上，单小曦对网络文学进行了较深入的讨论。对于西方和中国台湾学界把网络文学确定为"网络超文本文学"，中国大陆把网络文学解释为"网络原创文学"的说法，他认为网络文学的学理定位应该是"网络生成文学"——计算机网络启动传播性生成、创作性生成和存在性生成等全面审美生成活动的产物。中国大陆的网络文学只能归为"网络传播的文学"，其实质只是计算机网络启动了"传播性生成"功能的产物，这种生成是利用网络媒介在传递印刷文学文本过程中形成的意义增值带来的有限网络化特征。

一 初遇数字文学

受到中国台湾学者"数位文学"和国内学者"数字媒介文学"提法的启发，单小曦曾用"数字文学"的概念撰写相关论文。此后，芬兰学者莱恩·考斯基马的论著《数字文学——从文本到超文本及其超

---

① 单小曦：《数字文学研究：回应数字时代的文学实践》，《文艺报》2012年6月25日第6版。

越》也对单小曦产生了巨大影响，他回忆说："该作也为我打开了一个窗口，透过这个窗口，我看到了关于西方数字文学及其相关研究非常丰富的理论风景。我当时一个强烈的感受是，如果能将这些研究成果介绍过来，一定能对国内新媒介文学研究提供有益的借鉴。"

与这本书偶然的"邂逅"使他认识到考斯基马的数字文学研究对中国目前开展得如火如荼的网络文学研究具有重要启示。因为考斯基马从事实上说明了"数字文学"不同等于中国当代一般而言的"网络文学"的问题。从范围上说，数字文学要远远大于网络文学，它不仅包括通过互联网生产传播的文学形态，还包括以计算机单机、软盘、光盘、电子书等数字媒介生产和传播的非网络化的数字文学形态。从发展历史上看，早在互联网诞生之前，数字文学凭借"前网络时代"的数字媒介已经发生并获得了一定程度的发展。如此看来，中国大陆大多按照传统纸媒印刷文学惯例生产、通过互联网传播的"网络文学"不过是数字文学的一个发展阶段和一种生产类型。重要的是，目前中国大陆蔚为大观的"网络文学"并不是数字文学的典型形态，因为它们不是充分利用数字媒介提供的技术创作出来的，因此也没能在存在方式、美学特征等方面获得不同于印刷文学的独立性。

对此，单小曦主张在吸收借鉴西方数字文学以及与之相关的电子文化、数字美学、数字艺术、超文本、赛博文本等研究成果的基础上，将网络文学生产视野扩大为数字文学视野，将网络文学研究提升为数字文学研究。正是因为他的网络文学研究视野没有局限于国内，而是放眼世界，把中国的网络文学放在了世界性数字文学（数码文学）发展格局中加以研究，让他找到了开拓新媒介文艺的"钥匙"。

二 数字文学的概念

"数字文学"（Digital Literature）概念来自西方，指的是20世纪50年代数字计算机技术催生的并依托于数字计算机技术而存在的一种不同于印刷文学的新兴文学样式。关于数字文学的称谓，西方学界有电子文学、在线文学、网络文学、互联网文学、赛博（制动）文学、超文本文学等不同说法。按照芬兰学者莱恩·考斯基马的说法，数字文学应具备文本结构上的多线性（超文本性）、文本形态上的动态性（赛博文本性）、阅读环节中读者/用户"付出非常规努力"的参与性（遍历性）、创作/生产环节上的高技术化和人—机一体化（赛博格作者）等基本内涵。①

说到数字文学，就不得不谈它的基础——数字技术。数字技术是一项与电子计算机相伴相生的科学技术，它是指借助一定的设备将各种信息，包括图、文、声、像等，转化为电子计算机能识别的二进制数字"0"和"1"后进行运算、加工、存储、传送、传播、还原的技术。由于在运算、存储等环节中要借助计算机对信息进行编码、压缩、解码等，因此也称为数码技术、计算机数字技术等。数字技术也称数字控制技术。数字技术的几项发明对数字文学诞生是有着革命性意义的。首先是文字处理器，为计算机语言与人类自然语言之间的相互转换铺平了道路。其次是桌面出版系统，不仅开辟出了新的数字化出版途径，而且为传统印刷出版更新换代提供了可能。再次是超文本和超媒体创作工具，正是这种数字工具的使用使数字文学焕发了代表数字文学自身特性的独特艺术魅力，因为在高科技作用下，计算机网络等文学生产工具不再是传统意义上低技术含量的"纯粹工具"，它已达到高智能化，并逐步升格为人的"助手"，乃至于形成了人、机和谐统一互相促进与建构的"人—机"不分的新型作者。最后是网络，使数字文学的网络化成为现实。网络在整合了所有数字化文学生产力要素的同时，也改变了传统文学生产者、传播者、消费者的身份，形成了跨空间的实时交互性文学交往关系。

三 数字文学的分类

按传播形态，数字文学可以分为网络数字文学和非网络数字文学。

---

① 单小曦：《网络文学的美学追求》，《文学评论》2014年第5期。

从发展历史上看，早在互联网诞生之前，非网络数字文学凭借着"前网络时代"的数字媒介就已经发生并获得了一定程度的发展。在网络数字文学大行其道的今天，以计算机单机、磁盘、光盘、手持阅读器为载体的非网络数字文学现象随着新一代电子书的开发和推广获得了越来越广阔的发展空间。

按文本形态，数字文学可分为以线性文本为主的平面文本文学和以多重线性文本为主的立体超文本文学、以线性文本为主的平面文本文学，即上述按传统文学惯例进行创作的数字文学作品。线性文本假定一种主要是线性的、顺序的阅读。它最常见的是印刷的、永久的、产生于作为离散的物理单位而存在的文件。

按语言符号形态，数字文学可分为语言符号文学和复合符号文学。"文学是语言的艺术"构成了中外文论关于文学的基本理解之一。这里的语言一般被看成由口语和书面文字组成的单一符号语言。其实，这种语言符号文学以及文学语言观，不过是书写与印刷文化时代的建构物。

四　数字文学的特点

（一）新的媒介

在数字新媒介文艺活动中，数字媒介的文艺存在性地位不断凸显。我们可以认为，没有数字媒介就不存在数字新文艺，或者说，正是数字媒介与人的互动才造就出了数字新文艺。与此同时，也正是这样的互动实践形成了印刷文艺范式所不具备的数字文艺性或审美性。

（二）新的文艺存在方式

中国当代学界的代表性观点认为文学是作为一种活动而存在的，存在于创作活动到阅读活动的全过程，存在于"作家—作品—读者"这个动态流程之中。这三个环节过程的全部活动过程，就是文学的存在方式。而在数字文艺学看来，这种观点没有看到文艺媒介的存在性地位，特别是在数字新媒介文艺活动中，并不存在想当然的"作家—作品—读者"关系。实际上，正是计算机网络等数字新媒介才把艺家、艺术品、欣赏者以及世界等要素连接成一个整体，形成了一个动态循环过程。同时，也正是数字新媒介的基本媒介形态——计算机网络，打破了印刷时代形成的文艺各要素间的分割、孤立、隔阂以及艺术家、期刊、权威理论家等主宰审美权力分配等现象，生成了去凝固、去阻隔、去静止、去分割、去边界、去等级、去差异效应，带来了文艺各要素之间的交流、联动、融合、合作，形成整个文艺活动的流动、畅通、生成和一体化形态，此即"网络化文艺存在方式"。[①]

（三）新的文艺生产方式

相对于历史上的"口语—身体—音乐"与部落化生产方式、文字书写与个体化生产方式、机械复制与集体化生产方式、电子媒介与大众化生产方式，数字新媒介文艺中形成了"网络实时交互性文学生产方式"，此即狭义的当代新媒介文艺生产方式。当代新媒介文艺生产方式即当代数字媒介场运作和影响下的产物，它具体体现为新媒介文艺生产力与新媒介艺术生产关系的矛盾运动。新媒介文艺生产力的最大特点是文艺生产符号、载体、技术的同步数字化，形成了数字化符号、比特载体、计算技术，而新媒介文艺的技术性、艺术性的融合以及跨艺类性的审美特点，都是如此文艺生产力的产物。在新媒介艺术生产力推动下，新媒介重组了传统的文艺生产关系，具体表现为：传统垄断性的文艺生产资料占有关系一定程度上被消解了，同时新媒介构造出去等级化的文艺分配关系，设置出网络交互性文艺交往关系。

（四）新的文艺文本

当代数字化复合符号文本是由文字、图像、声音多种符号相符合而成的。这一文本形态是新媒介文艺生产力使人类图像和声音符号的表意潜能获得了空前释放的结果。在"文—图—声"复合符号文本中，作为语言符号的文字处于主导地位，图像和声音符号处于辅助地

[①] 单小曦：《莱恩·考斯基马的数字文学研究》，《文艺理论研究》2011年第5期。

位，它们相互融合、相互激发，共同生产文艺意义。在文本结构层次上，"文—图—声"复合符号文本由载媒层、符号层、符段层、图像层、意象层、意蕴层、余味层七个层次组成。

（五）新的审美经验

单小曦认为，不同文化范式中，存在不同文艺范式，不同文艺范式会出现不同文艺审美经验。这种不同文艺审美经验的形成与不同时代主导媒介与人的互动建构密切相关。相对于书写时代"静观"、大规模机械印刷和电子媒介"第一时代"的"震惊"，数字新媒介文艺活动的主导审美经验可以被概括为"融入"。相对于西方理论家所说的"沉浸"，此处的"融入"属于更加深广性的沉浸形式；它是读者与文本、作者间一种强势交互行为及其交互性感知和体验；它的主体介入状态是麦克卢汉所说的视、听、嗅、味、肤全部身心感官形成的和谐联动和共同参与，形成的是"全息同步世界"。[①]

（六）多时空并存的文学世界

传统文学文本因使用原子媒介而呈现出固化的、静态的、界限分明的"作品"形态。数字媒介以取样计算方式把文化、文学信息压缩为一体并以超链接方式交织成庞大的信息系统和文本网络，生成了"液态"化、动态生成性和"流质可塑性"、边界模糊、立体交叉的数字文本性。在典型的数字文学中，计算语言使先前单纯的文字语言被丰富为了多种符号，被扩充并分解为了文片、文本单元、脚本单元，在这些文本层次中各元素的作用下，文学意象、意蕴能够形成多种可能，出现多种类别，读者或用户阅读或参与创作时可能会出现不同链接维度中的意象、意蕴间彼此构建的"本体渗透"（Ontolepsis）的审美效应。

因此，数字技术为作品开拓出了界面时空、现实时空、叙事时空、

[①] 单小曦：《静观·震惊·融入——新媒介生产论视野中审美经验的范式变革》，《中国人民大学学报》2013年第5期。

神话时空等多重时空同时并存的文学艺术世界或文化意义的可能世界，这就更大程度上为读者从现实的遮蔽世界走向本真世界提供了多种路径，亦即更大程度上实现了文学的真理价值。与此同时，在美轮美奂的虚拟场景中，在相互渗透的文学世界中，在光怪陆离的情节构置中，人性的善、恶、贤、良、贪、怨、嗔等及其相互交合的复杂面相尽得其展，并屡屡突破此前的道德禁区而深入人性底层，文学的生命伦理意义在此大放异彩。

数字文学的新特点超出了传统文艺理论的研究框架，这对中国文艺研究界提出了新的要求。为此，单小曦在《媒介与文学——媒介文艺学引论》中明确打出了"媒介文艺学"旗号，提出了不同于模仿说、实用（接受）说、表现说、客观说的文艺观——"媒介说"的文艺观。

第三节 从文学媒介到媒介文学

一 新媒介文艺

正是对数字文学的研究使他意识到了媒介对文艺作品的极端重要性（虽然他承认这种重要性在数字技术出现以前的影响不大），他的研究方向转移到了新媒介文艺研究上来。他在《媒介与文学——媒介文艺学引论》中写道："文艺的意义生产不只是依靠语言，而是多种媒介的共同运作。可以认为，以数字技术为支撑、多种媒介复合运作进行生产、传播、接受的文艺形态，就可以叫作新媒介文艺。新媒介文艺对应着旧媒介文艺。新媒介文艺思考的范围和视野比一般意义上的文艺更大更宏观，需要一个新框架、新范式、新格局。新媒介文艺已经不再完全依据传统的媒介运作方式，而是通过数字技术传播和建构文艺形态的示范效果，来保障文艺要素无一遗漏的呈现。严格说来，数字技术是新旧媒介文艺形态的主要区分点。"[①]

[①] 单小曦：《"网络文学"抑或"数字文学"？——兼谈网络文学研究向数字文学研究的提升》，《上海师范大学学报》（哲学社会科学版）2011年第5期。

数字技术的使用标志着新媒介的诞生,这种由新技术产生的新媒介,正是单小曦所说的"物",而正是新"物"与旧"物"的区别使得新的文艺表达方式成为可能。他在《新媒介文艺生产论》中写道:"要讨论新媒介文艺,我们需要从最切近的'物'说起。这个'物',传统的看法称之为文学艺术作品。文学艺术作品是一个物,却是一个不平常之物,不平常在于它有意义,是人赋予其意义的一个物。艺术通过语言符号化的方式使物具有了意义,如一块石头,通过拍摄、绘画等符号化方式,由一个自然化的石头成为符号化的石头。同时,它也有了意义。文学更是如此。我们必须用语言符号使心灵对外在世界做出表达,形成一个文本,在旧媒介时代,这一文本需要承载于一本书(书就是一个物)之中。技术只是媒介的一个层面或是一种表现。它是渗透在符号、载体、制品等媒介层里面的一种力量,并不单独存在。整体的媒介系统运作才使文艺作品这种'物'被赋予了意义。"①

单小曦认为,与旧"物"相比,新"物"的新在于形成了特殊的打开方式,即新媒介文艺不再以一本书、一部电影或其他文本方式打开,可能采取的是一个平台的打开方式。这样一种阅读打开方式,使文本的概念发生了巨大的变化。此时的文本已经成为无边无际的超级文本,甚至它就是平台本身。而一部小说只是这一超级文本中的文本块或平台的一个单元,它和其他文本可以随意形成链接,此时,文学作品的概念、文学文本的概念都需要打上引号了。从文本、作品到平台的打开方式的变化,必然带来文学创作、传播、接受及整体性活动过程的重大改变,数字技术支撑下的平台及其形成的文化模式构建了新媒介文艺重要特质。②

新媒介文艺也应看作一个完整的概念,不能简单理解为文学加艺术。它是"文"和"艺"的混合的艺术,是文学和其他艺术的跨界交融。他举例说:"抖音上有一个短视频,展现的是一只乌鸦在下雨的

---

① 单小曦:《媒介与文学》,商务印书馆2015年版,第34页。
② 单小曦:《媒介存在论——新媒介文艺研究的哲学基础》,《文艺理论研究》2013年第2期。

时候保护它的孩子的场景，同时屏幕上又写出了'可怜天下父母心'等文字，另外还配上一首歌唱母爱的歌曲。这就使感恩父母的文化意义和自然事物融合在了一起。"可以看到，在这里，文字成了新媒介文艺中一个表现要素，和声音、图像等一起构成表意系统，各种符号媒介走向了交融，文学一支独大的情况遭遇到了挑战。单小曦之所以举上面抖音短视频的例子是想说明，在新媒介时代，文艺的概念已经泛化了，泛化到生活里面了。生活和艺术的界限基本模糊了。人们可以看到生活就是艺术，艺术就是生活，这样必定造就新媒介文艺的生产、传播、消费过程中的大众化。这里姑且不谈新媒介文艺作品里"雅"和"俗"的区分，单小曦认为我们不能用传统的二元对立思维来区分当今的新媒介文艺作品。

二 五要素理论

在中西方的文学理论中，媒介一直都处于"缺位"的状态。如英伽登的文本结构四层次（高级作品是五个层次）说、艾布拉姆斯的四要素说、韦勒克和沃伦的七层次说、中国传统的三个层次（语言、意象、意蕴）说等都没有媒介的位置。

对此，单小曦提出了五要素理论。这是恰逢其时的，因为随着研究视野的扩展和研究深度的增加，国内的网络文学研究不可避免地陷入了某种发展瓶颈状态，并难以形成新的突破，将网络文学研究范式转换为数字文学研究范式有利于问题的解决。在数字文学的研究范式中，数字文学文本中的数字媒介被看成对文本各层次具有更加重要的制约和建构作用。这样，可以把典型的具体数字文学文本划分为如下七个层次。（1）程序语言层，即用来编程的 html、gif、ruby 等计算机语言。（2）符号层，即程序语言转化并表明当代文学生产发生了巨大的变化。现在屏幕上的声音、文字、图像等各类表意符号。（3）文片层，即上层符号组成的"文本块"。（4）文本单元层，即作者创作和链接成的文片的总和。（5）脚本单元层，即读者交互阅读时选择、组合起来的文本单元的总和。（6）意象层。（7）意蕴层。在典型的数字文学中，计算语言使先前单纯的文字语言被丰富为了多种符号，被扩充并分解为了文片、文本单元、脚本单元。

在这些文本层次中各元素的作用下，文学意象、意蕴能够形成多种可能，出现多种类别，读者或用户阅读或参与创作时可能会出现不同链接维度中的意象、意蕴间彼此构建的"本体渗透"（Ontolepsis）的审美效应。数字文本性和七层次文本存在形态。传统文学文本一般都呈现为静态的、凝固化的和界限清晰的"作品"形态。从媒介角度说，这主要由于承载文学意义的符号必须物化在一定的原子性媒介上才能生产和传播的实际状况带来的。数字媒介则以比特为单位、以取样计算方式对文学信息进行生产并形成超链接的文本网络，如此便带来了一种被称为"数字文本性"（Digitaltextuality）的文本性质。

的确，在新媒介时代，五要素文学活动论比四要素文学活动论更符合当代文学发展的总趋势。这一思想也越来越得到了同行专家的认可，有学者已经把五要素活动框架写入了高校文学理论教材。在文学的静态存在方式即文学文本的存在结构上，纸媒文学与数字文学更是迥然有别。第五要素在2015年出版《媒介与文学——媒介文艺学引论》中有了更加深入和合理的表述。该在此书中，文学媒介体现在专门性媒介和功能性媒介两方面。如果没有这些媒介的发挥媒介性功能，世界、作家、作品、读者等传统四要素就是一盘散沙，根本无法形成完整而现实的文学活动过程，文学文本也失去了存在的物质基础，也就无法形成现实的文学文本了，因此媒介才是最贴近文学本身的存在性要素。

三 媒介说

接着他从媒介要素出发，立足于"文本—媒介"关系，文艺与其被阐释为对世界的模仿、艺术家情感和心灵的表现、对读者的教化或读者再创造的产物、独立自足的意义实体，毋宁说"文艺即媒介"。如果文艺被解释为一种媒介或"文艺即媒介"，就会形成一种不同于模仿说、实用（接受）说、表现说、客观说的文艺观——"媒介说"

的文艺观。这种以媒介为中心的文艺观概括来看就是媒介是文艺的工具、程序、实践和存在显现的场域。

（一）文艺即媒介工具

文艺是一种传播工具的说法，或者"文艺即工具"的观念并不是新的。单小曦发现，工具论文艺观在文艺批评史上较为流行。不过，一般而言的文艺工具论局限于文艺是传达政治、意识形态或教化受众的工具。但在如今的"文艺即媒介"视域中，文艺工具论的工具意义已经获得了一种广泛性和普遍性。如果认为信息和媒介是可以分离的，承载某种信息就是任何文艺形式的最基本属性，此时，文艺自然成了承载和传递信息的媒介工具。这里的信息可以是来自自然世界和神秘的"客观精神"，可以是出自艺术家内心的主观世界，可以是接受者阅读再创造出来的思想意味，还可以是具有能产性的文本自产出来的意义，无论何种形态，它都已被承载于文艺形式之中了。在这个意义上说，文艺即媒介工具。换言之，在信息内容和传播工具是相互分离的观念之下，"文艺即媒介工具"恰恰是文艺理论与批评研究中无法回避和必须正视的问题。这样，"文艺即媒介工具"也构成了"文艺即媒介"一个最基本的含义。

（二）文艺即媒介程序

在20世纪西方人文学术发生"语言论转向"后，文艺理论与批评领域普遍以语言符号结构形式解释文艺性质，比如，俄国形式主义提出了"艺术即程序"。"程序"主要指的是对语言的节奏、语调、音步、韵律、排偶的组织，对词语的选择与组合，用词手法、叙述技巧、结构配量和布局方式等。克莱夫·贝尔提出了艺术即"有意味的形式"。卡西尔认为，神话、艺术、科学等文化都是以符号形式对人类经验的表达。苏珊·朗格在卡西尔的启发下提出了"艺术是人类情感的符号形式的创造"这一著名观点。单小曦认为所谓的"程序""有意味的形式""符号形式"分析的不过是"媒介程序"问题。因为语言、色彩、线条、形状以及各种情感符号很难以传统意义上与"内容"相对的"形式"来概括，而将之看成文艺中各级媒介更为合理。与此同时，它们的选择、排列、组合、布置说的不过是文艺各级媒介的运作机制，借用俄国形式主义的"程序"概念，可以称为"媒介程序"。其次，按照"媒介程序"，上述各理论分析显然是不全面、不到位的。这主要是因为文艺媒介并非只表现为语言、符号，语言、符号之间的程序也仅仅是文艺程序的局部。

他认为，文艺媒介是个系统，其中包括符号媒介、载体媒介、制品媒介、技术媒介、传播媒体等层面或类型。文艺的"媒介程序"也必然体现为这个系统中更复杂、更丰富的内在运作机制，而仅仅立足于符号媒介层面（包括符号生产意象）讨论问题是远远不够的。可见，"文艺即媒介程序"就不仅可以提升各种符号论、形式论文艺观，而且本身也具有不可替代的理论价值。

（三）文艺即媒介实践

单小曦认为人类使用符号、物质载体、技术所从事的文化活动即为媒介实践行为，而文艺就是这样的特殊性媒介实践。"文艺即媒介实践"的观点既可以和语言符号实践论文艺思想接轨，又是对其的覆盖和超越。以文学为例，以巴赫金的"超语言学"研究、福柯话语理论、奥斯汀的言语行为理论、塞尔的文学言语行为理论等为资源，中国当代学者主张构建"话语实践论文学观""文学话语虚构论""语言实践的美学"。应该说，这些语言实践论文艺思想把文学看成动态生成的语言实践行为，突破了形式主义、结构主义静态封闭自足性困境。在这一过程中，文学意义发生之关键就由语言内部结构关系转向了话语环境、文化规约、权力关系等问题。还需要注意的问题有，一是文学意义发生的基本结构并不只是由语言符号搭建起来的，还包括具有物质性的载体、技术、制品和媒体；二是越强调语言实践行为发生的条件，就越需要看到上述语言符号之外更具物质性的媒介的力量。文学话语语境及其隐含的文化规约、文化惯例、权力关系网络等无法脱离整体性媒介系统的建构。"文艺即媒介实践"的说法恰恰是对这种情形最后的阐述。

（四）文艺即存在显现的媒介场域

现代存在论哲学把存在意义的显现作为核心问题来讨论，而存在意义之显现是需要依托于某种关系和场域的。单小曦的"媒介存在论"研究发现，"在……之中"或"居间"性恰是媒介之媒介性的基本含义，以此为出发点和基础，媒介之媒介性还包括谋和、容纳、赋形、生产等含义。而一旦某一具体存在者发挥了这些功能，就成了功能性媒介。没有媒介位置的主客二元对立情形并非世界原初性关系和结构，而是绝对主体性和主客二元思维对原初性世界把握的结果。原初性世界应以意义的发生为起点。任何孤立的存在者都是无意义的。而在"主—客"二元关系中，因为没有媒介作为沟通和交流的桥梁，二者间也不会有意义的发生。因此"主—客"二元世界也不是原初性世界。意义发生抑或原初性世界应开始于"主体—媒介—主体"形成的三元关系或"媒介性存在关系"。在这种多元关系中，每个存在者都是处于其他两个存在者"之间"的功能性媒介，都发挥着谋和、容纳、赋形、生产的媒介性功能。这样，一个"显—隐"着存在本身的媒介场域就形成了。或者说，存在本身的"显—隐"活动是依托媒介场域展开的。

放在网络文学环境下来看，正是网络文学地媒介场域使"在艺术世界中存在"的结构出现了新情况：作为"此在"的人成了"数字此在"；世界成了网络"技艺"世界；"在世界中存在"结构也变成了此在"在虚拟世界中的存在"。

第四节 新媒介文艺生产

既然媒介决定了文艺的表达方式，而各个时代的技术条件决定了媒介，因此媒介就代表了那个时代的文艺生产力。单小曦的眼界不单纯在文学领域，他认为"文"和"艺"不是不相往来的，而是相互贯通的。他所著的《新媒介文艺生产论》（中国社会科学出版社2020年版），正是对新媒介文艺现象的深化认识与理论建构。全书分为三编，即基础理论奠基、问题透视与现象聚焦、批评话语建设。第一编基于马克思主义为新媒介文艺生产论提供理论基础；第二编聚焦于新媒介文艺现象，对人工智能文艺、交互艺术、虚拟现实电影、自媒体短视频、新媒介的文学写作展开实证研究；第三编讨论新媒介文艺批评话语建设，尝试建立新媒介文艺生产的评价标准，创构新媒介文艺的合作式批评模式。

一 马克思主义文艺媒介生产理论

（一）马克思、恩格斯：媒介生产工具及其媒介化生产效应

单小曦发现，在马克思关于文艺生产的零散分析里一直存在"媒介即信息"这一深层媒介化生产效应思想。比如，马克思把神话和史诗消失的原因解释为物质生产条件的消失，理由是一种文学形式从根底上说来受制于当时作为文艺生产基础的媒介生产因素。应该看到，神话、史诗或歌谣、传说依托的是口传媒介工具，而近代技术、自动纺机、铁道、机车、火药、弹丸等功能性媒介工具和书写、印刷等专门性媒介工具，给人们带来了一种新信息、新尺度和对这个世界的新理解，即科学化信息和科学化解释，古代世界的神秘和魅惑遭遇"祛魅"，形成神话、史诗的世界观也失去了现实存在的条件，而新技术、新媒介生产出的新信息、新尺度形成的新信息环境和新世界观，为新的艺术生产开辟了道路。这种新的艺术生产即书写、印刷时代的艺术生产。[①]

不仅如此，马克思、恩格斯还较早看到了媒介工具不同形态之间相互交融、互动制约的媒介属性及其发挥出的媒介化生产效应。受此

[①] 孙婧、单小曦：《新媒介文艺及批评建设——杭州师范大学单小曦教授访谈》，《四川戏剧》2020年第12期。

启发，他意识到人类意识必然被物质性的语言符号所"纠缠"，而与意识纠缠在一起的语言必须要依托空气、声音等物质性载体，媒介才能表现为现实性的言语。进入了印刷时代，印刷术——当时的新兴技术媒介也加入这一纠缠系列之中。印刷术不仅为言语提供"躯体"，而且还锁住了它的"生命"，即在一种新的规范中发挥它的生产功能。可见，在马克思、恩格斯看来，任何意识表达、精神再现都不过是语言符号、载体、技术等相交织的物质性媒介化生产。随着技术媒介的发展，媒介生产工具"接合"生产各领域、各环节的媒介化生产效应也越来越突出。继印刷媒介之后，以电报为开端的电子媒介使信息传播速度空前快捷，社会生产各领域、各环节要素串联为规模空前的信息洪流，给资本主义自由市场带来了强烈冲击。电报的发明和现代交通体系的建立，为资本的快速流通开辟了道路，"资本同时也就越是力求在空间上更加扩大市场，力求用时间去更多地消灭空间"。"用时间消灭空间"直接地来自资本扩大市场的本能驱使，而现代媒介工具和交通体系发挥出的强大链接、聚集、接合功能则是其物质前提。后来麦克卢汉所说的"地球村"也正是这种媒介化生产效应的逻辑延续。

（二）文艺的媒介生产方式变革

以媒介生产视角审视人类文学生产史，仅从生产工具与生产交往关系两个方面着眼，他把从远古到当代（西方20世纪60年代、中国20世纪90年代以来）之前的人类文学生产，划分为口语—身体工具与"部落化"生产、手工工具与个体化生产、机械印刷与集体化生产、播放型电子媒介与大众化生产等几种主导性生产方式和分别以它们为标志的几个文学生产的历史阶段。而当代，互联网的兴起与全面铺开直接催生了后工业文明时期或信息时代或数字媒介社会中的代表性文学生产方式——网络媒介与实时交互性文学生产方式。这种新的生产方式以新媒介文学生产力和新媒介组织的文学生产关系形成的矛盾运动构成。新媒介文学生产方式变革具体体现在如下方面：当代媒介制造的"拟态环境"或"信息世界"构成了新媒介文学生产力中重要的文学生产对象，新媒介文学生产力中的生产技术要素主要体现为当代高新媒介技术，当代媒介建构的审美感知力、创造力、表现力、欣赏力和接受力等构成了新媒介文学生产力中生产者重要的文学生产能力。当代媒介对传统文学生产资料占有关系进行了消解与重构，当代媒介构设了去等级化的文学分配关系，当代媒介和媒体组织了文学交往关系。

单小曦认为这种由等级制向交流对话机制转变的文艺交往关系的一个重要表现是文艺主体地位与性质的转变。等级制生产关系的打破，对话机制的形成，具体表现之一就是接受主体不再是权力关系下游的被动接受者，他们已经成长为了能动的信息生产者。大众传媒兴起之前，作家、艺术家处于支配或权威地位，接受者处于被支配或受教地位的等级制，中心化文艺交往关系处于文艺活动的主流。20世纪二三十年代的无线电广播的流行取代了沙龙、音乐会、讲座、戏剧、歌剧、报纸等资产阶级公共领域的旧有形式，因为无线电不仅可以让听众收听节目，还能发表看法，听众就不再是一个被动孤立的对象，而是被置于一种对话的关系中了。无线电的"伟大"之处就在于它可以带来互动传播，可以使信息发布者和接受者可能进入一种平等对话关系之中。作为当时的新媒介文艺形态的广播剧与广播这种媒介的技术特性相呼应，不同于印刷媒介支持的小说叙事，它吸收了传统时代以对话为形式特色和触发日常生活经验为叙事内容的讲故事生产模式。如选择冒险、旅行、灾难、魔法、神话、童话等适应声音媒介的题材。再如在讲述过程中常常中断故事，引进长篇的文学文本，类似于布莱希特史诗剧追求的"间离效果"一样，促使听众做出自己的判断和思考，激发他们的想象力，从而增强参与性。此外，唱片、有声电影、音乐自动播放机等电子媒介可以把最佳的音乐成果跨时空地向大众销售和传播，现场听音乐时演奏家和听众之间的支配关系和矛盾就可能被消除，一种听众不受现场和演奏家制约，可以有选择地听取音乐的新音乐艺术交往关系就可能形成。

新的技术媒介促使接受者地位提高，并不等于他们同时膺服于传播技术，而是说新的技术媒介为新的主体性形成提供了成长空间和技术条件，依托这样的空间和条件，他们可以真正参与文艺意义的再生产。

（三）审美形态的媒介再生产

面对21世纪新媒介文艺的生产实践，在文艺媒介生产方式变革的大框架内，布莱希特、本雅明等还阐述了审美形态的媒介再生产问题。

单小曦提出文艺媒介生产论，发掘了马克思主义文艺媒介生产理论，认为在马克思、恩格斯的生产工具论中存在媒介生产思想。马克思认为生产工具引起劳动变革和社会进步。文学艺术的生产也需要生产工具，文艺生产的逻辑起点正是生产工具的特殊性。文艺生产的生产工具不是锄头、镰刀、播种机等物态化的工具，而是毛笔、打字机、摄影机等带有艺术性的工具，以及其他在创作文艺作品中所使用的工具。文艺生产工具的变化同样会引起文艺变革。

作品如何制作始终是和文艺生产工具联系在一起，因此，在当代文艺生产的研究中，除了艺术创作，还包括了艺术制作、艺术生产问题。作者在马克思主义、法兰克福学派的理论资源中阐述媒介文化的思想，构建起媒介文艺生产力论、新媒介文艺生产关系论。媒介与生产之思是全书的理论根基，也是其理论创新的来源。

（四）作为媒介化社会物质实践的文艺生产

按照雷蒙德·威廉斯的"文化唯物主义"，文艺属于作为"整体性生活方式"的文化，而从生产角度，可以将之视为"中介"活动和媒介化实践。阿多诺已经把作品形式看成各种材料要素的中介化而成的"中介体"，同时也强调文艺特性不在于直接地反映现实，而是间接地"中介"了现实，其中伴随着符号化过程。

单小曦认为以"中介"代替"反映"，既可以表明生产前后材料和作品之间的变化，还可以很好地展示出文艺作为一种基本实践过程始终没有脱离社会整体生活而存在的状况。更为重要的是，以"中介"代替"反映"，突出了文艺的媒介生产意涵。首先"中介"属于活动过程，不同于实体性的"中介体"或媒介物；其次任何"中介"活动都依托于"中介体"或媒介物才可以现实地进行。它们或者是语言符号、载体等专门性媒介工具，或者就是上面所说的功能性媒介工具。这正是英文中"中介"（mediation）、"中介体"（mediator）以"媒介"（media）为词根的要义所在。如此，"中介"和"媒介"就统一在一起了，二者都是通过媒介物、中介体展开的实践活动。在这个意义上，文艺生产实质上也就是作为人类整体生活方式具体表现之一的媒介化实践。换言之，文艺生产必然表现为文艺媒介生产。

另外，从中介化、媒介性视角可以更为充分地揭示出文艺媒介生产的根本特性——物质实践性和社会性。如上述马克思关于媒介生产工具思想已经从根本上为文艺确定了物质实践性和社会性的理论基调。

单小曦认为文艺生产无论是从使用语言符号着眼，还是从使用整体性的媒介系统着眼，都要使用作为自然人的有机体（身体、器官等）和物质符号、载体、器材、设施、设备等（作为媒介物的材料）来自无机自然和有机自然的各种物质材料，最后生产出的艺术品，也无不是作为现实社会中的人的精神力量（感知、想象、情感、体验等）及其现实社会生活和无机自然、有机自然三大存在领域相互交融的产物。但文艺不只是一种限于语言符号的接合表述方式，而应是各种媒介形态的协同接合表述。进入20世纪之后，语言与其他媒介之间的关系发生了深刻变化，远远超过了相对陈旧的印刷术与语言之间的关系。威廉斯不仅指出文艺生产中语言符号无法脱离其他媒介形态而存在的事实，而且对不同历史时期的具体状况也进行了分析，特别是分析到了20世纪电子技术媒介、载体等对语言符号的巨大制约作用。当威廉斯引导我们从整体性媒介理解文艺的接合表述时，文艺生产的物质实践性和社会性也得到了充分展现。

二 新媒介文艺生产现象

（一）新媒介文艺生产的智能化

单小曦认为，我们现在的智媒生产处于人工智能文艺生产的较高级阶段，尽管它们距离文艺"类人主体"还有一段距离。在这个阶段，数字"信息圈"成为文艺智媒生产外部环境，此环境既是其生产条件，也构成必须如此生产的催逼力量。同时，文艺智媒系统越来越获得自主性甚至自组织性，人类文艺创作个体主体已经被抛至智媒系统交互回路之外、之上，人类文化、文艺传统从背景走向了前台，成为在场性"大数据化"的生产联合体，从而使人工智能文艺展现出了最突出的特色："大数据化"巨型生产系统的在场性涌现活动。在这个情况下，以智媒系统为"类人主体"的人工智能文艺生产不一定低于人类个体创作。通过互联网、物联网、大数据、云计算等技术，文艺智媒系统不仅可以获得有史以来最强大、最权威的人类文化、文艺传统和知识资源，而且可以将之凝聚为一个生产联合体，从背景走向前台，成为在场活动着的、足可以碾压所有个体作者的强大生产系统。此处的关键点是在场性和跨时空联合。以前，时空界限和主体与他者的界限无法打破，传统再强大也只能成为个体创作的文化背景；现在，历史与今天、背景与前台、传统与个人、主体与他者的界限都已被逾越，所有这些都可以联结一体，即"大数据化"超级生产系统的在场性涌现活动得以形成。

展望未来，单小曦设想一种联通宇宙、整合人类知识和宇宙信息的超级文艺生产现象可能生成。进入强人工智能及超人工智能阶段，信息圈必将不断扩展，人类智能和人工智能交叉交融，库兹维尔所设想的宇宙觉醒也许过于夸张，但万物互联状态从全球扩展到宇宙空间是完全可能的。智媒系统可以将人类历史和传统意义上的文化、文艺信息和宇宙万物信息联通组合，这就打破了文艺信息仅仅在人类文化领域内的封闭循环，而获得了更为宏阔的生产空间，这也将促使文艺信息生产的性质发生根本的改变。

（二）新媒介文艺生产的场景化

单小曦认为任何文艺活动都涉及场景问题，只不过在手工制作和印刷时代，文艺作品的创作、传播、接受相分离了。从广义上说，每个文艺活动环节都各有其场景；从狭义上说，文艺场景专指接受场景，此时的接受活动也可称为场景交流。不过无论是广义的还是狭义的，手工制作和印刷时代的文艺场景，都突出呈现着物理时空和现实场所的基本属性。当不断追求交互性的当代文艺和数字新媒介遭遇后，"新媒介文艺生产场景"呼之欲出。新媒介文艺场景已经打破了手工制作和印刷时代场景作为物理时空和现实场所的基本属性，走向了"信息场景"。与此同时，传统时代的创作场景、传播场景越来越弱化，不断向接受场景靠拢，最后统合出了文艺交互生产场景。而原来那种在不同时空环境中创作者创作、传播者传播、接收者接收的分割而治的审美生产模式，也基本走向了终结，一种以交互场景聚拢了各种审美意义生产环节和要素的"场景化"生产已经生成。

（三）新媒介文艺生产的身体实践

早在1990年代，迈克尔·海姆就提出："虚拟实在的本质最终也许不在技术而在艺术，也许是最高层次的艺术。"进入21世纪，虚拟现实技术不断追求艺术化，并作为一种"独特的体验、话语和艺术探索"，逐渐成为新媒介时代艺术审美、文化消费的新宠。与传统影视、视频、动漫等诉诸人的视、听感官以实现审美接受明显不同，在虚拟艺术活动中，典型的交互性体验方式形成了。

单小曦在书中举了VR电影的例子来探讨虚拟艺术活动中的身体实践。按体验者身体呈现程度不同的"自由度"，可将VR电影交互性体验分为"三自由度""六自由度""多自由度"体验三种类型。在不同类型的交互性体验活动中，技术延伸身体、身体同化技术并使之发挥身体功能，形成了"技术身体化"；意识依托身体、身体覆盖意识，形成了"意识身体化"。随着身体"自由度"的提高，"技术身体化"

和"意识身体化"也不断增强。西方"身体主体"思想研究在克服意识性主体论身/心、主/客二元对立弊病方面，取得了一定成效，但也存在与当代虚拟现实语境和虚拟艺术现实不相容的一面。虚拟艺术体验活动中的主体，既不是传统美学理论中的意识性主体，也不是一般"身体主体"理论所标榜的"身—心"统一体，而应是"技术—身体—意识"的结构性主体，身体带动技术、意识的实践活动是其主体性生成之源。

（四）新媒介文艺生产的神话性

当前，依托移动互联网和自媒体平台，文艺类短视频获得了长足发展。与传统影视、微电影、影音装置艺术不同，自媒体文艺短视频题材广泛，内容短小，互动率高，用户黏度大，取材平民化。针对文艺短视频的爆发式增长，学界也及时介入，在制作内容、技术运用、艺术形式、营销管理、传播模式等方面开展了相关研究。

但总体上来说，单小曦认为目前的自媒体文艺短视频研究还处于初步阶段，缺乏应有的穿透力、批判性和反思性。他主张在较为深层的学理层面，把自媒体文艺短视频定位为一种"今日神话"，它具有"今日神话"的全部要素和特质。但此"神话"不同于罗兰·巴特以语言符号学为武器所指认的、形成于20世纪50—60年代西方消费社会之初的"神话"，而是媒介文艺学观照下、形成于当前数字媒介文化语境中的"新媒介神话"。所以，作为新媒介神话，自媒体文艺短视频主要通过诉诸接受者视听感官的媒介系统达成直接意指实践，其关键之处是发生了从初级媒介系统直接意指向次级媒介系统含蓄意指的转换。

在这种视角下，他认为李子柒艺术短视频的新媒介神话所指意义可以归结为：在今天工业社会城市化带来的快节奏、现代性的都市生活语境中，传统手工时代建立起来的慢节奏、田园牧歌式生活是人们的理想和应该追求的精神价值指向。"消费文化"和"农耕田园文化"成了这一含蓄意指实践的重要依托。李子柒的自媒体艺术短视频不过是新媒介与商业资本合谋形成的"审美乌托邦",具有典型的新媒介神话属性。①

(五)新媒介文艺生产的超文本集体叙事

单小曦以"SCP基金会"为例子,详细论述了新媒介文艺生产的超文本集体叙事。他认为,无论在创作形式还是内容上,"SCP基金会"都与"新怪谈"运动有着千丝万缕的联系。比如两者存在一个明显的共通之处,即它们都在尝试通过一种颠覆传统的、全新的写作和制作思路来探索科幻、奇幻、恐怖文艺在现代都市社会文化语境中的出路,而这样的探索要求创作者将"怪奇"与"恐怖"等概念放入现代都市文化中加以重构,并能将之应用于实践。显然"SCP基金会"解决的问题,是如何重新唤醒人们对超自然事物的原始恐惧问题。其致力于超自然题材,而对"超自然"的界定依赖于对"自然"的标画与提示,此时提及科学常识往往能强化读者的代入感与描述对象的冲击力。因此,"临床腔"作为基本的布景和话语,起到了仪式性的作用,即以现实世界为跳板,引导人们沉浸到一个与现实有所差异的虚构空间;而从创作者角度出发,进入这样一个虚构空间则意味着可以任意想象,甚至自由续写故事。如此就需要一种物理意义上的"可写"的文本间隙,传统封闭性的书本、作品无法实现这一点。而"SCP维基"平台和超文本结构恰恰可以满足这一需求。

正是"SCP基金会"的超文本设置为无限的叙事提供了可能。首先创作者通过特定的超文本形式获得了一些相对独立的叙事空间,如文档中作为主体的"收容措施"和"描述",与超链接所提供的"附件"内容互为相对独立的两个叙事空间。每一个叙事空间都根据创作者对于故事背景的构思而遵循特定的叙事规则,就好像舞台中各个区域根据功能的不同而有不同的布景、承载不同的剧情。其次这些叙事

---

① 单小曦、支朋:《自媒体文艺短视频的媒介神话学阐释——以李子柒古风艺术短视频为主要考察对象》,《内蒙古社会科学》2021年第1期。

空间和布景又都是被超链接连在一起的，是彼此打通的，即在整体上"SCP维基"其实是一个巨型超文本系统。宇宙观的基本统一，可以使"SCP系列"作品在各自留白处随机联结，可以使两个不同创作者在"SCP系列"的不同创作之间进行关联和"交互实验"，这为这种新媒介文艺生产提供了无限的想象和创作空间。

除了创作空间开阔外，"SCP维基"的巨大规模和超链接功能还可以衍生出"解构阅读"以及解构性再生产。这恰是"SCP基金会"系列生产的魅力来源之一，它不仅鼓励创作者将个体的生命体验合法地融入单个作品创作中，也欢迎所有用户（创作者和读者）表达多元甚至相反的经验感受，并同样将之纳入一个超文本集体生产体系之中，所以，在"SCP维基"中，所有创作者都平等享有对"SCP宇宙"的解释权，不存在绝对中心。①

正是基于以上特点，作为新媒介文艺的"SCP基金会"现象，依托于SCP维基平台，形成了一种独具特色的维基平台式生产模式。

（六）新媒介文艺生产的主题中心位移

单小曦认为，新媒介时代的到来，并不意味着报纸、期刊、书籍出版等书写、印刷旧媒介即将消亡和计算机、网络、移动网络等数字新媒介已经一统天下，而是意味着旧媒介逐渐退出传播主流，新媒介正走向历史前台并将逐步实现对旧媒介的覆盖，其实质即媒介融合和媒介文化转型。在这一媒介文化转型期，书写、印刷文化造就的"作家中心"写作方式依然存在，始于印刷媒介市场化、为网络媒介快速推进的"读者中心"写作方式已全面铺开。而作为试验性、具有先锋意味的"数字交互"写作一直在不断探索。在媒介文艺学研究视域中，三种文学写作方式各有其媒介文化成因，也各有其历史发展命运。

单小曦认为"数字交互"式写作现实地发生在数字媒介场域中，

---

① 单小曦、朱守涵：《维基平台上的"怪恐"叙事——作为新媒介文艺的"SCP基金会"现象研究》，《四川戏剧》2020年第12期。

但这一场域中的读者已经成为"二级作者",作者和读者在强势交互活动中共同完成文学意义创造。"作家中心"式写作中的读者无法逃离最终被支配和教化的地位;"读者中心"式写作的读者一跃成为作者为之服务的"上帝",这样读者的文学接受活动也在一定程度上成为"二级创作"。"二级作者"的"二级创作"活动,首先不同于传统作者的"一级创作",即它不是对文学文本的策划、构思和初级写作。其次它又不同于印刷文学活动中读者的"参与创作"。

传统的读者"参与创作"表现为读者仅凭头脑意识对作者文本中"空白点"进行意义填充。而单小曦所谓的"二级作者"需要手脑并用以选择、探索、重组、改写等方式生产出物质性新文本,然后再以意识来"填空"。再次它也不同于网络大众生产者进行的"接龙"写作活动。接龙写作中的后一位作者需要沿着前一位作者的思路续写,不过要自己构设出新的文本框架。虽然这里的"二级创作"必须在"一级创作"已经设定的文本框架下进行,但由于充分发挥了数字技术生产潜能,往往能够创作出难以预料的审美成果。网络"读者中心"式写作中形成的文学文本虽然已经突破了"作品"界限,但目前多数在文本符号、文本结构等方面与印刷文本并无本质区别。而"数字交互"式文学文本则是一级、二级生产者共同建构意义的动态存在物,往往采用多种符号形式,并形成立体交叉的赛博文本结构。单小曦举例说:中国台湾著名诗人苏绍连以"一级作者"身份设计创作出了90多部网络数字诗,并在他个人博客中展出。读者要阅读这些诗作,需要在苏绍连构置的文本框架中点击链接出多种符号形式组合而成的赛博文本,然后再进行传统意义上的文学接受活动。在此过程中,苏绍连和具体阅读者共同建构了一部诗作的文本结构和审美意义,他们之间形成的是强势互动和充分交流的文学创作关系,而这无不是数字技术和计算机网络工具在文学生产活动中被充分使用的结果。

三 新媒介文艺批评

20世纪中叶之前,西方文艺批评史上出现了四大批评形态或类型，即倾向于作品和外在世界关系的"模仿"说、倾向于作品和欣赏者关系的"实用说"、倾向于作品和艺术家关系的"表现说"、倾向于作品本身的"客观说"。

但是，单小曦认为上述的四大批评类型有其存在的必然性，因为在当时文艺生产的各个要素处于分裂之中，媒介的在场是不易察觉的，这就不可避免地让当时的文艺批评家忽略了文艺活动中媒介要素的存在，特别是今天的数字媒介时代，网络媒介的强势介入使文艺活动中其他要素及其关系发生了根本性改变，催生出了网络文艺新形式。今天的网络文艺既不属于传统意义上的文学、艺术中任何一种，也不是文学和各种其他艺术形式的简单相加，而属于它们的"间性"艺类。蓬勃发展的网络文艺不仅对网络文艺批评实践提出了现实要求，也要求学界及时推进网络文艺批评理论研究。网络文艺批评在批评的性质、对象、主体、方法、标准等方面都具有自己的特殊性。

正是以往批评范式的不足，促使他尝试建立新媒介文艺生产的评价标准，创构新媒介文艺的合作式批评模式。

（一）合作开放的联合批评

要对今天的网络文艺形成切实有效批评，需要建构学者、作者、编者、接受者联合式批评主体。联合式批评主体已经超出了传统印刷文化中那种以个体为单位的自律性的孤立、封闭、凝固主体模式。网络文化使原来的现代性孤立、封闭、凝固的个体走向合作、开放、流动，为数字交互性的新型联合式主体的形成提供了可能。

20世纪以来的文艺批评方法异彩纷呈，不一而足，作为后起的网络文艺批评，这些批评方法都可以采用。不过，这些批评方法还是基础层面的，或者说是个体批评主体行为阶段主要采用的。[①] 网络文艺批评特殊性之一在于有个体批评行为，更需联合主体行为。联合主体批评活动要求在批评方法上采用合作式批评方法。具体操作中，它需

---

① 单小曦：《推进网络文艺批评理论建设》，《中国社会科学报》2017年3月20日第5版。

要各方个体主体确定位置、明确分工、建立合作性话语生产机制。比如，创作者从创作表达出发，在低层的创作一端进行另一种初步的批评话语生产；编者处于批评结构体中间层，利用沟通作者和读者的中介优势，对读者批评话语、作者批评话语进行翻译、加工、整理，形成初级批评话语体系；学者利用所掌握的理论和批判思维、逻辑思维优势，对编者提供的初级批评话语做进一步的加工、提升、定型，最后形成成熟的网络文学批评话语体系。

（二）丰富多维的批评标准

一是网络生成性标准。网络文艺之所以为网络文艺，首先是网络媒介被引入文艺活动后，创生出了不同于以往的文艺特色。因此网络文艺活动各个环节中对数字化网络生产和审美潜能开发的程度，就构成了网络文艺批评的首要标准。

二是跨媒介和跨艺类标准。与传统文学、艺术相比，网络文艺的特色之一是去边界、去阻隔、跨符号、跨艺类，今天的某些"网络文学"正是以文字与图像、声音多种符号的复合性跨界到影视、动漫、游戏领域，彰显出了不同于传统文学的特性，因此跨媒介和跨艺类程度也成为评价标准之一。

三是虚拟世界的开拓标准。在文本与世界的关系上，网络文艺的重要价值不表现为如何真实地反映了现实世界，而表现在对可能世界的开拓上，这个可能世界是在网络虚拟空间和文学想象空间交相辉映中产生的。虚拟世界的开拓程度自然成了一个评价标准。

四是主体间合作生产标准。网络媒介为文艺生产者和接受者（实质为合作生产者）开辟出了充分的互动合作生产条件，往往表现为创作者设置基本艺术构架，接受者或者表达意见参与具体设置，或者与创作者设置的文本框架交互生产，形成新文本，然后再进入欣赏状态。具体批评中，需要把合作生产性作为一个重要衡量尺度。

第五章　周志雄：网络文学研究的捍卫者

安徽大学文学院在2019年策划了一本"文典学术论丛"，作为最年轻的教授、博士生导师，周志雄以《批评之途》奉上了自己多年以来的研究成果。安徽大学文学院现当代文学学科带头人、中国小说学会副会长、著名文学评论家王达敏教授看到书名情不自禁地说："这个书名好。"那么，这个书名到底好在哪里呢？

在《批评之途》的"后记"中，周志雄写道："二十年的热情和心血浸泡在文学研究中，我收获了很多'成果'，但总觉得自己的研究好像才刚刚开始。让自己的研究文字更有价值，是我永远为之努力的目标。"[①] 这段话中有两处时间，"二十年"和"开始"，前者是过去式，而后者则是现在时，连起来不就是书名中的"途"的解释吗？如此说来，"批评之途"具体指向的"从二十年开始""现在又是一个开始"，放置在周志雄的学术之途上，既是对过去的总结，又将开启一个新的历程。

第一节　深入网络文学研究现场

二十年前，互联网的普及改变了人们的生活方式，也带来了互联网文化的勃兴。时代变化的契机，也促使刚刚踏入学术殿堂的周志雄

[①] 周志雄：《批评之途》，凤凰出版社2019年版，第388页。

成为第一批进入网络文学的学者。多年后，他对中国网络文学的兴起与意义是这样总结的："中国有特殊的历史语境，改革开放为网络文学提供了宽松的社会环境，使大批通俗化、消遣性的文学作品通过互联网获得了读者……为网络文学提供了文化自信，带来了网络文学积极、开朗、乐观的格调。"① 也就是说网络文学的产生绝非偶然，而是一种历史的必然，它的背后是国家、社会文明、进步的缩影。自由、宽松的文化环境是其发生的根本原因，更是研究网络文学的基本价值立场，决定了必须站在历史视野的高度以全新的研究方法对这片崭新的学术土壤进行开垦。

周志雄教授在中国文学的顶尖刊物《文学评论》的论文中这样写道："当代网络小说吸取了通俗小说的写作经验，主要表现在小说主题的通俗化、故事还受到中国当代主流文学的全面影响。当代网络小说的创作者身份芜杂，文学素质参差不齐，但这种无序之中更见了几分活力的张扬。兼收并蓄的网络小说的兴盛必将对通俗文学的发展产生深远的影响。"② 对于一种文学形态而言，10 年的发展时间在文学史中简直就是沧海一粟，但周志雄却一下拨开了历史的云雾，对于新生的文学形态产生了清晰的认识，并将其研究成果铸成《追溯网络小说的传统》一文，这篇论文陆续被《山东文艺评论丛书·报告文学与网络文学评论卷》《网络文学的兴起——中国网络文学发展文献史料辑》《中国文学年鉴 2009》《评论的力量——第七届中国文联文艺评论奖获奖文集》等权威书刊收录，并获得"山东省高校优秀成果奖三等奖"、"山东省文化艺术科学优秀成果奖三等奖"、"第 24 次山东省社会科学优秀成果奖三等奖"和"第七届中国文联文艺评论奖三等奖"等多项奖项，足见其分量之重、影响之深远。此后，周志雄又于 2010 年出版《网络空间的文学风景》一书，获得第六届"山东省刘勰文艺评论奖"，点滴的实践积累，逐步奠定周志雄在网络文学研究方面的理论基础。

---

① 周志雄：《网络文学教程》，高等教育出版社 2020 年版，第 3 页。
② 周志雄：《追溯网络小说的传统》，《文学评论》2008 年第 5 期。

在此后的几年,周志雄将研究视角转向了网络文学的本体研究上。这样的过程同样是不易做到的。不仅需要思维观念的突破,也需要知识的更新,以及批评资源的开拓。作为高等教育的学科建设,还要有理论体系与课程的融合。研究者的治学态度不仅仅能反映一个学者的学术修养,更影响着学术品格,面对网络文学迅猛发展的实践,周志雄敏锐地指出其存在的相关问题:"一是鱼龙混杂,整体格调有待提高。就目前的情况来看,网络文学的作者身份芜杂,整体素质参差不齐,不少作者没有经过严格的文学训练,缺乏典雅的文字和相应的思想深度,这也导致网络文学缺乏能够传承下去的经典文本。由于没有文字编辑的把关,直接影响了网络文学的总体水平。二是商业化气息较浓,信马由缰地自由化写作。网上写作需要吸引读者的眼球,需要在浩如烟海的文字中凸显自己,所以不少作者一味追求作品的'好看'和'刺激',商业化策略被广泛使用,就连一些大学校园题材的小说,也有不少偏向'争比放浪轻狂'。还有悬疑小说以扑朔迷离的悬案吸引读者,言情故事以性场面为书写对象,追求故事情节的盘根错节,越是曲折离奇越好,人物性格越极端越好,等等。三是惯性复制,一味追求'好看'。一些作者成名之后只求写作速度,一味复制自己。模式化、情趣化的通俗文学套路被反复演绎,缺乏真诚的生命投入,缺乏自我超越。"[①] 这篇言之凿凿又带着善意的批评直陈网络文学发展中的痹症,可谓一种"疗效"式的警示。

坚持实事求是的态度,客观实际地面对新生事物,寻找探究其本质,总结其规律,是学者基本的初心和职业伦理,网络文学研究也在此列。彼时,面对学界对网络文学的指责批判,周志雄却提出"网络文学应该入史"的惊人论断,这一观点在学术界如惊雷乍响,虽支持的声音不多,但周志雄坚持表示:"研究网络文学,对于大多数从纯文学领域转换到网络文学研究领域的研究者来说,其实是一件有挑战性的事情,其知识的转换,对通俗文学作品的阅读,网络上阅读习惯

---

① 周志雄:《网络文学与中国当代文学的发展》,《理论学刊》2009年第4期。

的改变，参与网络写作的实践活动，都意味着研究方式的改变。在评价的知识、价值体系上要更新，对作品要有新的洞察力，要有能力和网络作家展开深入的对话，而不是简单地以纯文学的标准去贬低网络文学。"① 这是经过深刻反思的真知灼见，也是对网络文学研究中的盲区进行了针砭，特别是对学术研究中出现的一种不正常风气的扬弃。这是需要勇气和底气的。事实上，他之所以能够在公众面前喊话，特别是面对森严的学术秩序大声说"不"，这与他多年的坚持与作家对话密切相关。网络作家和网络写手见到他感到非常亲切，愿意说出内心的话，在一些场合，只要谈及自己的创作处境——外界的冷漠，家庭的误解，很多网络作者禁不住号啕大哭，这样的场面深深地震撼着他。这也是他和团队成员多年坚持访谈作家的重要原因。

常言道，有深入才会有发现，有鉴别才能有独到的发现。"还有独特的网络场域和叙事主体带来了网络叙事与传统叙事的不同，从叙事的语言层面到叙事的话语风格、话语立场、叙述文体，网络叙事以广泛的写作实践进行着当今最大众化的写作。网络叙事所复活的是古老的讲故事的传统，是对当代文学感性解放内在脉络的赓续，其主要功绩不在于奉献经典作家、作品，而在于促进文学阅读、写作活动的大众化，促进文学形态的丰富性，为当代文化建设提供新的契机。"② 他将对网络文学细致入微的观察研究融于《网络叙事与文化建构》，周志雄认为网络文学是一种有别于传统叙事模式的新型叙事，应从传统中找到另一种历史的赓续。他的这一论断从本体层面揭示了网络文学与传统文学的区别，揭示其时代价值，使得唱衰网络文学的批评论断不攻自破。这篇论文相继被《文化发展研究》（2014年第二辑）、《网络文学评价体系虚实谈》、《山东作家作品年选（2014）·评论卷》、《啄木声声——首届"啄木鸟杯"中国文艺评论年度推优文集》等收录。同时还分别获评"2015年山东高等学校优秀科研成果奖

---

① 周志雄：《关于网络文学入史的问题》，《浙江社会科学》2013年第2期。
② 周志雄：《网络叙事与文化建构》，《文学评论》2014年第4期。

一等奖"（2015年9月）、"山东省社会科学优秀成果一等奖"（2016年10月）、"中国文艺评论2016年度优秀作品"（2016年12月）等重要奖项。

2015年，基于周志雄丰硕的研究成果，山东师范大学网络文学研究中心正式揭牌成立，全国各地的专家学者云集山东师范大学千佛山校区，揭牌仪式上，白烨、欧阳友权、杨学锋、赵宪章、贺绍俊、汤哲声、陈定家、傅书华、邵燕君、马季、刘琼、单小曦、庄庸、杨晨等多名知名专家、学者被聘为山东师范大学网络文学研究中心学术顾问、特约研究员。王少华与白烨一起为研究中心揭牌。时任山东省作家协会党组书记杨学锋发表了热情洋溢的致辞，对山东师范大学网络文学研究中心的成立表示祝贺。他说，山东是网络文学大省，在国家倡导大力发展网络文艺背景下，山东师范大学网络文学研究中心的成立适应了当前文学发展的形势，对推动网络文学研究的深入，促进山东网络文学的繁荣具有重要意义。同年，《网络文学的发展与评判》和《大神的肖像——网络作家访谈录》相继出版，获得专家学者的一致肯定，为网络文学研究中心的发展持续助力。此后，中国文艺理论学会网络文学研究会和山东师范大学文学院、山东师范大学中国现当代文学国家重点学科、山东师范大学网络文学研究中心联合召开了"文化视域中的网络文学研究"学术研讨会，为网络文学产业的发展研究添砖加瓦。

山东师范大学网络文学研究中心是山东省首个网络文学研究中心，也是继中南大学和北京大学之后国内第三个网络文学研究中心。周志雄团队作为国内首个从网络作家研究出发的研究团队，以其敏锐的学术洞察力，对后续研究产生了重要的铺垫作用，周志雄多次疾呼要多关心网络作家，网络作家就是网络文学生机勃勃的原野。他说："这些写作者成熟的作品还没有出现，但他们的创作成名作往往就是其代表作，他们所走过的创作道路和传统的作家有很大的区别，他们和影视、图书市场之间、作协体制之间也比传统作家复杂得多。这些问题常常遮蔽在媒体批评的'唱盛'或'唱衰'简单的对立评价之中，网络文学入史,既期待着更多成熟的网络文学作品出现的历史时机,也需要对这些问题展开深入研究。"① 功夫不负有心人,当这些成果集中呈现出来的时候,我们不得不带着赞叹与惊讶,这是需要深怀一颗大爱的仁心和善意的啊!

作为一位刚刚步入网络文学研究领域的新兵,乌兰其木格在周志雄的研究中获得了一种启迪和感悟。在阅读《网络文学的发展与评判》一书后,乌兰其木格如是评论道:"寥寥的拓荒者队伍中,周志雄身在其中。他的治学对象与精神抉择印证了萨义德的论断:'知识分子回应的不是惯常的逻辑,而是大胆无畏;代表着改变、前进,而不是故步自封。'② 周志雄用他的慧心学识和广博视野,不骄矜更不卑下地讲述了网络文学的来龙去脉,始末缘由。他的新作《网络文学的发展与评判》是关于网络文学的'大文学史',驳杂的现象与丰富的论述向读者完全敞开。更重要的是,周志雄用他的勤勉和略带堂·吉诃德色彩的行动捍卫着文学生态的多元多样,呵护着网络文学这股新生力量的健康生长。他试图证明,文学不仅只在殿堂中严肃端坐,它也可在江湖中顽皮笑闹。与其粗暴砍杀,不如公正宽厚。在未来的某一天,经过不懈努力和良性引导的网络文学,也可以展开某种经典宏大的图景。"③ 同时,她还指出:"周志雄勇敢而颇具胆识地选择了网络文学研究中困扰批评家们的诸种难题。他将网络文学研究置放到时代潮流中,将困守中的文学批评引入到时代精神现场。如在论及网络文学的价值意义方面,他认为网络文学与现代以来的启蒙文学传统具有相通之处。只不过网络文学中的启蒙面向的不是五四时代的封建思想,而是现实生活中出现的新的难题。网络文学试图提供的是应对现实生活问题的智慧,是中国式人情和事理意义上的人生教科书。从这

---

① 周志雄:《关于网络文学入史的问题》,《浙江社会科学》2013年第2期。
② [美]萨义德:《知识分子论》,单德兴译,生活·读书·新知三联书店2002年版,第57页。
③ 乌兰其木格:《智性的悟读与慧性的批评——评周志雄的〈网络文学的发展与评判〉》,周志雄主编,《网络文学研究》(第一辑),山东人民出版社2015年版,第280页。

一维度来看，网络小说恢复了文学和生活的关系，恢复了文学对时代生活的切入和捕捉。这样的论断，是批判者与研究对象的深层意会，具有扎实感和丰厚感。"① 乌兰其木格这段发自肺腑的感性评论，既是对周志雄网络文学研究历程的真实写照，更是对周志雄本真初心的呼应与确证。

第二节　独特的研究方法

周志雄认为，网络文学的创作环境与批评环境都十分严峻，毫不讳言地说，印象批评的多，学理批评的少；不在场的批判多，在场的批判少；情绪式甚至谩骂式批评的多，理性、温和地批判的少，这也使得网络作家的生存与创作尤为艰难。暨南大学文学院教授、博士生导师王小英深有同感，她评价道："批评的前提是认识和理解，可惜很多时候对网络文学的批评都建立在误解、不解，也不愿意去理解之上。正是在此基础上，周志雄教授组织团队，对网络文学作家进行访谈，提出'到网络文学现场去'是极富历史意义的，也是具有真正人文关怀的学术行为。"② 她还说："我认为在当下社会还有一种新的时势权力正在兴起，这就是随着传媒的第三次突变在既有的行业以及新的行业中兴起的时势权力。在文学领域，这种时势权力就表现为，随着网络文学影响力的日益增长，一批网络作家的兴起。网络文学影响力的扩大和网络作家群体的形成中，传媒的突变和商业力量的推动是不可忽视的两股重要力量。既然传媒突变引起的社会变迁不可避免，那么使文学领域不致发生混乱只有一个办法，那就是让对文学的引导和规范追上文学变迁的速率，从这个意义上来讲，中央决定要大力发

---

①　乌兰其木格：《智性的悟读与慧性的批评——评周志雄的〈网络文学的发展与评判〉》，周志雄主编，《网络文学研究》（第一辑），山东人民出版社 2016 年版，第 281 页。

②　王小英：《走到网络文学现场：关系网络中的写作主体——评周志雄〈大神的肖像：网络作家访谈录〉》，周志雄主编，《网络文学研究》（第二辑），山东人民出版社 2016 年版，第 213 页。

展网络文艺正是大禹治水用的'疏导法'。周志雄教授组织的系列网络作家访谈也属广义'疏导法'之列，是与时俱进的顺势而为。"这是从更高的认知层面上指出了周志雄的网络作家访谈所具有的深刻的意义和历史价值。时间终将证明，这是研究网络文学的一条非常有效的方法，也是把网络文学作为一种人文科学所具有的严肃的学术态度，同时也是一个学者所秉持的道德责任。

很多人忽略了文学在移动互联网时代渐渐成为小众阅读这样一个基本事实，尤其是短视频时代，更加明显，而网络文学以及网络文学IP改编成为一种大众阅读的趋向。周志雄对此早就预判。他说："如果说传统纸媒文学是小众的，那么网络文学就是大众的；传统文学是厚重的，网络文学是轻逸的；传统文学是'烧脑'的，网络文学是悦人的；传统文学是作者的文学，网络文学是读者的文学。类型化的网络文学更接近通俗文学，与大多数通俗文学一样，网络文学的价值观念是持中的，是大多数读者能接受的，少有价值观的探寻，多的是对已有社会核心价值观念的明晰和强化。网络文学传承通俗文学的传统，类似古代说书场的故事，又有网络时代的大众文化印迹，在环环相扣的故事中，既有传统精神价值的弘扬，也有对现代观念的书写。网络文学对读者的引导是通过人物故事、人物形象激发读者的认同感，通过一些感悟式的'格言''警句'，为读者舒缓压力，放飞梦想，识理明志。"[①] 既然是大众的，不可谓不重要，既然是"网络文学是直面读者的文学，网络文学在线更新，和读者及时互动，作者知读者之痛痒，读者为作者建言，作者和读者趣味相投，更重要的是网络文学所写的内容与读者的生活紧密相关，优秀的网络文学作品接地气、树正气、有情趣，它往往能拨动读者的情感之弦，帮助读者树立正确的价值观，激发读者的内在潜能，激起读者追求幸福生活的勇气"[②]。因此，引导大众、提高创作质量的同时，还需要提升阅读品位，那就不可缺

---

① 周志雄：《网络文学与当代现实生活》，《光明日报》2016年11月7日第13版。
② 周志雄：《网络文学与当代现实生活》，《光明日报》2016年11月7日第13版。

少批评。

在王小英的文章中同样沿袭着这一观点:"网络作家作为写作主体,是处于一个社交关系网络中的写作主体,这个关系网络,首先包括了读者,尤其是付费读者,接着是来自网站规则和人事的制约。有意思的是,这个关系网络一般不包括网络文学批评家,虽然有批评,如'龙的天空'这种专业批评网络平台的存在,但并不是学者的批评。这正好印证了学界'批评'缺席的看法。因此,较为成功的网络文学的写作过程,是一个写作主体通过写作构建并培养自己的读者群体,在写作中不断面对种种鼓励、催促、建议、批评或批判的写作过程。写作中没有关系网络的构建,只有安静的来自作者主体的写作是不存在的。学者要进场,或许需要首先进入这个社交关系网。"①

除了在网络文学研究上的主动践行,周志雄还在中国文联文艺评论中心的支持下组织并策划了"首届网络文艺评论大赛"。大赛于2016年6月3日启动,2016年11月30日截稿,共收到稿件446篇,广泛覆盖各大知名高校、研究机构及作家团体,并吸引了大量业余爱好者参加,对网络文学的评论与普及工作起到了积极的推动作用。大赛优秀作品最终以《中国网络文艺作品评论选》的形式面世,不仅达到了"破圈"的效果,同时还实现了"破壁",打开了学院与社会闭塞的门,开启了网络作家走进公共视野并被集体接受的审美旅程。

2015年10月14日,习近平总书记在文艺工作座谈会上指出:"互联网技术和新媒体改变了文艺形态,催生了一大批新的文艺类型,也带来文艺观念和文艺实践的深刻变化。由于文字数码化、书籍图像化、阅读网络化等发展,文艺乃至社会文化面临着重大变革。要适应形势发展,抓好网络文艺创作生产,加强正面引导力度。"同年9月11日,中共中央政治局审议通过了《中共中央关于繁荣发展社会主义文艺的意见》,特别提出"大力发展网络文艺",许多行业内人士大呼网络文艺终于获得"正名",网络文艺的春天到来。2016年11月30

---

① 周志雄:《中国网络文艺作品评论选》(网络文学卷),中国社会科学出版社2017年版。

日，习近平在中国文联十大、中国作协九大开幕式上的讲话中再次指出："要加强和改进文艺理论和评论工作，褒优贬劣，激浊扬清，更加有效地引导创作、推出精品、提高审美、引领风尚。"正是在这样的历史背景和现实要求之下，每一个知识分子和文艺工作者都面临共同的使命和责任——如何将社会主义文艺服务更大多数的人民，坚持新时代的"双百"方针和"二为"方向。为响应习近平总书记与党中央的号召，周志雄主笔了《我国网络文学评价体系的理论与实践研究》子课题——《网络作家评价体系与批评实践》的撰写并相继主持了《网络作家评价体系与实践》《文化视域中的网络文学研究》等国家级课题及省部级课题项目。作为结项成果之一的《文化视域中的网络文学研究》于2018年正式出版。此书得到了著名网络文学研究专家，中南大学教授、博士生导师欧阳友权教授的高度评价，欧阳友权教授认为："网络小说数以千万，网文读者数以亿计，它传播了我们这个时代主流的核心价值观，也表达了特定群体的文化价值诉求。网络文学的主要旨趣是好看，让读者觉得'爽'，让经营者觉得有'卖点'，也让作者有收益。基于此，周志雄教授提出，网络文学研究应充分关注其文化价值，关注其在文化传承和当代文化建设中的作用和地位，关注优秀作品所承载的文化意蕴，这是很有学术眼光的。"同时，欧阳友权教授对研究方法也给予了充分肯定，他认为："研究者首先要解决从哪里入手，即'研究什么'的问题。作者没有像法兰克福学派那样对之做文化工业的'意识形态批判'，或是像伯明翰学派那样聚焦于媒体来研究大众传播与文化生产、社会变迁的关系，而是从我国网络文学的发展现状出发，把文化价值作为持论的逻辑原点，选择从后现代文化、通俗文化、视觉文化、性别文化、雅俗文化等角度打开网络小说的文化价值空间，在文化产业、商业机制、IP产业等关键词所指向的研究领域，阐释网络文学繁荣的制度基础与艺术规律，从现实题材、宫斗小说、武侠小说、女性小说等不同类型中研究其背后的文化意蕴，无疑切中了我国网络文学发展脉搏。""在研究路径的选择上，这部新作较好地解决了网络文学的文化价值该'怎样研究'

的问题。我们看到，作者把思维的触角切入最前沿的文学现场，通过作家访谈，收集相关资料，用文化研究的方式对网络文学现象、网络作家及相关作品进行剖析，并且将创作的文化机制和文本阅读结合起来，以'接地气'的临场分析把握网络文学的文化特性。""网络写作，从闲云野鹤式的职业到千百万人共襄的事业；网络阅读，从休闲娱乐的个人爱好到文化空间的营造；网络作品，从'文青'的自由表达到IP文化产业链的'长尾效应'，已经让大众崛起的网络文学被赋能于时代的文化大局和国家文化战略，因而这不仅仅是一个'网络'或'文学'的问题，而是关系到国家意识形态和当代文化建设，关系到大众文化消费和社会主流价值观建构，与时代的文化引领、人文精神和价值导向直接相关。可见，开掘网络文学的文化价值意义深远，应该成为网络文学研究者的历史使命。"[1] 安徽大学王泽庆教授认为："该项目研究成果的学术价值和应用价值非常显著，它直接关系到网络文学评价体系建构问题。前文提及网络文学是审美属性、技术属性和文化属性等多种属性并存，决定了网络文学评价是多维度的，不能单纯地进行审美评价，不能因为其审美价值达不到传统文学经典的标准而否定其文化价值，而是要实事求是地评价中国网络文学的时代价值。"[2] 大家对研究成果的肯定也证明了过去的探索是有意义的，也是有价值的。面对生机勃勃的网络文学生产现场，如何让网络文学健康发展，网络文学的评价标准和评论体系的问题再度成为他所关注的核心问题，这不仅关系到网络文学的当下性问题，还关系到网络文学经典化的提炼的质量与效率问题。

第三节　前瞻性的研究视域

网络文学入史问题与评价标准问题的讨论，也折射出周志雄网络

---

[1] 欧阳友权：《开掘网络文学的文化价值》，《文学报》2019年4月25日第23版。
[2] 王泽庆：《从网络文学的文化属性认识其时代价值——评〈文化视域中的网络文学研究〉》，《中国艺术报》2019年4月29日。

文学研究的前瞻性，早在2013年他便提出："文学史是对一个时段文学创作的提升和总结，并不是每一个作家都能进入文学史，进入文学史的作家都是经过文学批评筛选的作家，只有那些创作上取得了一定成就的作家才能得到批评家的关注，才能进入文学史。""网络文学所面临的最大问题是网络作家与传统作家有很大的不同，他们大多是非职业化的写作，其写作的起点低，写作的作品通过网络媒介的放大，在读者群中有很大的影响力，但他们的作品可供文学分析的'艺术含量'并不高，很多作者是'玩票'写作，有些作者是昙花一现。要勾勒网络文学的发展全貌，要对其发展的艺术线索进行描述，是很难的。网络写作与市场、读者的联系，与通俗文学的联系，比与艺术发展的演进层面的联系更鲜明、更有代表性。对网络文学作品的评价会成为一个问题存在，意味着要建立新的评价体系，才能很好地评价网络文学在文学史上的价值。"[1] 入史与评价标准看似两个问题，实际上也是一个问题的两个侧面。2017年，他在《中国网络文学评价体系的维度及构建路径》一文中再次重申："建立一个独立的评价体系。网络文学的评价主要来自网民，网络文学创作者与接受者的及时互动主要在粉丝群中，有相对固定的友情组合的小圈子群体。优秀传统文学的评价标准是文学的思想性、艺术性、创造性，而网络文学是直面受众、让人开心、满足读者的精神想象，这和传统文学有很大的不同。用传统文学的标准评价网络文学无法说明网络文学的高下优劣，网络文学的评价体系应从网络创作的实践中来、通过网络在线传播，产生了巨大的社会积极效应的作品，兼顾审美艺术性和创造性的网络文学作品才是好作品。"[2] 并从网络维度、审美维度、商业维度、理论维度等角度进行深入研究。同时他还提出在使用研究方法时的注意点："研究必须上升到理论的高度才更有价值，这些理论对深化理解网络文学无疑大有裨益，在实践中要求超越简单套用西方的文学理论来评价中国

---

[1] 周志雄：《关于网络文学入史的问题》，《浙江社会科学》2013年第2期。
[2] 周志雄：《中国网络文学评价体系的维度及构建路径》，《中国文艺评论》2017年第1期。

的文学现象，应有效借鉴，积极作为，进行理论的融合、提升和创造，从中国网络文学的实践出发，深入阐释中国网络文学的规律和特点，在此基础上，提出契合中国网络文学审美特点的学术概念。"①

  周志雄的学术研究走的不是单一的封闭的传统学术的路子，而是把研究与教学结合起来，同时把个体的研究与学生学术锻炼与提升结合起来，还把学院研究与社会教育三结合的路径，因此取得了整体研究生态的优化。在他的带领下，一批批优秀的学生也迅速地成长起来。2009年《中国现当代文学专业研究生课程教学丛书》获山东省研究生教育省级教学成果一等奖；2014年1月《文学评论写作实用教程》获山东师范大学第七届教学成果奖三等奖；2014年6月指导硕士学位论文《身份·叙事·关系——对新世纪现实题材网络小说的文化分析》获山东师范大学优秀研究生学位论文指导教师奖；2015年10月获山东省优秀硕士学位论文指导教师奖；2016年12月获山东省中国现当代文学专业优秀硕士学位论文指导教师奖；2017年6月指导硕士学位论文《赛博空间的智性写作——网络侦探小说初探》获山东师范大学优秀研究生学位论文指导教师奖；2017年10月指导硕士学位论文《网文·动漫·电影——理解网络武侠小说的三个维度》获山东省优秀硕士学位论文指导教师奖；2018年11月指导硕士学位论文《赛博空间的智性写作——网络侦探小说初探》获山东省优秀硕士学位论文指导教师奖；2019年6月，指导的博士生吴长青的论文《建构IP背景下网络文艺新的美学原则》获首届中国网络文学评论奖年度三等奖；2020年8月指导的博士研究生王婉波被评选为山东师范大学第五届博士研究生"学术十杰"；2020年8月指导博士生江秀廷的论文《网络古典仙侠世界里的自我超越者——管平潮小说创作论》获得"钱潮杯"首届青年创意家·网络文艺评论奖二等奖。这些成绩的获得凝聚着他的汗水，也见证了他在学术路上和作为一位优秀教育工作者的园丁精神。因为指导学生负责、认真，特别是在带团队的过

---

① 周志雄：《中国网络文学评价体系的维度及构建路径》，《中国文艺评论》2017年第1期。

程中悉心周到，方法科学，周志雄受到了学科组和院、校的高度肯定。2016年被评为山东师范大学优秀共产党员，还获得山东省中国现当代文学专业优秀硕士学位论文指导教师奖；2017年，他所带领的中国当代《以学生为主体，以成果为导向的研究生自主创新能力培育平台建设与应用》获山东省第八届高等教育省级教学成果二等奖；文学导学团队获山东师范大学首届研究生"五导"优秀导学团队提名奖等奖项。

此后，周志雄在网络文学研究道路上不断进取，砥砺前行，2018年，由其主持的国家社科基金重大项目《中国网络文学评价体系建构研究》获批。2020年作为项目前期成果的《网络文学教程》出版，同时也成为新时代高等教育网络文学教育的基础性教材，填补了高等教育网络文学教育的短板。周志雄的付出与钻研得到了国家的高度肯定，2019年10月，他入选安徽省学术和技术带头人、国家新闻出版署出版产品质量检测专家委员会委员；2020年8月，受聘为安徽省皖江学者特聘教授；2020年12月，周志雄成为享受国务院政府特殊津贴的专家。作为网络文学研究的坚定捍卫者，周志雄始终不忘初心，坚定其学术立场，以敏锐的洞察力、卓越的判断力，推动网络文学研究事业不断向前。

第六章　马季：网络文学研究的建构者

在正式进入网络文学批评之前，马季身处文学编辑岗位已久，已是较为资深的文学工作者了。在文学创作方面，他早在 1980 年便开始于《花城》《作家》《诗刊》等刊物发表诗歌、小说，入选各种选本。在文学组织方面，从地方文联到省作协再到中国作协，他分别担任过《金山》杂志主编、《作家》杂志编辑、《长篇小说选刊》执行主编，在主持"网络文学十年盘点"（2008 年 10 月 29 日—2009 年 6 月 25 日）活动之后，进入中国作协机关担任全国网络文学重点园地联席会议联络人、中国作家网副主编、鲁迅文学院网络作家班辅导老师，同时兼任中宣部出版局网络出版物阅评专家组成员，中国当代文学研究会新媒体文学委员会主任，《中国新闻出版报》榜评专家等工作职务。在学术研究领域，从纯粹的理论研究到专门的网络文学批评，他先后撰述了《读屏时代的写作——网络文学 10 年史》《网络文学透视与备忘》《从传承到重塑》《网开一面看文学——中国网络小说批评》《百年中国通俗文学价值评估·网络文学卷》《网络文学本体论纲》等专著，并主编了《21 世纪网络文学排行榜》《网络文学佳作》丛书等。在经过不断的探索之后，马季立足于工作岗位，将精力聚焦在网络文学批评实践方面，并承担了诸多研究和组织工作。从 2009 年起陆续担任中国出版政府奖数字出版物评委、年度网络文学优秀作品推选专家、《中国文情报告》蓝皮书编委、《中国网络文学年鉴》副主编以及多种网络文学大赛评委等，并以其较为突出的成就与影响力，作为专门词条入选《网络文学词典》《回族文学史》,以及《南方文坛》封面评论家等。因为有了文学创作、编辑、组织等前期"铺垫",所以,当马季站在网络文学研究的核心位置时,他的网络文学本体批评便具备了独特的传统底蕴、中国视野与现代指向。

第一节 网络文学本体批评的逻辑与模式

21世纪以来,关于网络文学是否具有文学价值的争论曾延续近十年,包括较为极端的"垃圾论"和"新文学论"。随着研究不断深入拓展,最初的概念之争、特征之辨、传播探析等理论问题均已逐渐明晰,网络文学主体作为网络时代"类型文学"的基本形态得到了学术认可。但关于网络文学的研究仍停留于现象描述,部分研究者不具备线上作品阅读经验、欠缺业态分析把握能力、习惯生搬硬套传统理论进行架空式批评;常见的粉丝评论虽具有批评活力,但大多缺乏系统性;专注于作品点击量、排行榜等数据量化的产业评论,又往往只强调网络文学商业属性,美学维度和艺术价值维度付之阙如。[①] 在二十年的艰难探索中,针对网络文学批评的现状及其缺失,马季和其他网络文学同道者勠力同心,以文学本体层面为核心,不断地建构具有专业化的网络文学本体批评,并形成了极为独特的逻辑与模式。

一 以文本阐释为基础

在文学价值评估体系中,从作品出发,正确地解读作品是进行文学批评的基础和前提,通过理顺、疏通其字句,解读其文化学内涵,把握其"文心",从而才能有效地开展批评阐发。[②] 进入网络文学批评伊始,马季就针对网络上不断"滋生"的新的文学类型与各种潮流,坚定地确立了主体的批评站位与文本阐释原点。面对喧嚣与热闹中的

[①] 张知干:《强化网络文学评论》,《人民日报》2018年6月5日。
[②] 洪申我:《文本阐释是批评的基础》,《文学报》2004年8月31日。

网络文学穿越、架空等叙事方式，以及网络文本超长、注水、同质化等过度商业化现象，他与创作者、网站编辑进行面对面的讨论，紧扣文本勤勉地建构了具有普遍化的批评逻辑。

（一）精准遴选

如何在浩如烟海的作品中遴选出有价值的研究对象？他既参照网站订阅数量、点击率、打赏情况，以及影视/艺术/游戏改编等市场效应，又有意识地聚焦不同网络文学盘点、排行榜、推优及各类奖项提供的信息及验证，但主要还是拉开审美距离，从文学史角度、国际化视野与现代化程度等方面，在海量的直接阅读中寻找能经受得住读者、文化与时空考验的优秀网络文本。以此为据，他力图牢牢地把握住网络文学批评的基本话语权，从而展开扎实、深刻、有力的文本解读。

（二）精确解读

他全方位地洞察了网络文本此起彼伏的背景、场域、关节及种种具体的细节因素，采取点评方式，对典型的网络文本进行缩略化地精读。不求全面与立体，而是将网络文本最精彩的部分、最有创造性的故事和人物设定、最具开拓性的艺术表现方式、最核心的枢纽与价值等，予以概括并隆重地推介，言简意赅地"浮出"文学、历史与艺术的"地表"。以《芈月传》为例，详略得当地考证了网络文本与传统文本的同构问题及其差异，尤其通过故事情节与人物命运，解开了何为同构之"秘"[1]。或者通过对《家园》《扶摇皇后》《宰执天下》《商藏》等"人气最旺"的文本进行分门别类，着重考察其区别于传统文学的特质，解释其变化的主客观原因，并力求确认其独特价值及生态倾向。[2]

（三）精度效果

他始终致力于发掘网络文本的独特性、经典性与不可替代性；在

---

[1] 马季：《〈芈月传〉：网络文本与传统文本的同构》，《南方文坛》2016年第3期。
[2] 马季：《网络文学透视与备忘》，中国社会科学出版社2010年版，第29—48页。

文学、科技与产业的三维评价体系中，不断挖掘其潜能、优势与趋向，在多层价值建构中突破单向度的审美化并释放出其巨大的阐释力。在过程中追求辩证法、实事求是与科学化，力图以文本解读打开了网络文学的"特色之门"。

（四）宏观视野

他认为，随着时代的发展，文学的功能也自然会做适当的自我调整，尤其作为大众阅读的网络文学，我们期待它出现精品，但也要允许它的"一般性"存在，只有当"一般性"积累到一定程度，才会拾级而上产生划时代的作品。因此对于网络文学的浅层次、低俗化和快餐化的特性，要客观看待。网络文学本身是一种全民写作，作品质量参差不齐不足为怪。娱乐化是网络文学的一个重要特征，但娱乐化与低俗化有着明显的区分，不可把娱乐化与思想性相对立，是否具有"寓教于乐""乐中得益"的功能，是我们衡量网络文学作品优劣的重要标志。在这个基础上，建立和完善网络文学的生产机制，重塑网络文学"作家—创作—作品—受众—阅读—IP化—海外传播"新关系模式，才有可能激发网络文学作家的创新热情，使网络文学创作的自由度、自信度得到提升。一旦网络文学自身的力量强大起来，就能有效地抵制低劣作品的侵蚀，创造一个绿色的网络环境。他的这一宏观视野，是期望社会给予网络文学以时间，以时间换空间，相信网络文学终有展翅高飞的时刻。

二 以理论概括为主导

由于涉及多个学科、方向与领域，如何深入网络文学的现象与机理，从不同维度实现科学、辩证及实事求是地理论概括，对于把握其规律，厘清其走向并推动其更好地发展是极为必要的。1. 时段的长与短。马季在场地梳理了网络文学核心特征是如何位移的，以"年度盘点"为基础，以五年、十年或者更长时段等为导向，力图在时间的隐蔽处"显影"出网络文学的总体风貌，不但让读者触摸到了网络文学的心跳与脉搏，而且有意识地显示了其存在真相，为此，他认为：在宏观上，网络文学迎来了中国经济社会和文化大融合、大变革的黄金期；在微观上，网络文学的边界逐渐清晰，主流价值导向下的 IP 值与文学值成为衡量作品优劣的基本标尺。① 2. 形象的内与外。在对网络文学现象的"命名"中，马季既有的放矢又循名责实，既非常注重内在的"质"又极力塑造外在的"形"，既以"公约数"的形式整合现象本体的"核心性格"又基于词源学的意义总结出现象散发的"精气神"，如他对博客写作的概括，既溯源了 weblog（网络日志）的来源及其中国发展史，又详细地考证了博客与网络文学的辩证关系，借此归纳了博客写作的基本特征，如公开性、交互性和可追溯性等，从而理出了其独特的风格特色及其挑战。② 3. 案例的个与众。在此，"个"为个体、元素与基本；"众"则指集体、组合与系统。在网络文学现象构成中，案例是个性的、具体的、独特的，可以作为现象的"细胞"及其不同层次的构成部分；而现象通过不同案例进行自由地建构，生动地表现出其生命、其活力、其风格。因此，在批评实践中，马季一方面既擅于选择那些典型性强、影响力大、特征较为鲜明的案例，或者是趋势，或者是特点，或者是创新，或者是枢纽，或者是关联等，不遗余力地张扬各自的卡里斯马魅力，将其现象化"性格"与"倾向"不断地引申、发展、壮大，充分发挥案例在现象形成中的基础作用，如文学网站、论坛、跟帖、案例等；③另一方面又不断地拓展、深化与提升现象的体系性、逻辑性与总体性，不但全方位地对案例进行自然整合，进行最大合理化的资源配置，还始终扬长避短，积极施展各种案例的潜力及其建构的合力，从而推进现象"群落"、现象"森林"与现象"世界"的形成及其景观生态化。概言之，"个"与"众"作为案例的"两翼"产生的交互作用，共同对现象概括起着

---

① 马季：《网络文学迎来变革黄金期》，《人民日报》（海外版）2016 年 12 月 15 日。
② 马季：《网络文学透视与备忘》，中国社会科学出版社 2010 年版，第 107—115 页。
③ 马季：《读屏时代的写作网络——网络文学 10 年史》，中国工人出版社 2007 年版，第 145—161 页。

奠基、推动、优化的本体作用，二者缺一不可，从而解释了网络文学作品爆款的内在原因，如"赘婿"现象、"撞梗"现象等。4. 思维的智与理。对于现象概括而言，批评主体既是积极、主动、创造性地介入的，又在理性地把握中将其不断地推向理论化；既充分地融进了丰富的文学性经验，又开展实事求是地判断与标准建构；既相当重视日新月异的科技对网络文学的渗透、影响及变更，又详细地考证了网络文学的脉络、特征、规律；力图建构起网络文学的中国化诗学、价值、话语及其相关的概念、范畴与体系，又具备极其开放的心态。白烨认为，马季在网络文学批评中表现出了严肃认真的学理态度，以研究者的身份、旁观者的角度去收集信息，梳理资讯，在占有比较充分的资料和了解全面的情况之后，再来进行条分缕析和论述阐说。[①] 马季在这方面的研究具有丰富的信息量，乃至提出了一些当代文学值得关注的全新课题，比如说，网络写作与以往的体制外写作，在书写方式和人群结构上发生了重大变化。在北京、上海、广州等大都市，"网络写作"不再业余，涌现出一大批以写作谋生的人，他们的写作速度和数量都是惊人的，他们依靠文学网站的运作，获得的收入也是传统写作难以想象的。但他们也有自己的苦恼，由于这个写作群体被完全纳入商业文化的范畴，理论研究与批评相对滞后，网络文学长时期处在"失重"状态，它的快速更新与迅速淘汰，有可能埋没了一批有才华的作者，这也许是当代文学所面临的无奈现实之一。

三 以规律发现为指向

由于涉及面极为广泛，如从本体到外延、从科技渊源到文化传统、从影视改编到社会影响、从传播到跨界等，不但充分地展现了网络文学广阔的含义空间，也有力地开拓了网络文学潜在的可能性，为此，在批评实践中，马季对三个核心议题及其发展规律尤为关注。

[①] 马季：《网络文学透视与备忘》，中国社会科学出版社2010年版，封底之白烨推荐语。

(一) 探索网络文学史编撰

网络文学是否可以"入史"虽然存在争论,但筚路蓝缕的开拓者却义不容辞地担当起来。他们从理论溯源、资料收集、体系建构、队伍培养,以及作品经典化角度开展了新兴的学科建设;马季也积极地参与网络文学史编撰等各项核心工程。首先,史料意识。从20世纪末由《作家》《钟山》《大家》《山花》等四家文学期刊联手打造"联网四重奏"伊始,马季就开始了与网络文学的共同"成长"过程;当然,他并未满足于做"史料的搬运工",而是通过对史料的宏观审视,长时段的文本比照与考辨,以及对相关理论的吸收和转化,重估网络文学史料与网络文学史写作的深度关系;时刻留意网络文学史与其他艺术门类史的"汇通处",包括它们之间的对话与冲突、融合与分裂,甚至还要将网络文学史纳入文化史、科技史、艺术史的研究范畴中;在史学视野与"问题意识"的统摄下,对史料进行拓展,从文字、改编、实物等方面建立起"网络文学博物馆",为其批评实践与学术研究做好铺垫。[①] 其次,史家眼光。网络文学作为一种新兴的文学形式,跨越了不同学科,涉及各个领域,从文学到科技、从文本到产业等,极为复杂。因此,史家眼光既涵盖了不同区域的网络文学并具备了内在的比较意识,又历史地成长为与日本动漫、韩剧、好莱坞电影及印度歌舞并称的世界级文化现象并具备了强大的话语力量;既超越性地呈现了文本结构的开放性、故事叙述的非线性、解读方式的多路向、形象呈现的立体化、语言风格的数码化、审美取向的互动性等新媒体艺术特征,[②] 又深入了大众的日常生活及其生存。最后,史书诗学。既始终持守着批判意识并指向网络文学负面、消极与被动的影响力,又积极予以价值建构与定位并强调网络写作要助力于国家文化战略担当;既有序地提升网络文学的经典化,又典型地勾勒了网络文学的高

---

① 丁珊珊:《论中国电影史研究的史料意识》,《江苏社会科学》2019年第6期。
② 金振邦:《网络文学的新媒体艺术特征》,《中文自学指导》2004年第3期。

峰走势与存在真相，如以《读屏时代的写作——网络文学10年史》为例，他殚精竭虑地建构起了"一个人的网络文学史"；而《中国网络文学叙事简论》则从美学层面缩微了网络文学深层的叙事机制及其艺术变迁史。在国家社科基金重大项目、"十三五"国家重点出版规划项目"百年中国通俗文学价值评估"中担任子项目"网络文学卷"的写作，该卷系统全面地记述了网络文学二十年的发展过程，指出网络文学凸显了集体经验和民间智慧，对当代中国文学的撞击是令人欣喜的，在未来的岁月里，它将有可能重组中国文学的格局，使中国文学产生新的造血功能，并创造出新的文学空间。

（二）梳理少数民族网络文学

在网络文学版图中，少数民族网络文学通常被淹没在其普遍性中。事实上，我国少数民族网络文学伴随网络的普及和中国网络文学的崛起一道成长，在文学网站、作家作品以及理论批评等方面，形成了特色鲜明的民族文学阵营，构成中国20年网络文学大格局中一支不可小觑的文学劲旅，对传承民族文化、壮大民族文学做出了积极贡献。[①] 首先，马季不但宏观地描述了网络时代的民族文学生态，还精辟地指出，少数民族地区有幸成为这次传播革命的最大受益者，不但缩短了他们与文化发达地区的时空距离，还改变了民族创作的生存空间；诸多民族文学网站在繁荣民族地区的文学创作，促进民族作者的团结，拓展民族文学的理论空间等方面效果显著，并根本性地推动着少数民族文学创作步入网络时代。其次，马季纲要式地梳理了民族作家队伍中的网络新人及其创作特色，如心有些乱（本名扎西茨仁，藏族）、老榕（回族）、阿里狼客（本名旺秀才丹，藏族）、血红（本名刘炜，苗族）、雾外江山（本名张胜朋，满族）、南无袈裟理科佛（本名陆恪，苗族）等，他们不遗余力地传播本民族文化，具有鲜明

---

① 欧阳友权：《中国少数民族网络文学20年巡礼》，《福建论坛》（人文社会科学版）2018年第10期。

的民族地域性，形成了强烈的民族归属感，普遍地呈现了自我认同的族裔心理。① 另外，马季还以典型作家为例，突出地呈现了少数民族别样的人生诉求。从宏观到微观、从总体到个体、从方位到创作等，马季与众多网络文学研究者共同发力，生动地"浮现"了少数民族网络文学创作的"潜在"部分，为网络文学的精神资源多元化绘制图景。

（三）聚焦若干热点问题

在对网络文学的批判中，马季既敏感又理性，尤其是对于那些引领网络文学潮流、推动网络文学发展、聚焦网络文学典型特征的若干热点问题，他积极地面对并进行了批评和解剖。首先，文学网站史。马季对文学网站历史的记述和勾勒间接、侧面又基础地概括了网络文学的发展节奏、阶段与规律，尤其是他的分期，不但提供了电子阅读的发展形态，而且指出因为用户群阅读习惯的转变而逐渐拥有越来越重要的社会价值。他认为，在早期，一家文学网站通常只有两三个创办人，投入资金不过一两万元，但读者有可能是几百万人甚至更多，它的影响力可想而知，也就是说，它花费了极少的人力、物力，满足了极大的社会需求，培育了符合时代潮流的阅读习惯。进一步说，主观上推动网络文学创作的文学网站，在客观上践行着深刻的全民文化结构改造与更新。回望二十多年的历程，我们可以清晰地看见，文学网站从最初的涓涓细流，到如今的奔腾大潮，产生十多家上市公司及其子公司，正是中国社会繁荣发展的缩影。② 其次，网络文学产业化。马季认为，作为维持网络文学发展的主导力量，只有通过产业化运营，积极寻求跨领域合作，才能以此为杠杆，推动网络文学的繁荣发展，既有助于我们掌握网络文学的流变与走向，又能有针对性地加强对文化创意链的开发与保护。马季对网络文学的产业化有着较为宏观的理

---

① 马季：《网络文学透视与备忘》，中国社会科学出版社2010年版，第3—28页。
② 马季：《网络文学透视与备忘》，中国社会科学出版社2010年版，第155—166页。

解和认识,他认为,21世纪以来,中国文化产业进入快速发展的轨道,互联网文化作为整个产业链中的一匹黑马,其增长速度之快、消化能力之强、包容性之大,完全切合了时代需求,已成为国家文化发展战略的重要组成部分。事实上,大众对新兴文化产品需求的强度与广度超出了我们的想象,网络文学的蓬勃兴起正好是对这一需求的呼应。同时,由于我国文化产业起步较晚,立足不稳,对资本的依赖程度较高,文化产品的商业特征势必就比较明显,艺术特征则相对较弱。研究网络文学自然不能回避这些重要因素,但直面它并不等于简单认同它,只有对它有了全面的了解和认识,我们才能对其做出相对客观的评判。① 最后,网络文学的侵权现象。马季认为,当前网络文学盗版网站正朝着规模化和快速化的方向发展,具有很高的隐蔽性及高扩散性;比纸质盗版要快捷很多,具有无成本、传播快等特点,而且采用的技术也更为多样,如网络爬虫、图片下载、拍照等;不但直接导致正版网站大量付费读者和潜在付费读者流失,还严重阻碍了网络文学的产业化,为此,需要从技术与法律等角度不断地采取措施应对。马季还对网络文学知识产权做过系统的调研,在调研中发现,网络文学作者除了面临作品被盗版的情况,他们与文学网站之间也存在权利纠纷和矛盾,其中合同纠纷最为显著。其一是作者缺少自我保护意识,55%的受访者不在意合同的条款而发表作品,但在实际中,就是因为不在意合同条款而发生了大量争议。其二是作者对法律规范不了解,54%的受访者表示在合同签订时不明白怎么提出自己的意见。其三是部分文学网站轻视作者权益,5%的受访者认为自己向网站提出合理的主张,但网站却不接受。而在签订合同时,只有22%的受访者咨询过专业人士,而有19%的受访者是因为没有咨询渠道。对于专有授权和非专有授权制度,56%的受访者了解该制度,说明受访者大部分了解自己的权利。作者收益标准也是网络文学的一个盲点。对于网站给予的稿酬,只有10%的受访者表示不满意或有意见,但有80%的受访者

---

① 马季:《网络文学透视与备忘》,中国社会科学出版社2010年版,第166页。

希望有一个权威的标准并在此基础上与网站协商。其四是网络文学生态化。马季认为，应从方法建构出发，勠力建设和完善网络文学的生产机制，不断重塑网络文学作家、作品、读者、阅读的新关系模式，有序提升网络文学创作的自由度与自信度，大力激发网络文学写手的创新热情，才有利于网络文学生态发展。他还认为，所谓生态不只针对网络文学，而是针对整个中国当代文学。今天，我们究竟应该如何面对文学的商业性？改革开放四十余年，当代文学释放了丰富多元的能量，唯独商业能量未能得到有效释放，文学和商业之间似乎存在一堵无形的墙。比如我们对金庸的评价前后就有很大的差异，至今对畅销书的评价也不具有建设性。网络文学的出现，提供了大量可供研究的文本和现象，使文学的商业性话题直接推到了眼前，面对这样的现实我们岂能无动于衷。随着中国社会市场化程度日益深化，在时间节点上，网络文学获得了最大的成长红利，同时，现代科技也为网络文学的成本最低化提供了几乎是免费的午餐。或许，当代文学可以就此发现一种新的可能，一种新的成长模式：文学性与商业性相互制约、共存共生。商业性不再是单一的经济指标，而是市场、消费和阅读趣味等元素的综合性指标，以促使文化产业生态系统丰富而健康，网络文学创作焕发新的能量。[①] 其五是对各类网络文学热点宽度切入。网络文学的出现，还引发文学作品生产模式和消费模式的变化。即时更新互动、读者直接参与写作，使网络文学在创作原点上使用的助推"燃料"与传统文学有明显不同。从主要基础、主导力量、主体风险到主流趋势，马季对网络文学热点都予以了逻辑化地切入与剖析，如博客写作、无厘头、数字阅读、区块链技术、IP背景等，都深嵌着内在的逻辑性。

概言之，马季善于在网络文学的边缘深处与交叉地带，以独特的审美判断能力、开拓能力与创新能力，孜孜不倦地发掘网络文学的学术生长点，推动网络文学及其批评奔涌向前。

[①] 马季：《网络文学透视与备忘》，中国社会科学出版社2010年版，第203页。

第二节 网络文学本体批评的建构及其特色

马季涉足网络文学研究看似偶然,却又必然。自 2001 年因为组稿接触网络文学以来,面对这一全新的写作方式,预感到网络对文学的影响作用即将集中爆发,对文学的敏感令他再次"反叛"自己,从而走上文学理论研究的道路。作为优秀诗人、小说作者以及文学编辑,他深谙文学创作的内部机理,但是,当互联网上开放的 BBS 文学论坛出现,他敏锐地发现,这将是华语文学在信息和技术时代迎来的重大机遇。因此,他果敢地调整自己文字的方向:跳出文学本身,站在社会、人生和技术的高度审视文学与传媒、文学与受众、文学与人生、文学与社会的关系。在长达二十年的网络批评实践中,马季充分地继承与贯彻中国现实主义文学的传统与担当精神,高度地关注、重视和开拓网络文学对时代的参与与介入,直面和推动文学与科技等多种学科的融合,独具特色地熔铸成极为个性化的审美风格。

一 实践品格

二十年来,针对网络文学发展过程中出现的诸如内容低俗、传播淫秽色情信息、侵权盗版等问题,既引发了 2018 年度网络文学专项整治,也激起了马季的积极"亮剑"。一是强调网络文学的责任担当。在批评实践中,马季既强烈抵制网络文学的庸俗化、快餐化与同质化,又满怀激情地弘扬网络文学的正面价值取向并大力整合、推广和提升其社会效益。首先,他积极地呐喊与呼吁网络文学要珍惜自己的社会形象,在市场大潮面前,要耐得住寂寞、稳得住心神,不为一时之利而动摇,不为一时之誉而急躁;不当市场的奴隶,敢于向炫富竞奢的浮夸说"不",向低俗媚俗的炒作说"不",向见利忘义的陋行说"不"。[1] 其次,他认为应该充分发扬网络作家的草根特性及其天然携带的现实

---

[1] 仲呈祥:《习近平文艺思想的实践品格》,《人民日报》2018 年 1 月 16 日。

主义"筋骨和温度",鼓励他们直面现实,扎根生活,将饱满的时代信息融入作品,传递中国社会的温暖与正能量,光大正确的人生观和价值观,概括、聚焦与塑造时代精神,承担起传承中华文明的重任。① 最后,他积极赞赏阅文集团、中文在线等组织的网络原创文学征文大赛及其签约的现实题材长篇作品,不但在内容上涵盖了改革历程、社会热点、生活变迁、文化传承、职业生涯、个人奋斗等,折射出互联网时代当代中国多元社会的众生相,还深刻地培育了网络作家的现实情怀、主动的人性探索精神及庄严的历史责任。② 唯其如此,才能真正担当起网络文学的时代责任、社会责任与文学责任。二是坚守网络文学的文化自信。在发展过程中,由弱到强、由小到大,网络文学在质疑、批评与争议中前行。首先,面对无数的困境、阻碍与难题,马季表现了对网络文学坚定的自信,因为文化自信是更基础、更广泛、更深厚的自信,是更基本、更深沉、更持久的力量;坚定文化自信,是事关国运兴衰、事关文化安全、事关民族精神独立性的大问题。没有文化自信,不可能写出有骨气、有个性、有神采的作品。③ 其次,马季认为,生存写作、全民参与、追求感官刺激,以及内心写作等现象,都促使网络写作的意义超越任何一次文学革命。是否有助于建立新的创作和阅读模式,我们可以见仁见智,但作为 21 世纪中国文学新的探险者,网络文学在某种程度上代表了中国社会整体向前发展的趋势。为此,他前瞻性地建议将网络写作纳入"国家文化发展战略"并坚定地认为网络文学开启了当代中国文学"第二次起航"。他表示,20 世纪 80 年代以降,国际文化舞台悄然发生了变化,东亚三国占据了十分重要的位置,日本以动漫先声夺人,韩国则以偶像剧刷屏,而中国的网络文学举世无双。这个信号应该引起我们的足够重视。因为从根本上说,跨文化形态是网络写作最重要的特征,网络文学的崛起是中国社会整体向前发展的必然产物。如果说当代中国文学在 20 世纪

---

① 李思文:《网络文学脚踩黄土地 用好故事传递时代精神》,《文汇报》2018 年 5 月 16 日。
② 马季:《网络文学迎来变革黄金期》,《人民日报》(海外版) 2016 年 12 月 15 日。
③ 仲呈祥:《习近平文艺思想的实践品格》,《人民日报》2018 年 1 月 16 日。

70年代末实现了第一次起航,那么,20世纪90年代末则实现了第二次起航,毫无疑问,这次起航将是一次"国际航行",会走得更远。①最后,马季坚信,因为商业化运营的成熟,高端的写作精英将经历大浪淘沙脱颖而出,他们将超越谋生、自立及时间支配,熬过各种孕育期、考验期与成长期,并在残酷的搏杀中锻炼成为网络文学高手。②因此,作为历史的必然产物,网络文学具有势不可当、前景光明的现代价值。三是信奉网络文学发展的硬道理。马季信奉创作实践是检验作家与作品的唯一标准,从网络文学发展本身出发,发现问题、分析问题、解决问题。首先,相较于传统文学的融会创新、相较于市场的规模产业、相较于世界的文化影响力等,马季善用数据比较或以事实说话,不断强化网络文学批评的实在性。比如在解读网络穿越小说和架空小说时,他认为从阅读层面来看,"穿越"和"架空"向往一种简单、纯美、远离现实,能够缓解现实生活中的种种压力。工作的不顺、爱情的为难,生活的紧张忙碌、背负升学和就业的沉重压力,等等,暂时可以搁置。就文化现象而言,穿越小说、架空小说和近年来"品历史"的文化背景不无关系。历史、言情、虚幻成为穿越时空和文化的魔杖,这本身充分显示出网络文化的特征。其次,在文学批评中,马季还善于用发展的眼光来进行审美判断,无论是对于各类文学现象及其规律,或者引发的各种问题、矛盾与冲突,他都会实事求是地处理,殚精竭虑地打造网络文学的品牌及其形象诗学,力推网络文学有效地反哺当下写作。马季敏锐地觉察到,网络文学里出现了大量超越我们生命经验的东西,大量我们不理解的东西,但是这些东西却能够被新一代读者接受,因而逐渐生成了一个虚拟的民间文化现场,形成了一个新的文学生态,对此,理论批评界应该做些什么、能够做些什么,已经成为一个值得研究的课题。最后,马季还特别倡导以平常心面对各种风险、代价及不确定性,确保网络文学批评的稳定性、

---

① 马季:《网络文学:中国当代文学第二次起航》,《人民日报》(海外版)2010年2月1日。
② 马季:《网络文学透视与备忘》,中国社会科学出版社2010年版,第296页。

延续性与有序性发展。他认为网络写作在某种意义上对传统写作已经解构了,而且是一种自然解构,应该说网络文学已经对中国当代文学出现了反哺,但它自身能走多远仍然有待观察。

二 伦理精神

伦理就是文学批评的内嵌哲学,伦理精神不但强化了网络文学批评的正当性与合法性,而且极大地开拓了网络文学的前景。一是道德能力。何谓道德能力?在此,主要指以社会主义核心价值观为指导,将各种价值知识、价值指标和价值行为等因素进行不断地建模,力图摆脱以往僵化的道德说教模式,不断开发动态、灵活及其创造化的道德批评模式、训练模式与行动模式的总体素质。① 在批评实践中,马季首先对网络文学中纷纭复杂的非道德因素如虚无主义,拜金、暴力与色情等倾向,或者消极、颓靡、悲观、低俗、污浊等,坚定地践行"其不善者而改之"。其次,对于网络文学中的道德知识、力量及其体系建设,他充分地调动各种积极性,强化动机优化、价值定向、行为调控等功能拓展,力图根本地激发网络文本的道德增值能力,深化网络文本的道德效应及其品牌建设。最后,在网络文学多元价值并存的丰富与痛苦中,他还旗帜鲜明地反对道德相对主义与"去道德化",力图在信息多样化中解除网络读者的道德困惑,借此夯实网络文学批评的伦理之基、立论之本以及力量之源。② 二是真诚情怀。评论家贺绍俊认为,文学实践内蕴着哈贝马斯式的两种行动,其一为策略性行动,其二为沟通性行动;策略性行动是私人性的、合理的,以追逐自身利益为行动的最终诉求;沟通性行动则是公共的、理性的,将私人利益之考量完全摒弃在外;尽管人情批评、红包批评、媒体批评等策略性行动在商业社会具有合理性,但学术研究、文学批评等追求精神价值和探寻真理的行为必须以沟通性行动来行事,否则,

---

① 张霄:《培育商业伦理精神》,《光明日报》2018年11月26日。
② 蔡志良、蔡应妹:《道德能力论》,中国社会科学出版社2008年版,第2—4页。

只能是伪学术、伪批评,而沟通性行动首先就要求行动者的言行是忠诚的,① 因此,在网络文学批评实践中,首先,马季极为尊重网络文学工作者充满汗水的劳动成果,殚精竭虑的付出与坚守,以及无数勇敢的探索、代价与牺牲;对于那些亵渎者,其批判也是毫不留情的。其次是良知。马季始终将批评的良知、标准与诉求结合起来,力求做到态度客观、立场公正、不以个人好恶进行审美判断,敢于为网络文学立言;② 马季既善于捕捉网络文学的闪光点与幽暗处,又始终坚守批评的本真并努力破除非网络文学性因素,如权力、利益与关系等各种影响,借此不断推进网络文学批评的纯粹与地道。三是理性原则。在批评实践中,经常会遭遇这样困惑:网络文学究竟是以社会效益为重,还是以经济效益为重?对此,马季试图这样的解答。首先,功能的平等性。作为动力与资源,依靠经济效益,网络文学才得以发生与壮大;作为生命与灵魂,如果损害或者破坏社会效益,网络文学会无可避免地溃败和毁灭。因此,作为"两翼",它们都是不可替代也不可或缺的。其次,关系的辩证性。真正优秀的网络文本,经济效益与社会效益应是相互促进、相向而行的,但有点击率却无口碑,或者有成就却难进市场的仍不鲜见。马季尤其深刻地体会到了二者关系并非截然分明,而是彼此纠缠的,需要慎重处理和批判。最后,根底的确定性。马季认为,网络文学最终的落脚点还是文学,因此,社会效益与市场效益是不可本末倒置的,从而使其网络文学批评具备了坚定的价值担当。

三 建构导向

2006年12月,在上海作家创作班上,雷达就顾彬断言"中国当代文学都是垃圾",《狼图腾》宣扬法西斯主义,以及叶匡政提出"中国文学的十大死亡症状"等热点问题,精辟地指出,给文学做出类似

---

① 贺绍俊:《文学变动关系中的文学批评伦理》,《文艺争鸣》2015年第1期。
② 马季:《从传承到重塑》,中国书籍出版社2014年版,第169—170页。

"悼词性"的整体否定是容易的,但他更希望看到能就具体问题提出真知灼见的批评的出现。① 对此,马季孜孜不倦,对何为真知灼见的网络文学批评进行了艰巨的探索,不断推进网络文学批评的建构导向。一是态度。首先,从宏观与总体角度,他极力肯定与推崇网络文学对于传统文学的突破与超越,对审美功能及其体系的开拓,对艺术史的变革与创新等,如《在网络中成长,与网络共生》一文认为,网络文学最鲜明的特征是"写作"与"生存"的共生状态,或者"第一生存"体验对于"写作"呈现了最直接的意义;因此,与主流文坛"在写作中生存"不同,网络文学则强调"在生存中写作",这是二者的关键差异与区别。② 其次,在微观与具体层面,不但精细地解剖网络文学所面临的挑战与困惑,而且对于文本分析、病例诊断,以及新特征、新属性、新功效,他都是谈问题、谈危机、谈困境,以案例化的否定来进行批判与驳斥。再次,总体性肯定与具体性否定都非结束,而是辩证统一、互为佐证的;不但融入了马季的生命、智慧与情怀,而且洋溢着对未来的希望、激情与热切。二是责任。如果说肯定是建构的形式,那么责任则是建构的内容。在网络文学批评实践中,马季既积极地投身其中,又不断地聚焦亲历者的智慧、经验与理性为批评立法。首先,马季以自我为参照,分析、总结并有效地列出批评者的权责清单,从而确定权力的边界并明确责任所在、职能所为;力主从源头抓起,培养批评者的公正、科学、辩证等优良作风,发挥先进者的示范作用,强化他们的责任意识与法治精神;围绕着应该干什么、如何好好干、干不好怎么办等三大问题,立足于对象、内容、程序等批评要素,有序地建构科学的绩效评价制度,并实行目标考核。其次,权责清单的对象覆盖了批评场域中的所有参与者,但由于岗位、职责及能力等方面的差异化,担当也是各个不同的。在当前的环境下,以大数据来助力于网络文学批评的效果评价,是极为有益的。再次,责

---

① 陈熙涵:《文学面临精神生态危机》,《文汇报》2006年12月28日。
② 马季:《在网络中成长,与网络共生》,《出版商务周报》2008年5月4日。

任建构不仅需"内塑动力",还需"外施压力"。因此,马季呼吁,要积极地创造条件,鼓励网络文学批评展开争鸣,邀请公众和媒体参与监督,是不可或缺的。① 三是方向。由于批评主体的实践状态、网络文学的未完成性、对话的陌生化与差异性,所以,如何建构未来及其发展,是极为不确定的。首先,如何精准地确定建构导向,需要遵循民主与平等原则,在此,涵括了网络文学发展民主、批评主体解决各类问题民主、对批评的评价民主,以及价值取向民主等,唯其如此,建构导向才是有意义、有成效、有期待的。其次,智能与和谐地建构是极为系统化的,需要各种批评要素相互协调、恪守其职、各施所长、彼此成就,实现价值最大化;它们或者独立,或者作为更高层级的构成部分,或者成为低级层次的单元集合,都有效地推进了网络文学理论体系的生态化。再次,马季还积极地探讨新的批评方式、渠道与类型,既自主又合作,以评促进、以评促改、以评促规、评鉴结合、重在建设;有意识地将具体的批评行为与宏观的批评设计相结合,不断优化与提升网络文学批评的建构导向,并致力于创设网络文学批评诗学。

自 20 世纪末迄今,马季作为网络文学的亲历者与网络文学批评的当事人,见证了历史也积累了丰富的经验;他的网络文学本体批评既贴紧了对象又来源于现场,既表达得平易、朴素又富于理论创建;他的胆识和前瞻能力,既有助于他驾驭各种纷纭复杂的网络文学形势,又推动他创造出富有成效、对网络创作具有实际意义的批评风格。在网络文学批评场域中,尽管各种旗帜猎猎作响,批评主体无以尽言,但马季却是独特而又不可或缺的。二十年以来,他身处中国作家协会,与网络文学领域众多创作者、研究者与组织者一道,齐心协力拓展中国网络文学发展的天地,不断推进中国网络文学批评及其理论建构的进程。

---

① 马姗姗:《建构责任导向,治理"为官不为"》,《光明日报》2015 年 6 月 17 日。

第三节　网络文学本体批评的挑战及策应

普遍认为，在网络文学批评的学术场域中，原创理论探讨与产业化研究成就斐然，相较而言，来自现场的网络文学本体批评却极为薄弱。原因固然很多，但网络文学经典文本缺乏、网络文学批评队伍力量薄弱、网络文学批评标准芜杂，这三种因素的影响却是至为根本的。长期以来，它们既是网络文学本体批评发展的"软肋"，制约着其丰富与壮大，同时又是网络文学本体批评在当下期待突破与超越必须面对的"难题"。马季及其同道者（如邵燕君、周志雄等）在批评实践中，筚路蓝缕，以启山林，不断地取得了阶段性成果，有力地推动着网络文学的繁荣发展及网络文学批评的本体建设。尤其在网络文学发展的"新时代"，当网络文学本体批评面临种种挑战时，马季等人既厘清旧症结，又发现新问题；既果断清算旧债务，又激情提出新诉求；既等条件成熟了加以解决，又在实践过程中积极创造；既有计划中的，又有意料之外的，如此种种，不一而足。

一　面对网络文学经典作品"匮乏"，如何大力提升网络文学本体批评的质量、效益与影响力？

据统计，2019 年中国网络文学作者数量达 1936 万人，签约作者约 80 万人。网络文学作品累计达 2590.1 万部，行业市场规模达 201.7 亿元，覆盖用户超过 4.5 亿。已有多位网文作家入选国家"四个一批"人才、当选省级作家协会副主席，成为全国青联委员、政协委员、人大代表等。陈崎嵘将其誉为"最有中国传统文化底蕴、最具互联网时代特征、最为开放包容、最能体现中国人原创力的文明成果"。[①] 邵燕君也辩证认为："中国网络文学输出的不仅是中国文学、中国文化，更有原创性的网络文学生产机制，持续推进的海外影响力

[①] 王国平：《文学界把脉网络文学发展现状与未来走向》，《光明日报》2018 年 5 月 23 日。

也有助于我们更加准确地认识自身。"① 但网络文学也存在诸多致命缺陷及自身难以排解的问题,如网络作家sky威天下所说:"作品多,但经典少,有高原没高峰的,是网络文学现在急需要攻克的障碍。网络文学虽然是通俗文学,但它并不俗,而是接地气。越来越多的外界人一提到网络文学,称赞的是网络作家都赚了多少钱,却很少有人提及网络文学作品在文坛中有怎样的地位,怎么样的成就。网络文学在发展的过程中,同质化、模式化严重,套路文遍地开花,单一的追求市场经济,而在独立创新方面,十分匮乏。"② 所以,纵观网络文学整体,虽然不乏风靡一时的佳作,但与庞大基数相比,精品数量依旧偏少。哪怕是有专家评奖背书、入选各类榜单的作品,如果脱离"网络"前缀,也只能用有新意、有特色形容,难以称作经典。③ 如何在网络文学经典作品"匮乏"的现实背景下,不断提升与繁荣网络文学本体批评,实现水溯有源、木长有本,并推动双方持续良性互动?在二十年网络文学批评实践中,马季勉力而为,虽然深感"经典作品"进行"细读"的艰难,但仍然以己之劳,力促批评的"筋骨"建立。一是确定网络文学本体批评的核心地位不动摇;二是始终立足于网络文学本体发展及中国语境,不断开发原创性的批评话语,以建构中国化批评诗学;三是将理论与本体批评高度结合,既关注文本的情节逻辑,又重视对作品的价值导向、审美表现、创作技法等方面的优劣判定;既批判网络文学在技法、主题及思想等方面存在问题,又深刻探讨究竟为何种因素导致,既坚决反对网络文学批评审美标准失之于宽、立场和态度飘忽暧昧,又积极提出主导性、建设性意见等。④ 唯其如此,网络文学基础才得以夯实。在创造经典过程中,批评面对的挑战及其压力不断地增大;长途漫漫,未来虽是不确定的,却也

---

① 王国平:《文学界把脉网络文学发展现状与未来走向》,《光明日报》2018年5月23日。
② sky威天下:《网络文学发展二十年之现状》,橙瓜网,https://www.doulook.com/4971.html,2023年1月8日查询。
③ 许苗苗:《网络文学:趋向经典,创造经典》,《光明日报》2019年5月20日。
④ 桫椤:《作为"问题"的网络文学批评》,《光明日报》2020年4月3日。

是可期的。

二 面对批评队伍知识储备及其经验"欠缺"，如何全力协调批评主体的批评能力，达到效果最大化？

与网络文学如火如荼的发展相比，网络文学本体批评常被批为"相对滞后"。造成这种窘境的缘由是多方面的，但专业队伍建设不足无疑是最关键的，如网络文学创作门槛相对较低，很多专业人士不屑于从事这个行业批评，行业从业人员又缺乏专业批评训练，造成了批评队伍建设的迟缓等。① 为此，马季力倡，应该推进行业高端从业人员、网络文学专业技术人员、高端网络文学读者、高校及相关研究机构的专业人员能力"复合化"，或者通过有效地学术训练，使他们具备综合的专业知识，开展有效地协调、合作并自觉地担当起网络文学批评的"大任"。在局部方面，马季力纠学院派文学批评和草根文学批评的丛生问题及其分裂状态。就如何培养学者评论队伍，他坚决反对商业化追求，坚决杜绝生搬硬套西方文学批评理论解读网络文学作品，坚决摈弃纵情任性与自我表现，坚决抵制评论娱乐化，故弄玄虚，堆砌术语，玩弄辞藻，肆意炒作，坚决主张"水土必服"，"文要对题"；不断开拓和规范批评的审美功能，提炼评论固有的品格和风骨，推进文学批评的权威性和公信力不断上升。② 在面对数字媒介文学形态时，马季力推经过学院专业训练的批评家最大限度地补足相关阅读和理论知识储备的"短板"，不断丰富网络文学批评所要调动的传播学、社会学、媒介文化、文化产业等跨学科知识和研究方法，增加批评家深耕网络文学领域的深度、力度与密度。③ 如此种种，不但使网络文学本体批评整合有力，还不同程度地使读者在网络空间中寻找到了自我，推动网络文学作品走向繁荣昌盛。此虽非一朝一夕之功，也非一人一策之力，但马季等人本着"尽心做事，力所能及"之初衷，

---

① 桫椤：《作为"问题"的网络文学批评》，《光明日报》2020年4月3日。
② 吴长青：《试论网络文学批评的困境》，《光明日报》2013年10月15日。
③ 李明非：《网络时代文学批评的担当》，《中华读书报》2018年6月27日。

不但以"搬砖"方式,将网络文学本体批评"合力化",还广泛地团结志同道合者,不断突破诸多瓶颈与阻碍,共同地将其提高到了无限希望的高度。

三 面对网络文学评价标准"纷歧",如何鼎力引导并实现价值取向的正能量化?

如何建立标准的文学价值评估体系,对于网络文学而言,却是极难实现的。涉及批评方法改变、批评理论与作品衔接、批评对象多义化等诸种因素,因此,马季的批评实践就充满了先锋意义。(1)从现场出发,过程式地建构动态、组合与协调化的网络文学评价指标及其"泛体系",力求普遍获得学术界的广泛认同和接受;使渊源于差异、驳杂与交叉理论资源的批评家们既可以"各自为政",又能够形成同频共振的"对话"①。(2)虽然禹建湘教授等提出了网络文学评价应遵循审美、技术与商业等基本维度,但如何建构起清晰、精准、科学的价值判断体系,实现网络文学批评的有效性与权威性;各种维度的比例界限、如何结合及其可操作性;等等都是需要讨论的问题。在具体的批评实践中,马季力图将科学思维与审美思维、定量方法与定性方法、元指标与模型建构等结合起来,从而不断形成以正能量为指引,敢于讲真话、有深度的批评典型。(3)在评价实践中,马季力求厘清网络文学的产生机制及其嬗变因素,全方位地看待网络文学与传统文学之间的辩证关系,力戒网络文学批评的首鼠两端,既强调网络文学的载体形式又不忽略本体价值研究,既执着于技术性的超文本又强化其艺术审美性,既注重与传统文学的异同又敞亮网络文学独立存在的艺术形态,既把网络文学当成大众文化的转向又重申其存在论的意义等②。如何走出网络文学批评的种种"陷阱",马季等以实践为"镜子",在避开、破除其中的若干阻碍方面做了不少工作,也取得了不

---

① 刘桂茹:《网络文学批评的困境与突围》,《光明日报》2018年11月7日第16版。
② 禹建湘:《建构多维度的网络文学批评标准》,光明网,http://share.gmw.cn/wenyi/2017-10/26/content_ 26614298. htm,2023年1月8日查询。

少成效，但仍然任重道远；要建构整齐划一的网络文学价值评估体系显然是不现实的，如何建构科学、灵活又符合网络文学发展实际的评价方式，马季认为，这是极为必要也值得加以实践的。①

第四节 从批评家到网文创作者

在从事十五年学术研究的基础上，2015年底马季转变角色加盟作者队伍，开始了网络历史小说创作，对于身份转变马季是这样解释的：我本来是个创作者，从最初写诗到后来写中短篇小说，始终未曾中断过，做网文研究开始是工作需要，后来逐渐成为主业，但我一直"贼心不死"，一直在等待机会实现年轻时的梦想。理论研究和创作同时兼顾，这在传统文学领域并不少见，但网络文学领域似乎还没有出现具有双重身份的作者。由于在线写作的开放性导致"读写关系"发生变化，网络文学在写作模式上与传统文学出现了很大差异，这个"差异"只有写作者才能深切体会。马季决定尝试网文创作，在一定程度上是为了更加真切地了解和掌握网络文学的创作特点和创作规律。采用"创作实践"这一方法网络文学深入现场，日更3000字，与读者面对面交流，对于他来讲是一次不同寻常的人生之旅。

2015年12月21日，马季的长篇历史小说《大明才子风云录》在17K小说网正式上线。这部小说讲述的是明朝故事，美术学院毕业生许明瞬移至明朝，成为少年天才况且。况且随父在苏州学医、行医，却在书画方面展露出天赋，被陈氏理学传人陈慕沙选为衣钵继承人。陈慕沙并有意促成侄女石榴与况且。苏州知府练达宁也将况且收为弟子。同时，苏州丝织业大鳄的女儿云丝丝，似乎也对况且情有独钟。她的侍女秋香与况且也是气味相投。他和江南才子唐伯虎、文征明、周文宾情同手足，小伙伴们打打闹闹，斗文斗武，共同成长，闹出不

---

① 江腊生：《网络文学研究生态的检视与思考》，《湘潭大学学报》（哲学社会科学版）2012年第6期。

少笑话。这部小说于 2017 年 10 月 7 日完结，全文 242 万字七百七十三章，本站点击量达 518 万。相隔不到两个月，作为《大明才子风云录》的续篇《大海商》于 2017 年 12 月 1 日正式上线连载，这部小说以"隆庆开关"为历史基础，讲述一代名医况且到达京城成为张居正相府幕僚，隆庆帝经过再三考虑决定组建锦衣第六卫，任命况且为都指挥使，命令他在短期内建成一支四万人的精锐部队，要求是既能进沙漠作战，也能在海上杀敌！在各种势力的掣肘下，况且一度陷入了困境，甚至因人构陷入狱监外执行，但始终没有放弃报效国家的念头。张居正知道皇上的心思，于是推荐自己的亲信蓟镇总兵官戚继光帮助况且练兵，成果显著。成为况且朋友的戚帅暗示他，皇上要求如此练兵一定有特殊用途，根据目前情况分析，很可能先派他去关外与鞑靼和谈，然后再调任福建驻守海防。戚继光并表示，军人的最高职责就是捍卫国家主权，保护民众安全。有戚继光的支持，况且看到了希望。这部小说于 2019 年 1 月 20 日完结，全文 215 万字。两部作品分别于 2019 年 7 月和 9 月上架"喜马拉雅"和"蜻蜓 FM"听书频道。

这次创作实践让马季品尝到了网文创作的酸甜苦辣，巨大的体量，日更的压力，以及读者和听众的"直言"，这些传统文学现场完全屏蔽的声音，却是网络文学鲜活的"主流"。在深切体会之后，他重新看待网络文学，认为应该从三个方面认识和理解网络文学：一是建立在传播方式基础上的大众性；二是建立在文化消费基础上的娱乐性；三是建立在文化产业基础上的跨界性。马季认为，上述三者，分别是网络文学产生与发展过程中的外在表现形式、内在驱动力和深层次文化需求。

世纪之交，世界发生了剧烈变化，中国逐渐成为世界多元文化格局中的重要组成部分。经济全球化给转型期的中国社会增添了更多的复杂性，全新的社会形态当然也给作家的表述带来困难。而网络文学恰恰是迎着历史潮头前行，它不拘形式，追求自由表达，反而显得轻松自如。一方面它作为主流文学的补充，对中国文学的总体发展是积极有利的；另一方面它作为一种新形式，在某种程度上也给跨世纪的中国文学带来了一丝新鲜的空气。因此，网络文学的出现具有划时代的重要意义。如果将其放在"国家的发展"和"一代人的成长"的背景之中去考察，我们就会发现，它的时代意义已经不是传统文学所能替代的，它的时代特征非常明显：有自由、宽容、真实、平等的原则；有宽阔无比的向别人学习、向自我挑战的空间；有无拘无束、充分表达的民主权利。

网络文学自产生以来即与互联网其他艺术门类有着千丝万缕的联系，在发展成型之后又经历了商业化的淘洗，其文本自然呈现出多种元素角力的痕迹，但作为文学，基本的美学原则会在社会变革中去伪存真，淘沙见金。从长远看，网络文学需要时间的打磨和砥砺，需要经历自我扬弃的艰难苦旅，方能成就中国文学史上灿烂的篇章。

自2001年以来，马季在网络文学研究领域笔耕不辍，为网络文学理论批评的建构做出了积极的贡献，获得了令人称道的学术成就，他始终呼吁网络文学主流化、精品化的发展之路目前已经看到了一缕曙光。其二十年研究成果可以做如下概括。

一　学术贡献

自2005年至2019年，连续15年为中国社会科学院《中国文情报告》蓝皮书撰写"网络文学年度报告"，此报告详细评介网络文学年度发展状况并做出专业评价。担任"网络文学十年盘点"活动主持人，推动网络文学理论批评向专业化方向发展。主要成果：1. 发表专业论文，将网络文学"渠道"和"内容"的发展进行对比研究，指出网络文学与传统文学研究的学术区分点；2. 发表专业论文，讨论网络文学平台（文学网站和社区）的变革和发展对网络文学演变产生的重要影响；3. 出版专著，阐述中国网络文学对当代文学的影响，以及网络文学海外传播产生的文化价值；4. 担任"百年中国通俗文学价值评估、阅读调查及资料库建设""我国网络文学评价体系的理论与实践研究""中国网络文学评价体系建构研究"等三项国家社科基金重大项目子课题负责人。

二 著述情况

2001年以来，陆续在《中国社会科学》《当代作家评论》《小说评论》《扬子江评论》《南方文坛》《作品与争鸣》《文艺争鸣》《当代文坛》《人民日报》《光明日报》《文艺报》《文学报》《中华读书报》《中国图书商报》《中国文化报》《新华文摘》《中国人民大学书报资料》等报刊发表（转载）文学理论评论文章500余篇。出版专著：《欧美悬念文学简史》（理论集），时代文艺出版社2004年版；《网络文学透视与备忘》（理论集），中国社会科学出版社2010年版；《从传承到重塑》（评论集），中国书籍出版社2014年版；《张恨水评传》（评论集），中国书籍出版社2016年版；《有限的完美》（评论集），花山文艺出版社2016年版；《网开一面看文学——中国网络小说批评》，中国书籍出版社2021年版；《百年中国通俗文学价值评估·网络文学卷》，江苏凤凰教育出版社2021年版。

三 同行评价和社会影响

《读屏时代的写作——网络文学10年史》《网络文学透视与备忘》具有较高的学术价值，尤其是前者作为国内首部记录评价网络文学发展的学术专著，对后期网络文学学术研究起到重要推动作用，著名评论家雷达、白烨、贺绍俊、汪政等均为马季的理论批评撰写过评论文章。

四 获奖情况

《读屏时代的写作——网络文学10年史》获得中国当代文学研究第11届优秀成果奖；《网络文学创作与评价的路径选择》获得中国文联第五届"啄木鸟杯"文艺评论奖；《在历史与现实的交错之间——长篇小说〈宰执天下〉文本解读》获得中国文艺评论家协会第二届网络文艺评论优秀论文奖；《网络文学边缘性主体解析》获得江苏省第五届紫金山文学奖文学评论奖。

第七章　邵燕君：网络文学研究的绘图者

1998年，痞子蔡的经典小说《第一次的亲密接触》开了中国网络文学的先河。时至今日，网络文学走过20年历程，中国网络文学在世纪之交发轫于媒介变迁所引发的文学变革，历经二十载风云变幻，在数字全球化的语境中逐渐壮大为一种新兴文学力量。从作家群体、作品存量、读者群落和广泛影响力等指标来衡量，网络文学成为不可轻视的文化大现象，并深入渗透影视、动漫、游戏等行业。

风雨苍茫路，飘摇二十年。自网络文学问世以来，学者们敏锐地察觉到这一文学现象，随之倾情倾力地为中国网络文学研究立规立法。如果说欧阳友权、黄鸣奋等多位学术拓荒者是在投身网络文学研究这一新兴领域后慢慢地开始调整一个理论研究者的身姿，那么邵燕君则是带着对传统文学研究的焦虑转向网络文学研究之中，她作为一位"半路出家"的学者粉的身份介入网络文学研究，其一系列研究成果背后大都隐含着对网络时代的文学研究者立场、方法、学术使命的探求。从2009年到2021年，从"60后学院派"到"学者粉丝"，邵燕君因何"叛逃"名正言顺的传统文学批评领域，而投身变幻不定又可能本就不属于自己的网络潮流？她十年来在网络文学研究产出哪些成果？她带领的北京大学中文系网络文学研究团队又为学术界带来了哪些贡献？带着追问我们走近这位对网络文学有通透性研究的学者。

邵燕君，北京大学中文系教授，北京市评论家协会副主席，北大十佳导师（2019年）之一。2004年创立"北大评刊"论坛，任主持人。2010年开始转向网络文学研究，2011年起在北京大学中文系开设网络文学研究课程，率先探索网络文学研究方法和教学模式，发表多篇论文并获奖。2015年，北京大学中文系邵燕君副教授创立"北京大学网络文学研究论坛"。该论坛致力于"引渡文学传统，守望文学精灵"，以北京大学中文系网络文学研究课程为依托，开展了网络文学作品评论、网络文学年度男频女频作品榜发布、网络文学词典编写等一系列工作，在微信、微博、博客、知乎、澎湃等平台定期发表文章。著有《倾斜的文学场——中国当代文学生产机制的市场化转型》《网络时代的文学引渡》《网络文学的"新语法"》等专著。主编《网络文学经典解读》、《破壁书：网络文化关键词》、《中国网络文学二十年·典文集/好文集》、《2015中国网络文学（男频卷）（女频卷）》（2016年、2017年、2018年、2019年连续出版）、《创始者说：网络文学网站创始人访谈录》。曾4次获得《南方文坛》年度优秀论文奖；第二届唐弢青年文学研究奖；专著《网络时代的文学引渡》获中国文艺评论2016年度优秀著作奖；主编《破壁书：网络文化关键词》获第17届中国当代文学研究优秀成果奖（2020）。

第一节　邵燕君网络文学研究的"进场"

2003年，邵燕君博士毕业留校后，一直从事主流文学期刊的研究。2004年，邵燕君建立了"北大评刊论坛"，她每期选择十种最有代表性的文学期刊，逐篇阅读点评，并在网上发表评论。这项当代文学评刊工作进行了六年，在业内形成广泛影响。

在对文学期刊和前沿小说进行六年观察和研究之后，邵燕君却认为那个曾经让中国新文学传统和小说创作大放异彩的文学组织形式，在疏离读者、闭门造车和自弃文化领导权的路上越走越远。以"作协—期刊"和"专业—业余"作家体制为中心的传统主流小说生产机制，因为市场化转型失败，以及片面追求"文学性"等多重原因，从21世纪之初便已走向不可逆转的穷途。在邵燕君看来，期刊文学早已失去了核心读者,广大的文学青年不在期刊文学上创作,没有文学的后备力量,看不到生机。在冷静做出学术判断后,邵燕君将视线转向了网络文学研究,她停办了运营六年之久的"北大评刊论坛",切断了与她最熟悉的余华、格非、贾平凹等的文学世界的联系,以一种决裂的姿态,逼迫自己硬着头皮,闯入网络文学的领地。

在2009年中国作协第七届主席团第八次会议上,邵燕君被邀请针对当代文学最新前沿的状态作报告,当时她受委托观察网络文学并发表观点。后来这篇名为《传统文学生产机制的危机和新型机制的生成》的文章也刊载于《文艺争鸣》第12期,这是邵燕君首次关注到网络文学这一现象而提出的学术想法。文章中邵燕君认为文学期刊的危机主要体现在"与读者亲密关系的解体"和"专业—业余"作家体制的解体",她将网络文学不同于传统文学的形态特征也就概括为以下三点:类型化、游戏化、"大字节"与"微文本"。邵燕君在阐述网络文学"类型化"特征的时候表示:"目前流行的网络小说类型大都与传统类型有衍生关系,如玄幻之于武侠,穿越之于言情、盗墓之于悬疑,也有崭新的类型,如同人、耽美等。新类型对应的是读者阅读欲望的细分和新欲望的形成。每一种新类型的出现,意味着一种新的潜在欲望被文学具形,而每一部流行作品的出现都会更刺激读者的欲望,此后的跟风之作不是传统意义上的模仿,而是批量生产的跟进。"在这篇文章中,她通过具体剖析文学期刊危机、青春写作的流行和网络文学特征来探讨新旧文学机制之争的内在本质,提供了很严整的研究分析范式,有一定的现实意义。

2010年前后,网络文学经过十余年的飞速发展已经非常强大,读者接近2亿,作者更是号称百万。盛大文学已经成立了网络文学的"航空母舰",发出了"谁更能代表主流文学"的挑战。然而,最初仅凭一颗"初心"从纯文学话语体系中闯入网络文学世界时,邵燕君找不到一块属于自己的敲门砖。直到后来读到了猫腻的小说《间客》,成为他的粉丝,邵燕君才真正在情感上实现了与网络文学的共通。猫腻的作品质量为邵燕君提供了研究网络文学的信心,更为关键的是,

"猫腻粉丝"这一身份让她实现进入网络文学研究的"进场"。

第二节 邵燕君"学者粉丝"研究身份和立场方法

转向网络文学研究之初，邵燕君即认为"我们必须创建出一套专门针对网络文学研究的批评话语系统"，"需要重建一套具有精英指向的评价标准体系"，因为"在资本横行、大众狂欢的时代，越需要建立精英标准，而这正是学院派的义务"。而且，"从一个更长远的角度看，这套批评话语系统的建立不但对网络文学研究有效，也将促进中国学术界原创批评理论的建设"。

在《面对网络文学：学院派的态度和方法》一文中，她指出两个网络文学研究的误区：照搬西方"超文本"理论、精英本位、后现代理论的简单套用、对法兰克福学派大众文化批判立场的惯性继承和过于简单地肯定文学的娱乐性和逃避现实的特征。她认为当下不少文学批评家手持文学理论和扎实的学科专业知识，套用五四以来所形成的精英文学评价理论标准对网络文学进行精英式的剖析，但这套不论是源自中国文学传统还是借鉴西方文学理论的评价标准是在传统文学创作过程中产生，仅适用于严肃文学，与网络文学有着天然的隔阂。受过专业文学批评训练的研究者不了解网络文学，其对文学评价标准的生搬硬套，结果往往缺乏应有的效力。而了解网络文学的"粉丝"又缺乏系统的理论训练，在学术体系内并不掌握话语权。

在之后的实际研究和教学过程中，她对焦虑本身有了更清晰的表达："面对媒介的千年之变，作为受印刷文明哺育长大、内怀精英立场的学院派研究者，我们该如何调整自己的文化定位和研究方法？"

为了探索一条新的理论，邵燕君引入了"介入分析"这一概念。"介入分析"的概念是美国学者亨利·詹姆斯（Henry Jenkins）提出的，即更积极地接近和参与文化研究对象的态度。邵燕君理解的"介入分析"的观点是研究者以"学者粉丝"（aca-fan）的身份自命，在研究文章中不仅大量引用一次性资料（粉丝们自己写的文章），还直接参与有关讨论。而"学者粉丝"们的工作，实际是在学院派的学术理论和精英粉丝的"土著理论"之间架一座桥梁，增加彼此之间的对话。学术理论会给网络文学的享受者提供更加准确犀利的语言。反过来，网络文学的享受者会给学术研究者提供更加贴实的洞察力和我们经常缺乏的"局内人知识"（insider knowledge）。

"介入分析"的概念给了邵燕君很大启发，她在《面对网络文学：学院派的态度和方法》（《南方文坛》2011年第6期）提出了"学者粉丝"这一概念，指出传统文学研究者要成为合格的网络文学研究者，必须转换身份，放下身段，以"粉丝"角色关注并研究网络文学，引用粉丝们的一次性资料和网络文学体系内的"土著语言"分析各种网络文学现象、研究网络文学文本，在精英"粉丝"的"土著理论"与传统文学理论之间架起桥梁。"只有在反思精英标准、理解网络文学的基础上，我们才可能真正进入网络文学的研究"。

"学者粉丝"这一学术观点让邵燕君对于研究者立场和方法的调整有了更为具体的回答。邵燕君认为为了突破网络文学研究的"外围化"困境，应当深入网络文学机制的内部，进行"身在网中央"式的"内在性"研究，关键在于研究者自我定位的转身——从学者到"学者粉丝"，从"客观""中正""超然"的学者训练中解放出来，让自己"深深卷入"，面对自己的迷恋和喜好，放弃研究者的"矜持与特权"，和粉丝群体们"在一起"。与之相应的是研究方法的转型。学者粉丝本身也是一种方法论，在学术研究中"承认并肯定自己的欲望和幻想，而同时仍保持学术热情和理论的复杂度"。立场和方法调整的背后，是对于研究者新的学术使命的逐渐自觉。

她在《猫腻：中国网络文学大师级作家——一个"学者粉丝"的作家论》（《网络文学评论》2017年第2期）一文中，就开宗明义地表示"写这篇文章的我不是一个所谓'客观中立'的学者，而是一个'学者粉丝'。写这篇文章的目的，也是以粉丝的身份学术性地聊聊猫腻"。自此，邵燕君开始以一种"在场式"的"介入性研究"，真正进入网络文学、网络文化的场域之中，用一位"学者粉丝"的身份去提炼那些网络原生的具有解释力的"土著理论",去理解整个的网络文学所生长的根植于粉丝文化的土壤。

第三节 邵燕君网络文学研究的多重领域

一 中国网络文学本体问题研究

(一) 网络文学的内涵之争

网络文学概念中的"文学"二字,使得从文学本体视域下进行研究成为网络文学研究的重要方面,由于网络文学受到媒介、技术以及互联网生态的多种因素的综合影响较大,目前有人还对什么是网络文学存在不同程度的歧误,我们如何去把握其内涵,把握其与传统文学的关系,探究其是否具有存在和进行理论研究的依据就成了传统文学研究的首要方法。一个经常被提及的问题是,到底什么是网络文学?对于这一概念的定义,学术界一直没有达成共识。

在网络文学兴起之初,网络写手李寻欢对此的认识是:"我认为它的准确定义应该是:网人在网络上发表的供网人阅读的文学。"这一认识简洁明了,多有学者采用这一说法,从网络文学的生产、传播方式来定义之:"网络文学是网民在网络上发表的供网民阅读的文学。""在网上'创作'的文学,是利用网络的多媒体和 Web 交互等信息技术创作出来的,以互联网为传播媒介的文学。"在对网络文学的不同定义背后,也存在文学观念的冲突。目前最有代表性的观点有两个:一是"通俗文学论",从通俗文学的脉络出发,将其视为被五四新文学压抑的通俗文学在网络时代的复兴;二是"新媒介文学论",从媒介变革的角度出发,将之定义为在互联网环境中出现的文学形态。

在网络文学莫衷一是的内涵之争中,邵燕君一直持后一种观点,则用"新媒介文学"定义网络文学。"如果只考虑纸质文学的雅俗秩序,跟雅文学相对立的就是通俗文学,跟严肃文学对立的就是消遣文学。在这样的一个秩序下去理解,如果忽略媒介性的话,就只能在通俗文学的网络版方面去定义网络文学。"她反对将网络文学视为通俗文学的网络版,认为这会使网络文学落入精英本位的雅俗文学等级秩序,而这一秩序正在互联网时代瓦解。如果从"通俗文学的网络版"概念出发,容易忽略网络文学的"新质"。网络文学并不是指一切在网络发表、传播的文学,而是在网络中生产的文学。她认为传统文学,就是哺育我们成长的印刷文明之下的纸质文学。如果要分类,网络文学可以与纸质文学、其他媒介文学(比如口头文学、简帛文学)并列。她在《网络文学经典解读》一书中指出不应按照"精英文学"和"大众文学"的分类方式来定义网络文学,而应以"主流文学"和"非主流文学"的方式进行区分。

网络文学作为一种新媒介文学,更应该强调它的网络性,这是其与传统纸质文学相区分的一个维度,它的网络性有多种表现形式,是一种还未完成的、没有充分展现出来的网络性。邵燕君在《网络时代:如何引渡文学传统》一文中表示,"作为一个文学概念,'网络文学'的区分属性是'网络'。正是'网络'这种媒介属性使'网络文学'与其他媒介文学分别开来"。从媒介革命视野来定义"网络文学",以"网络性"为核心属性,网络文学"就不是泛指一切在网络上传播的文学,而是专指在网络上生产的文学"。所以,中国网络文学的爆发并不是被压抑多年的通俗文学的"补课式反弹",而是一场伴随媒介革命的文学革命,是全球人类从印刷文明进入网络文明之际一个新的文学现象。

(二) 网络文学与传统文学的关系之辨

得益于新技术、产生于新时代的网络文学因其自身的独特性,与传统文学形成了强烈的对比,因而网络文学与传统文学的区别与联系是研究者长期关注和思考的话题。研究者开始面对网络文学主要是因为已感受到它对传统文学的冲击。既然我们已经称"网络文学"为"文学",那么对它的研究就必然会建立在传统的文学理论基础之上,在传统文学理论研究的范式影响下。这种关系的探讨也恰恰反映了一个新的名词出现后，如何在与传统理论的关系中去把握理解和探究其内涵，这对于当代文学环境中对不断出现的新事物如何进行研究具有一定的理论方法意义。

不少研究者认为"网络文学"的出现代表了文学发展的第三个阶段，即网络文学取代传统文学。这样一种完全的强调虽然显示出了网络文学强大的生命力，但是也从反面论证了研究者自身的困境——通过过分强调来赋予其研究的合法性。如果过于强调二者之间的共有属性，认为二者的区别仅在于承载媒介与传播方式的不同，忽视二者在创作方式、创作主体、存在载体、传播媒介等方面的差异，就容易套用传统文学的分析模式、评价标准、话语惯例去看待和分析网络文学，其结果是贬低网络文学的独特性和创新性；如果过于强调二者之间的"差异"，认为网络文学是完全不同于传统文学的新的文艺类型，就容易直接借用西方那种具有实验性、先锋性的批评话语去看待我国的网络文学，导致理论适用性上的"水土不服"和生搬硬套。

在处理网络文学与传统文学二者关系过程中，邵燕君一直主张从文学史的视野考察网络文学与当代文学、与新文学传统的关系。她强调在网络时代，"新文学"传统遭到致命挑战。她厘清了网络文学资源脉络，探讨"新文学"传统失落的原因，反思当代文学内在的危机，从而指出，未来的"主流文学"不管是以哪一方为"基座"，都必须要以拥有大众的网络文学为"底座"，不理解网络文学就无法真正参与"主流文学"的建构。她最终着眼点在于对当代文学研究自身的深刻反思，强调面对新的文学场域中政治、经济、大众的强大力量，文学精英不能缺席，从这个角度指出理解网络文学是当代文学研究者的责任担当。

（三）网络文学的评判标准之定

既然日益清晰地认识到网络文学与传统文学的差异、对既有文学理论的挑战，那么就需要建立网络文学的批评原则和批评标准。邵燕君立足于网络文学在中国迅猛发展的现实，指出网络文学已经形成了自成一体的生产—分享—评论机制，也形成了有别于五四"新文学"精英传统的大众文学传统。因而不但对传统精英文学的主流地位构成挑战，也对"新文学"以来的文学评价体系构成挑战。"由于网络文学发展速度过快，且对以往的评价体系有着根本性的颠覆"，为了跳出精英文学本位的思维定式，她直接从媒介革命的视野展开，从"网络性"的角度讨论网络文学的经典性。所谓"网络性"，即网络的媒介特征，这一概念强调网络文学概念的中心不在文学而在于网络，不是"文学"不重要，而是网络时代的"文学性"需要从"网络性"中重新生长出来。她引进"网络性"与"类型性"概念对于"经典性"进行了重新定义。

为了探索并建立一套经典网络小说的评判标准，邵燕君老师在《网络文学的"网络性"与"经典性"》一文中以传统的文学经典标准为参照，结合"网络性"和"类型性"，从典范性、传承性、独创性、超越性四个方面提出"网络类型小说经典"的标准。她认为，其典范性表现为，传达了本时代最核心的精神焦虑和价值指向，负载了本时代最丰富饱满的现实信息，并将其熔铸进一种最有表现力的网络类型文形式之中。其传承性表现为，是该类型文此前写作技巧的集大成者，代表本时代的巅峰水准。其独创性表现为，在充分实现该类型文的类型功能的基础上，形成了具有显著作家个性的文学风格。其超越性表现为，典范性、传承性、独创性都达到极致状态的作品，可以突破时代、群体、文类的限制，进入更具连通性的文学史脉络，并作为该时代、该群体、该文类的样本，成为某种更具恒长普遍意义的"人类共性"文学表征。

二　中国网络文学的媒介特性研究

在正式开展网络文学研究之前，邵燕君就已经认识到了互联网和信息化对文学的影响，并开始关注网络这一媒介在文学发展中所处的位置以及所发挥的作用。在研究期间，邵燕君非常重视媒介理论的运用，把媒介理论作为网络文学研究的重要理论支撑。邵燕君的网络文学研究深受马歇尔·麦克卢汉的影响，并从其"媒介即讯息""媒介是人的延伸"等理论中深受启发。

在麦克卢汉看来，任何媒介都不外乎人的感觉和感官的扩展或延伸：文字和印刷媒介是人的视觉能力的延伸，广播是人的听觉能力的延伸，电视则是人的视觉、听觉和触觉能力的综合延伸。他认为在机械时代，人类已经完成了一切身体功能的延伸，进入电子时代，人类的中枢神经系统得以延伸。所谓"媒介即讯息"指的是，"任何媒介（即人的任何延伸）对个人和社会的任何影响，都是由于新的尺度产生的，我们的任何一种延伸（或曰任何一种新技术），都要在我们的事务中引进一种新的尺度"。

将"媒介即讯息"这一理论投射到网络文学领域，便是在告诫我们在网络时代，网络文学在全新的文学环境中出现成长，但因为这一新环境的内容仍是旧的纸质文学，我们的目光容易局限在内容层面，而网络作为新外部环境极容易被忽略。从最初的口耳相传到之后报纸、杂志、书籍等纸质印刷媒介的出现，文学在漫长的发展过程中，总是与传播媒介紧密联系在一起的。邵燕君认为网络媒介的出现，使得原有的文学写作、文学发表、文学传播和文学阅读等都发生了显著的变化。这个新兴媒介所孕育的网络文学，其"真正颠覆的不是雅俗秩序，而是构造雅俗秩序的印刷文明自身"，这些都要求我们要以新媒介的思维方式去思考和研究网络文学。

（一）网络文学创作方式的交互化

邵燕君对网络文学有一个独特的定义，即网络文学不是在网上发表和传播的文字，而一定是在网络中生产的文字。邵燕君认为网络这个载体不只是一个创作发表的平台，更带来新的文学生产机制。"每一种媒介都为思考、表达思想和抒发感情的方式提供了新的定位"，相比于传统文学，"网络文学的重心在'网络'而非'文学'——并非'文学'不重要，而是我们今天能想象到的和想象不到的'文学性'，都要从'网络性'中重新生长出来"。她觉得"如果有一位网络作家，他的作品完成了之后再在网上发表，哪怕是分段发表，我都不把它叫网络文学，我的网络文学的意义一定是在网络空间中生产的，在这个过程中有作者和粉丝的大量互动，那才叫网络文学"。

邵燕君指出了网络文学与传统文学不同的创作方式，即以机代笔、人机对话和交互创作的方式，她认为网络文学是作者与读者的共同作品。"在网络文学生产中粉丝的欲望占据了核心，网站的经营也很大程度上利用了粉丝经济，粉丝既是消费者，又是积极意义的生产者，他们不仅是作者的衣食父母，也是智囊团和亲友团，他们和作者形成一个情感共同体，一部网络小说在连载过程中会有大量铁杆粉丝日夜追随，他们的"指手画脚"时时考验着作家的智力和定力，也给予及时的启迪和刺激。相对于金庸时代的报刊连载，网上的交流空间更像是古代说书场，一部吸引了众多精英粉丝跟帖的小说应该是集体智慧的结晶，作者更像是总执笔人。

"网络为类型化小说的消费提供了超市化的服务，也为写作和接受提供了新的互动模式。在这里，终端（读者）决定一切。读者的欲望被无限地放大，再被细分，像享受按摩一样，各部位都可以得到专业性的照料。"邵燕君认为以粉丝为中心的网络写作彻底颠覆了传统意义上的作家和读者的关系，作家不再是被膜拜者，而是提供分享者。网络文学在创作上由于载体记忆创作的媒介的改变，导致创作方式以及创作过程中创作者和接受者之间的关系也发生了变化。

（二）网络文学话语体系的快感化

二十年来，网络文学在野蛮生长的过程中，商业化的网文平台扮演着不可或缺的角色，它为网络文学创新了一种稳定的盈利机制，以读者为衣食父母，以满足读者欲望实现资本转化。受其影响，网络文学的商业属性也得到了淋漓尽致的发挥。在目前的网络文学创作中，绝大多数的网络作家都以"职业作家"自命，对于他们而言，商业性不是原罪而是本分，因此以读者为中心的供给——满足式写作成为主流。在这一背景下，文学尺度逐渐失灵，代表读者满意度与愉悦感的

"爽"成为当下网络文学最为核心的要求。

邵燕君在《破壁书：网络文化关键词》一书中对"爽"、"爽文"和"爽点"做了相对完整的阐释，"爽"是指"读者在阅读网络小说时获得的爽快感和满足感"，"爽文"是指"在这种读者本位的模式下创作的网络小说"，"爽点"是指"小说中最好看、最有趣的高潮部分或为实现高潮而固定下来的套路"。可以发现，"爽"是从接受视角出发，是对读者阅读网络小说感受的描述，而"爽文"和"爽点"是从网络小说作品的角度出发，是对能够使读者产生"爽"感受的文本或文本特征的描述。

在对"爽"进行概念界定后，邵燕君从网络文学与传统精英文学的对比出发，研究网络文学的快感倾向对精英文学在文学观念方面的变革。她从《从乌托邦到异托邦——网络文学"爽文学观"对精英文学观的"他者化"》以"爽"这一概念概括网络文学的特点，进一步厘清网络文学对传统文学观念的冲击表现所在。分析了网络文学"爽文学观"与精英文学"寓教于乐"观念两种不同的文学观念，认为传播媒介的变革使网络文学表现出快感与意义一体、读者本位、精英批评者变为精英粉丝的三大特点，她对网络文学满足读者低层阅读需求、体现虚拟世界本身意义价值的功能予以肯定，并提出网络文学提供了相对于精英文学"乌托邦"的"异托邦"，催生对当代文学的新思考方式。

在当代社会，单调同质化的生活，尤其是挣扎在都市各种压力下工作生活的人们，渴望寻找一种精神上的消遣，而网络文学的出现填补了这一空缺。升级的爽点、感情的铺陈、明快的情节起伏让读者的情感诉求在虚拟世界得到了极大的满足。对此，邵燕君根据网文的实际结合福柯的"异托邦"概念，将网络文学的创作视为新型乌托邦的生产，其核心即读者欲望的满足。她敏锐地认识到网络文学直接地、真实地、集中地反映了当代社会的各种欲望，成为重要的乌托邦生产地，并做出了精妙形象的阐释。"在网文发展进程中，有两种非常积极的心理建设功能发挥着重大作用，一种是堪称'全民疗伤机制'的释放抚慰功能,一种是借助'设定'建构'虚拟世界'而达成的心理养成功能,笔者把前一种功能比喻为'子宫',后一种功能比喻成'培养皿'。"邵燕君在此逻辑上,形象地赋予了读者在网文中追求爽等欲望满足的深层缘由。

(三) 网络文学趣缘群体的部落化

麦克卢汉曾提出,从口语时代到印刷时代再到电子媒介时代,人类社会经历了从部落化到非部落化再重归部落化的阶段。电子媒介时代的再次部落化,正是趣缘群体的写照。邵燕君认为网络文学以互联网媒介作为主要的创作平台,其已然具有网络基因。而互联网的特点是去中心化和多点互动,它能够使广大的世界形成一个地球村,使一部分志趣相投的人部落化。论坛模式的出现,也使人们可以自由发帖,形成趣缘社群,在这种文学平台之下,人们的创作更加自由,写作也不再是一件高门槛的事情。邵燕君在《破壁书:网络文学关键词》一书中进一步阐释了趣缘圈子对网络文化的影响,指出这种依托网络形成的趣缘部落有自己的生态话语体系,彼此之间独立又互通。趣缘聚合产生的共同体圈子,让同一题材爱好的粉丝汇聚在一起与喜欢的作品和作者产生互动。"从某种意义上说,'粉丝团'代替了从前的贵族或官方体制,成为文学的'供养人'",与作者形成了"价值—情感共同体"。正因为这种"羁绊",一般的"趣缘共同体"心理联结,反向促进了网络文学类型化尤其是细化流派的发展和不断创新。

三 中国网络文学发展与转型研究
(一) 网络文学的起源研究

对于网络文学的起始点这一本体问题,网文界的约定俗成是把1998年默认为中国网络文学起始年。这一认定也依据两个标志性事件:我国第一家大型原创网络文学网站"榕树下"于1998年开始公司化运营,当时颇有影响的网络小说《第一次的亲密接触》也诞生于1998年。这种以文学高光事件认定网络文学起始年的观点,可称作

"事件起源说"。

再次讨论网络文学缘起是从网络文学20周年纪念活动前后开始的,长期关注网络文学的人士意识到,应该对它的发展历程做一个阶段性的总结。邵燕君的观点是从文学网站功能和网络文学的文化底色来锚定起点,即"论坛起源说"。她在《为什么说中国网络文学的起始点是金庸客栈?》(《文艺报》2020年11月6日)一文中提出,1996年8月成立的金庸客栈及其开启的"论坛模式"才是中国网络文学的起点。"'榕树下'素有'网上《收获》'之称,'线上投稿—编审刊发—择优出版'的运营机制,亦可视为商业出版机制的网络延伸。""对于网络文学这样一种借媒介革命乘势而起的超大规模文学来说,其起始点应该是新动力机制的发生地。只有新动力机制产生的内在影响力,才能推动这一新媒介文学高速成长20余年,形成自成一体的生产机制、社区文化、文学样态、评价标准。"她认为网络文学的起始点只能是一个网络原创社区,而不能是一部作品。而"金庸客栈"是中国最早以文学为主题的公共网络论坛,与"黄金书屋"和"榕树下"的书站模式相比,形成了更完整的论坛模式与论坛文化,它依据其去中心化、网友自由发帖、多点互动等"趣缘社区"等天然网络基因,形成了新的网络文学生产的"动力机制"——UGC模式,完全解放了大众文学生产力。

邵燕君将"论坛起源说"的观点依据按重要性排序,首先是论坛模式的建立,为网络文学的发展提供了动力机制;其次是趣缘社区的开辟,聚集了文学力量,在类型小说发展方向上取得了成绩,积蓄了能量;最后是论坛文化的形成,成为互联网早期自由精神的代表。但她也意识到此论还是有不圆满之处,作为网络论坛的先驱,"金庸客栈"比较偏于小众精英,与后来构成网络文学主体的人群在文学渊源隔了一层。"那个主体人群的上网路径是,从黄金书屋等书站看书,然后落脚到西陆BBS,最后进入龙空、幻剑、起点等文学网站。他们更喜欢的小说类型是更本土化的玄幻(科幻、西方奇幻、武侠、仙侠的融合)。金庸客栈孕育的大陆新武侠、东方奇幻并没有在后来的网络文学中得到延续,而是回到线下发展,依托《今古传奇·武侠版》《科幻世界·奇幻版》《九州幻想》等杂志。"尽管如此,相较于"榕树下"由编辑部主控的模式,邵燕君仍然认为"金庸客栈"奠定的论坛模式才是中国网络文学的源头。

(二) 网络文学的发展脉络研究

邵燕君在对网络文学进行总结性考察时,将网络文学发展历程分成三个阶段,分别是1998—2002年的"文青时期"、2003—2007年的"商业类型化形成时期"与2008年以来的"集团化、主流化时期"。其中,"文青时期"将1998年视为网络文学"元年",其重要标识之一是台湾成功大学博士生蔡智恒(痞子蔡)发布在BBS上的《第一次的亲密接触》在中文互联网的广泛传播。这一阶段的网络文学写作多为自发的,虽然与读者的互动伴随着整个创作过程,但作者仍然处于主导位置。随着网络文学市场规模的形成,原本自由状态下的创作受制于商业利益,网络文学作者逐渐丧失创作的自主权,网络文学写作逐渐成为"商业写作"。而至2008年以后,网络文学彻底被收编为大众文化工业的一部分,从最初由作者把握形式、内容、风格的自律(autonomy)状态,发展为读者趣味以及读者数量所代表的商业利益决定的他律(heteronomy)阶段。透过邵燕君为网络文学三个发展阶段的命名,也可以发现学术界的关注点在网络文学发展的不同阶段经历了从"创作主体"到"文本类型"再到"市场主体"的转变,其中对于创作主体、文本类型的研究偏向网络文学的文化属性。

随着对网络文学的深入研究,邵燕君开始从媒介变革的角度思考网络文学从发生到发展的脉络。她在《网络文学20年:媒介革命与代际更迭》中梳理了网络文学20年间的发展和变化:即2003年在线收费阅读制度的成功建立使文学扎根网络;2008年顺应移动互联网浪潮,开始从"PC时代"迈向"移动时代";2014年"IP化"打通媒介阻隔和次元之壁,并因此得出结论,认为媒介的每一次阶段性变化,都会带来生产传播方式和文学形态上的变化。她同时指出20年间主流读者群的代际更迭,即"70后"、"80后"、"九千岁"(即"90后"与"00后"),也构成了观察网络文学发展的重要维度,并从网络文学受众的角度,提出了"融合媒介人"的新概念,并将网络受众的"世代差异"归结于"媒介差异"。

除此之外,邵燕君还从中国文学史的宏观角度探讨了中国网络文学的发展动因、主流化历程、未来发展趋势等,她在《以媒介变革为契机的"爱欲生产力"的解放——对中国网络文学发展动因的再认识》中具体考察中国网络文学作为一种文学新质,对中国当代文学的生产机制、文学样式、话语体系等方面带来的影响,审视中国网络文学如何被纳入主流文化的大格局之中,并展望其如何在未来的发展中得以融入世界文学的版图。

(三)中国网络文学的海外传播研究

中国网络文学海外传播"热"历来已久,但是真正意义引起国内媒体与大众广泛关注应该起始于北美网络小说翻译组 Wuxiaworld 的建立与发展,该网站建立于 2014 年 12 月 22 日。邵燕君是对这一现象最先关注的学者,在一次网络文学的课堂上,她要求学生们密切关注行业动态。当学生汇报说偶然看到老外也在读网文,邵燕君敏锐捕捉"中国网文出海"这一新潮的文化现实,并锁定了这家名叫武侠世界(Wuxia World)的网络文学翻译网站。2016 年,邵燕君对武侠世界的创始人赖静平进行了专访,并发表文章《美国网络小说"翻译组"与中国网络文学"走出去"——专访 Wuxiaworld 创始人 RWX》(《文艺理论与批评》2016 年第 6 期)。采访中主要涉及赖静平的生平,以及探讨国外读者喜欢看网络小说的原因及收获,网络文学的网络性、中国性和世界性,网络文学在全世界主流文艺中的特殊地位和意义,并系统地讨论了网络文学的海外发展情况。

此后,网络文学风靡国外引起国内学者的关注和研究,邵燕君注意到了中国网络文学在中西对比中尤为繁盛这一文学现象,并加以肯定,她在《媒介革命视野下的中国网络文学海外传播》一文中就提到，中国网络文学已经形成了"全球风景独好"的文化奇观。欧美等西方国家是网络文学的发源之地，但其网络文学的发展却一直不温不火，既未形成规模也未产生过多影响，反倒是后起之秀的中国网络文学在短短的二十余年里一举壮大，不仅形成了完整的产业链，而且日渐呈现出蒸蒸日上的良好发展态势。

第四节　邵燕君网络文学主要研究成果

邵燕君带领的北京大学网络文学研究团队，自2011年以来致力于网络文学及网络文化研究，在建立网络文学独立评价体系和话语体系的基础上，尝试进行网络文学学科建设，力图打开当代文学研究领域在网络时代的新空间。为此，邵燕君和她的团队进行了网络文学重要作家作品研究、网站研究、类型研究、生产机制研究等探索，致力于建立一套网络文学的知识谱系和研究脉络。

一　《中国年度网络文学（男频/女频卷）》

《中国年度网络文学》是北京大学网络文学研究论坛出版的网络文学榜单。北京大学网络文学研究论坛自2015年起推出的网络文学年度作品榜，分男频、女频，各推选十部优秀作品，并由漓江出版社出版《中国年度网络文学》。

2014年，声势浩大的"净网"行动和同样声势浩大的"资本"行动，让网络文学感受到前所未有的震动。至此，网络文学才真正从某种意义上的"化外之地"成为布尔迪厄所说的"文学场"——在这里，至少有三种核心力量在博弈，分别是政治力量、经济力量、网络文学"自主力量"。随着媒介革命的深入，网络文学能否在"媒介融合"的时代寻找到自己的新位置，承担起新使命，不仅影响着网络文学自身的发展，也直接影响着需要以之为"孵化器"的其他文艺形式的发展。当政治力量开始介入网络文学这一现象时，邵燕君及其团队意识到学院派应当在网络文学批评中扮演"校正"的角色，她认为学院研究者"当务之急要总结研究网络文学发展十几年来的重要成果（包括优秀作品、生产机制、粉丝社群文化等），特别是对其中具有代表性、经典性的作品，做深入系统的研究，在此基础上建立起一套相对独立的网络文学评价体系和批评话语，并在一个广阔的文学史视野脉络里，确立网络文学的价值意义"。

从2015年起，北京大学网络文学研究论坛将自己认为的优秀作品和"经典性"元素提取出来，在点击率、月票和网站排行榜之外，再造一个真正有影响力的"精英榜"，试图通过选编每年度最具代表性的网络文学作品来探索网络文学经典化的轨迹，在具体点评重要作品的基础上，去建立起专门针对网络文学的评价体系。

《中国年度网络文学》立足于专业性和民间性，以文学性为旨归，在参照各主要文学网站榜单和粉丝圈口碑的基础上，筛选具有较高文学性乃至经典性指向的作品，目的是从学者粉丝的角度选编出网络文学的学院榜。在编排过程中，《中国年度网络文学》不只注重网络文学本身，还格外注重简介、粉丝评论以及专家立场，这恰恰体现出读者在网络文学作品接受过程中所占据的重要地位。《中国年度网络文学》作为代表学者粉丝观点的学院榜，为我们提供了更具文学性与粉丝读者偏向的作品榜单，极大地缓解了传统文学批评理论在网络文学场域内的失语状况，在网络文学经典作家作品的发掘和传播中做出了重大贡献。

邵燕君团队在遴选网络文学经典作品的时候也会特别关注引发网文新类型、新潮流的新锐之作，以及代表某种亚文化思潮或激活某种传统文学资源的探索性作品。其中邵燕君主编的《2017中国年度网络文学》分为"男频"和"女频"两卷，选收了2017年完结或已连载主体部分并有更新的作品。该书不仅遴选了具有较高文学价值乃至"经典性"指向的作品，而且将"大神红文""新新网文""新潮流作品"等作为研究的原始范本，精准剖析作品内涵，把脉粉丝审美心态，深挖社会文化意义，试图还原新媒介革命视域下网络文学的生产与发展之道，以及经典网络文学作品存在的理由和未来的趋势。

二 《破壁书：网络文化关键词》

在当下社交媒体格外发达的媒介条件下，经由互联网用户的线上交流和线下交往，形成了五花八门的以共同的兴趣爱好为因缘纽带的"趣缘社群"。"麦克卢汉曾预言，进入电子文明后人类将重新部落化。如今，在网络空间以'趣缘'而聚合的各种'圈子'，其数量恐怕早已超过了人类历史上因血缘而繁衍的部落。这些网络新部落有着自己的生态系统和话语系统，彼此独立，又息息相通。"这些不同部落的"趣缘社群"为互联网用户开辟了多元化的文化场域，使在社会结构的不同维度上处于相对弱势位置的人群，得以在这样的文化场域中建构身份认同、获取社群归属感，进而通过共同约定和协同创造发展出群体性的具有自我赋权效应的符号系统或表意风格。

北京大学中文系韩国留学生崔宰溶博士在《中国网络文学研究的困境与突破——网络文学的土著理论与网络性》一文中提出，研究网络文学及网络文化时，要像一个"外地人"一样，去学人家的语言，别想着用自己这套语言去做文化殖民；学会它的语言，然后在它的语言系统和原来的学术系统间搭起桥梁。受到崔宰溶的"土著理论"的启发，《破壁书》一书秉持"打破次元之壁"的目的去构成各部落的"方言系统"，从而更好地展现网络中的"部落"文化。书中收录了245个网络文化核心关键词，追本溯源，详加注解，形成了一本网络话语体系书。深度反映了当下青年在情感和文化上形成的一个个共同体特征，通过梳理并阐释那些与"趣缘社群"的文化生活密切相关的"网络文化关键词"，对于读者感知并理解构成文化社群的互联网用户的欲望需求和意见诉求，进而感知并理解那些善于利用互联网络发出声音的青年群体的价值观念，具有重要意义。

用邵燕君自己的话来说，"我们所做的一项创造性工作是：学术著作中夹杂着文学术语和网络常用词"。而网络常用词这个系统每天都在因为网络语言的爆炸而迅速发展着，如果回避网络术语就会导致失去网络文学的特质，但同时也会导致传统读者难以理解。基于这个原因，邵燕君和她的硕博士团队编纂了网络文学的词汇词典，为其他学者、学生的研究提供帮助。这本书对网络词汇的起源、文化内涵、在不同时空与文化中意义的转化和词汇的多种用法都做了学术性的梳理，包括"网络文学"单元全部词条——"二次元·宅文化""同人·粉丝文化""女性向·耽美""网络文学""电子游戏""社会流行词"等六个单元中与网络文学相关的词条。

"如果我们把一个个网络部落比喻成一口口深井，整个网络亚文化空间就是一个庞大的地下水源系统，各种流行的网络文艺（如网络文学、动漫、游戏等）就是这个地下水源喷涌而出的河流，而那些网络文化关键词就如同一枚枚贝壳，凝聚着'集体智慧'，积淀着'部落文明'。我们的工作就是撷取那些最闪闪发光的贝壳，按照纹路还原孕育它们的部落文化生态，追溯其漫游路径和演化过程，使这些'活化石'成为观察记录网络动态文明的探测仪。"邵燕君在书籍的序言中如此写到，她认为这些由网络方言形成的话语本身携带着整个时代网络文化的能量，如果要评论网络文学，必须要精通这套话语体系。在发展了20年后的今天，网络文学已经成型，内部具有的较为重要的成果与法则，呈现的就是话语。

通过词语的归类，总结其产生流变背后的大文化意义，也是邵燕君著书的一个重要目的。在第三单元"宅腐双修女性向·耽美"中，着重探讨了互联网女性文化。"女性向"是一个来自日本的词汇，指的是以女性为受众群体和消费主体的文艺作品。进入互联网时代后，中国女性有了自己的独立空间，开始与互联网舆论场中的女性主义文化相结合，是女性逃离男性目光的审视后，以满足女性自身诉求为目的，用女性自身话语进行创作的一种创作趋势，耽美则是中国的女性向创作中极具代表性的一支，耽美和女尊往往都包含了激进的女性向趋势，这两类是比较敢于突破陈旧的性别想象的，而女性网络小说中"霸道总裁爱上我"一类的模式则相对保守一些。

如邵燕君老师在本书序言中所说，这些关键词带着网络部落生活的体温，构成各部落的"方言系统"。其中特别有生命力的"方言"

可以打破部落间的壁垒，成为网络流行语，甚至打破"次元之壁"，进入主流话语系统。而《破壁书》就是这一破壁之旅的行军图。

三 《创始者说——网络文学网站创始人访谈录》

《创始者说》是北京大学网络文学研究团队历时四年打磨出的中国网络文学史料，它沿着中国网络文学20余年的发展脉络，采访了重要网络文学网站的创始人，集合了26份访谈录。

中国网络文学发展的动因是什么？崛起的细节有哪些？成败的关键在哪里？创始人的性格如何影响了网站的基因？《创始者说》一书全面地诠释了这些问题，它通过对榕树下、龙的天空、幻剑书盟、起点中文网、盛大文学、逐浪网、17K文学网/小说网、塔读文学、磨铁中文网、中国移动手机阅读基地、掌阅文学、欢乐书客、红袖添香、露西弗俱乐部、晋江文学城、潇湘书院、长佩文学论坛、阅文集团等数十个文学网站的创始人、管理者的直接、深入、有趣的访谈，勾画了网络文学的生态样貌，梳理了各文学网站的历史，呈现了丰富的发展图景。

《创始者说》的写作方式非常新颖，它保留了访谈录最原始的面貌。这不仅是本访谈录，更是一本举重若轻的史料工具书。从朱威廉的"榕树下"，到中国玄幻文学协会发展出的起点中文网，到2008年盛大文学有限公司的成立、中国移动阅读基地的出现、阅文集团的兴起，再到如今的IP化浪潮，《创始者说》勾勒出中国网络文学的发展轨迹，为网络文学梳理出一条清晰的脉络。不仅如此，该书还在横向上呈现出由"起点"模式的阅文集团占据塔尖、红薯网等内容提供商占据中游、女性向网站作为补充、移动端阅读基地和阅读器作为物质支撑、泛娱乐产业作为下游的网络文学整体结构，从文化生产的角度绘制出网络文学的生态产业链。虽然这本史料集并不是论述型的学术著作，但同样还原了文学现场，多人多角度论证了同一个关键转折点，为中国网络文学史的写作打下了坚实基础。

《创始者说》对研究中国网络文学发展动因、产业变革同样产生了重要影响。它通过对各文学网站创立及经营历史的梳理，回顾了其创立运行对网络文学的影响，总结出许多值得深思的经验教训。通过访谈清晰看到事物发展的逻辑，文学网站从生产机制方面建构了整个中国网络文学的发展史。从榕树下的引领风骚，到起点的风云显赫，每条生命小径的演变又充满了偶然性。纳斯达克的崩盘对网络文学而言是一个偶然性事件，然而它使榕树下为代表的编辑制度黯然退场，起点中文的 VIP 收费模式悄然成为"制霸者"。也因此，起点中文网的成功，能够在今天为我们提供许多可以行之有效继承发展的经验：借鉴银行 VIP 业务、白金卡、个性化定制等做法，更好地为读者服务，不仅使读者能够很方便地找到好书，同时不断更新服务系统，搭建更好的平台，设计网络文学独有的创新制度。例如用户积分体系，排行榜规则，职业作家体系，等等。可以说，起点的 VIP 收费体系以及一整套订阅制度，影响了网络文学整个行业的发展，成为网络文学发展的重要基础。

  该书有清晰且专业的关注点，往往能一针见血地触及最突出的话题。比如，网络文学的商业性问题。网络文学发展到今天，它的商业性经常被人诟病，人们调侃它是鸳鸯蝴蝶派等不入流的通俗小说的再生。访谈中 17K 小说网总编辑血酬认为，在商业性和文学性交叉的地方，是"叫座"又"叫好"的作品。起点中文网更推崇"叫座"，17K 更看重"叫好"。"叫座"是通俗性，"叫好"是故事性。当然，"叫座"和"叫好"有相通、重叠之处，好故事可以是通俗的，也可以是小众的。网络文学无疑挑战了过往纯文学对文学性的定义，它诉诸的是一个更广泛的文学观念。而笔者想说的是，这些网络文学网站创始者们，他们也在商业性和文学性之间做着艰难的平衡。商业性要求市场的细分和批量的生产，但网络文学首先是文学，其次才是生意，不论经历了多少社会的考验和商海的浮沉，这些创始者内心深处依然保有最初的坚持。在问到机器辅助写作的可能性时，起点中文网创始人之一罗立认为，用辅助软件很可能造成作品的同质化或抄袭，同样，人工智能写作也无法替代文学家。这是难能可贵的人文情怀，也是创始者对网络文学始终未变的初心。

  在新技术的冲击面前，网络文学蓬勃多样的生态如何继续前进，值得进一步关注。邵燕君带领的网络文学研究团队用《创始者说》一书，提供了一份示范答卷。网络文学经历了20余年的积累，相关研究方兴未艾，《创始者说》既是网络文学史书写的起点，也是一个阶段性的节点。每一份访谈背后都凝结着研究者对网络文学不同脉象的独特洞察，所有访谈拼接在一起，则构成了活生生的网络文学发生现场。正如邵燕君在序中所表述："终校样读完，我终于有了一种感觉：一张中国网络文学发展的地形图，在眼前清晰地呈现出来了。"

仅凭一颗"初心"闯入网络文学世界的邵燕君，十年来孜孜以求，在网络文学的领域深耕不已。作为由传统的当代文学研究进入网络文学研究、探索学院派研究转型之路的代表，邵燕君无疑已经成为网络文学领域为人称道的学术专家。

网络文学自萌发以来就一直处于不断更新中，尤其在近几年，随着新媒体和互联网技术的发展，网络文学各方面的刷新也进一步加速。在追随媒介融合和技术革新的变化的同时，邵燕君的思考必定是持续性更新的，观点也在持续变化着。由于网络文学研究处于文学理论缺乏的年代，其理论的建构不可能一蹴而就，所以邵燕君部分论文也会存在学理性弱的问题，她对自身的研究也在反思中进行纠偏，就如在《网络时代的文学引渡》中所说，"今日之我"未必是，"昨日之我"定然非。从2009年的《传统文学生产机制的危机和新型机制的生成》到2021年的《再论中国网络文学的源头是金庸客栈》，这些"原生态"的文章生动展现了一个来自精英阵营的传统研究者从进入网络文学、理解网络文学，到成为一定程度"学者粉丝"的成长历程。

网络文学研究还在不断地发展壮大，各地都在不断成立新的研究团队以及研究基地，研究成果也基本呈现出逐年递增的趋势。关于网络文学研究今后的发展道路，具有很大的不可预见性。以"学者粉丝"的身份进行"文学引渡"是邵燕君研究网络文学十年来最重要的成果。其带领的北京大学网络文学研究团队始终宣传并践行："我们要坚守学院派立场，坚定不移地站在网文原生力量一边，站在粉丝部落文化一边，在媒介的千年之变中引渡文学传统。"

第八章　夏烈：网络文学研究的实操者

在网络文学研究与评论20余年的谱系之中，夏烈以其独特的文字风貌、别具思致的"理论—实践"体系，逐渐成为该领域无法绕过的存在，一个稳定而富有创造性的样本。对于自身的网络文学研究者身份，他自己在过往的访谈、自述中有所表达，他认为："我不仅仅是一个学院派的网络文学研究者，甚至说更大程度上不是，而更多地倾心尽力于'实操'，通过作家协会、出版与影视产业实践和个人交往等一系列动作，坚持十年，介入网络作者从边缘到中心、从草根到主流、从写手到作家的全流程之中。"[1] 又或者说："根据网络文学的特点，我个人很快又介入到其产业和资本的流程中窥察和思考它的运作机制……有了这样的实践……使得我作为网络文学的研究者不仅仅是单向度的作家作品中心论的传统型文学研究者，而扩展至'文学—社会学'宽度下的新型知识分子。我因此提出了影响中国网络文学的'四维'力量即网络文学研究的'场域理论'。"[2]

从已有对他的评价来看，欧阳友权教授在夏烈作品《大神们：我和网络作家这十年　星火时代》一书的研讨会上有一个新颖的表述，他形容夏烈为网络文学界的"穿行者"。"他在作家、评论家与作品经纪人之间穿行"，"他在学院派、传媒人与政府管理人员之间穿行"，

---

[1] 夏烈：《访谈：回到"总体性"，重理文化根》，杭州出版社2019年版，第204页。
[2] 夏烈：《网络文学，中文传统和学科挑战》，夏烈：《网络文学的新传统与未来性》，杭州出版社2019年版，第42—43页。

"作为一个活跃的文学组织者和社会活动家"他还在国内外的"时空穿行"。欧阳友权继而说,"做一个'穿行者',既要有通才之能,又得有专才之才。在我们这个高度分化又高度综合的社会,需要有'老黄牛'式的学者,更需要有夏烈这样的'穿行者',在当今学界,'老黄牛'不少,但'穿行者'不多,这是夏烈的'角色'意义,也是他的贡献所在"①。迄今为止,这大约是对夏烈的网络文学工作覆盖(影响)范畴也即其网络文学研究特色的最广义、最通透的一次扫描。与习见的关于理论评论家的静态品评不同,似乎必须回到网络文学内、外部一体化的特征,才能理解和想象夏烈围绕对象所做的内、外部工作即其研究范式。

第一节 渊源与特点

当21世纪初网络文学作为新兴的文学现象,在学界文坛尚普遍质疑之时,夏烈就敏锐地捕捉到了它蕴含的潜在价值,较早对其进行观照——不止于撰文推介评述,更是以他所在的浙江杭州这一中国网络文学的优势重镇为棋局,开始了综合性的"介入",成为网络文学研究领域的一位独特的先行者。

而每一位风貌特色独具的研究者,其学术思想和学术方法的养成必有可以追溯的隐秘萌芽与发展关捩。夏烈过往的文章、对话中多少也有迹可循。在那部个人化的网络文学史述《大神们:我和网络作家这十年 星火时代》中,他凭借自己的经历、记忆和考证,复现了以浙江网络作家群为基础、辐射一批全国网络作家的"大神谱"——而《大神们》的第一章,则留给了他自己,里面说道:"我的藏书约三万册。高大上的经典占六七成,主要是哲学、历史、科学、艺术和纯文学;剩下三四成有不少是被歧视为矮穷矬的古今'说

---

① 欧阳友权:《穿行者——夏烈》,夏烈:《网络文学的新传统与未来性》(附录),杭州出版社2019年版,第334—335页。

部'。""我并不研究中国古代的小说,却好好享受过做一枚读者的所有乐趣。"① 大量的阅读,其中包括了中国古代小说和近现代通俗小说,使夏烈从青少年开始就积淀了深厚的文学素养和混合型的文化(文学)基因。

1995年,他进入当时的杭州大学(今浙江大学)中文系研究生班,师从学术功底深厚的当代文学研究名家吴秀明教授,经历了严苛的学术训练,培养了扎实的学术功底。如今,二十多年过去了,吴秀明教授业已是中国现当代文学研究领域的大佬,誉满学界,而夏烈也别是一家,成为网络文学研究的一面旗帜。

回顾夏烈的学术研究历程,其研究领域由纯文学转向网络文学看似突兀,实则不然。尽管他早期以纯文学批评和新文学研究为主,发表了一些有影响的文章,如《现代人文观照下的历史叙事——评陈军的长篇历史小说〈北大之父蔡元培〉》(《当代作家评论》2000年第2期)、《两个互补的文化形象——鲁迅、冰心比较论》(《文艺评论》2002年第6期)、《"无物之阵"里的生存隐秘》(《当代作家评论》2004年第2期)等,以及"70后""80后"作家的一批小说批评,但他的学术兴趣、学术视野并未局限于此,并且可以说早就与通俗文学、类型文学研究结缘深重。2000年,他与吴秀明合著了30万字的专著《隔海的缪斯:高阳历史小说综论》(百花洲文艺出版社2000年版),有学者如此论及该书:"就严格意义而言,该著是大陆出版的第一部研究高阳的学术专著。它力图突破现成模式,并且作出了可贵的新尝试,称得上是一部作家作品论的力作。"② 在此基础上,夏烈转向网络文学研究就再正常不过了。他后来自述道:"如今看来更重要的是,也许有了这些因缘,包括我成长史中不可能错过的港台武侠与言情小说潮,使我面对中国网络小说时一点都不陌生、不惊讶、不反感。"③

---

① 夏烈:《大神们:我和网络作家这十年 星火时代》,花城出版社2018年版,第4—5页。
② 江少川:《作家作品论著的新尝试——评吴秀明、夏烈的〈隔海的缪斯〉》,《海南师范学院学报》(人文社会科学版)2002年第4期。
③ 夏烈:《大神们:我和网络作家这十年 星火时代》,花城出版社2018年版,第5页。

夏烈最初转向网络文学领域，重点并非学术研究，而是从事一些实务。2006年11月，他兼任杭州市作家协会秘书长。上任后，他向作协主席团提议成立一个新的委员会——类型文学创作委员会，在过去作协的小说、诗歌、散文、评论、儿童文学、报告文学之外。① 翌年，类型文学创作委员会成立。类型文学创作委员会在当时主要是向网络作家敞开了大门，沧月、南派三叔、流潋紫、曹三公子、陆琪等知名网络作家先后在他邀请下加入作协。这一创举在夏烈的学术道路乃至人生历程中都具有重要意义。

夏烈与网络文学的渊源远不止此。他还曾于2009年加盟盛大文学——彼时中国最大的网络文学平台——在大约一年的时间里，做了许多有助于网络文学繁荣发展的工作，比如创立盛大文学研究所，担任执行所长（首任执行官），启动全球华语类型文学大展等，还在一个中国网络文学主流化初期的节点上参与了网络平台（网站、资本）和体制内组织（作协）的沟通合作。②

2011年，夏烈回归杭州继续他的地域实践，打造网络文学的"浙江模式""杭州样本"。该年，他与盛子潮等策划发起了在文学界内外都享有盛名的"西湖·类型文学双年奖"；两年后的2014年，又在浙江省作协的要求下，策划执行了"网络文学双年奖"，成为国内第一个官方协会主办的网络文学奖项。2014年1月，他作为发起人之一的浙江省网络作家协会成立，是为国内第一家网络作家协会。2015年10月，杭州市网络作家协会成立，作为国内第一家省会城市的网络作家协会，夏烈担任了其主席一职。2017—2018年，网络文学主流化、组织化全面进入了"浙江时间"，在杭州先后落成了中国作协网络文学研究院、中国网络作家村、中国网络文学周，其中都有夏烈的身影。乃至2019年他将这种方式扩张到整个网络文艺研究领域，发起执行"青年创意家·网络文艺评论奖"，这连同由他执行主编至今已经8载

---

① 夏烈：《大神们：我和网络作家这十年 星火时代》，花城出版社2018年版，第5—6页。
② 夏烈：《网络文学第十一年：我的思考和亲历》，《悦读MOOK（第十三卷）》，二十一世纪出版社2009年版。

的《华语网络文学研究》丛刊,构成了他致力于搭建网络文艺研究、评论的主阵地。

这些围绕网络文学的工作轨迹使夏烈有着超乎一般研究者的接触面。他长期"混迹"网络文学圈,熟谙各种圈内事,故被网文大神烽火戏诸侯尊称为"网文江湖的百晓生"。① 凭借在网络文学领域深度介入,与自身深厚的学术功底,夏烈正式涉入网络文学研究领域。

夏烈的网络文学研究领域极广,包含网络文学史、网络文学批评、网络文学场域学、网络文学产业研究、类型文学、文学未来学等诸多面向。这与他在回归高校前,在作协、文联工作经历不无相关。其文体多样,时而有随笔体例的文章,幽默风趣、频出妙语,如《大神们》一书,时而又似文化批评、现象批评,如文集《网络文学的新传统与未来性》中的多篇,当然也有论证严谨、富有学术含金量的论文,如《文学未来学:观念再造与想象力重建》(《南方文坛》2013年第1期)、《网络武侠十八年》(《浙江学刊》2017年第6期)、《网络文学"无边的现实主义"论——场域视野下的网络文学现实题材创作20年》(《中国文学批评》2020年第3期)等。夏烈在网络文学研究领域取得了重大成绩,已出版的该领域个人著作包括《观念再造与想象力重建》(北京大学出版社2017年版)、《大神们:我和网络作家这十年 星火时代》(花城出版社2018年版)、《网络文学的新传统与未来性》(杭州出版社2019年版)、《我吃西红柿与〈吞噬星空〉》(作家出版社2019年版)、《中国网络文艺的常识与趋势》(浙江工商大学出版社2020年版)、《天蚕土豆与〈斗破苍穹〉》(作家出版社2021年版)等,主编《华语网络文学研究》丛刊(1—7卷)、《数字景观与新型文艺》(浙江文艺出版社2021年版)、《浙江网络作家群与网络文学"浙江模式"研究》(浙江大学出版社2021年版),以及"中国网络文学研究名家丛书"(第一辑10种)等,并获得2014青年

---

① 烽火戏诸侯:《他是我们的江湖百晓生》,夏烈:《大神们:我和网络作家这十年 星火时代》(序),花城出版社2018年版,第1页。

批评家（《人民文学》《南方文坛》）、中国文联第三届"啄木鸟杯"年度优秀文艺评论、浙江文艺评论奖、浙江优秀作品奖等。也正因此，以夏烈为代表的浙派研究团队成为与欧阳友权为代表的中南大学团队、以邵燕君为代表的北京大学团队、以周志雄为代表的安徽大学团队等齐名的网络文学研究重镇。

第二节 类型文学研究

无论从作品影响力（如影视改编、受众规模），还是作品数量来看，当下网络文学的主流都是类型小说，如玄幻、奇幻、言情、武侠、历史、军事、推理、科幻，以及穿越、机甲、后宫、盗墓等。因此从狭义的角度理解，网络文学几乎等同于类型文学。网络文学、网络类型文学、网络小说、网络类型小说四个概念在实际研究中是经常可以相互替换的。

夏烈作为国内较早举起类型文学这面旗帜的学者之一，从2006年便开始了对于"类型文学"概念的倡导论述，与此前另一位类型文学研究的代表人物葛红兵教授不同的是，夏烈依旧采用"介入"和"实践"的办法来推动类型文学事业以及该概念的落地生根、深入人心。换言之，他的构思是将类型文学的学术研究与具体的现场的类型文学事务及其发展作联系、交互，最终反哺于类型文学理论的深化和提炼。

作为亲历者、组织者、推动者，如前所述他于2007年在杭州市作家协会创立了第一个类型文学创作委员会，2008年则担纲主编了"国内首本类型文学概念读本"《MOOK流行阅》（该MOOK由"99读书人"作为出品方，新世界出版社出版，共出版两期，作者除浙江网络作家以外，还包括安意如、张小娴等）。2011年夏烈等发起设立了国内首个（首届）类型文学专业大奖"西湖·类型文学双年奖"，《三体》（刘慈欣著）获得金奖，《间客》（猫腻著）、《后宫·甄嬛传》（流潋紫著）、《借枪》（龙一著）、《城邦暴力团》（张大春著）获得银奖，《侯卫东官场笔记》（小桥老树著）、《步步惊心》（桐华著）等一批作品获得铜奖。这些获奖作品今天看来都是中国原创类型文学的一时之选，具有相当的典范性，其主体是网络小说，但又逾出网络小说而广泛网罗了纸质出版向的类型文学名家精品，这实际上是夏烈在其网络文学研究早期的一种思路，即以类型文学概念为中心，囊括网络、纸质媒介做"打通"和"参照发明"的学理性设计的结果。

他在理论文章中把类型文学界定为"当代大众类型文学"，分别阐述了"当代"指媒介技术所带来的生活和审美习俗的改变，"大众"指大众文化背景下的消费主义和资本干预创作与审美——"科技和资本是人类社会最敏感的核心要素和推动力，影响到意识形态和上层建筑"，详细研究了类型小说的基础理论和繁荣发展的特点、趋势，提出"在类型文学中，我们应充分理解存在其中的'文学叙事精神'和'叙事经济'之间的'紧张'，高明的作品正是一种精彩的张力艺术"[①]。他多次表达，"运用'类型文学'概念，既用来说明它是网络文学创作的主流，还为了寻找一个更吻合文学理论学理性的命名"[②]。夏烈在"网络文学—类型文学"之间加强关联又加以细分的分析考量，既是学术本位的（文学理论学理性），又兼顾了网络文学与类型文学内在的相似性、相同性，使研究和思考的范畴扩大，并保持诸多媒介分支间的比照。这个观点落实在文学评奖上，则是打通了一些因媒介和商业模式带来的人为壁垒，让文学谱系更加通融完善，让更多作家交流互鉴。

具体在类型文学理论评论上的做法，夏烈首先是为类型文学正名。在传统文学界尚普遍质疑类型文学概念时，夏烈指出类型文学是基于文学实际面相的总结与命名。"新世纪的中国类型文学，脱胎于15年来网络文学的发展，渐次成长为网络写作和大众文学的主流。"[③] 因此，类型文学虽是个"新概念"，但并非"伪概念"。[④] 这由此引出一

[①] 夏烈：《类型文学：一个新概念和一种杰出的传统》，《文艺报》2010年8月27日第2版。

[②] 夏烈：《访谈："网络文学"这个词，在未来可能会消亡》，载夏烈《网络文学的新传统与未来性》，杭州出版社2019年版，第136页。

[③] 夏烈：《关于类型文学的札记》，载夏烈《网络文学的新传统与未来性》，杭州出版社2019年版，第186页。

[④] 夏烈：《类型文学：一个新概念和一种杰出的传统》，《文艺报》2010年8月27日第2版。

个问题：何谓类型文学？类型文学看似是个不言自明的概念，实则不然。他认为类型文学面向大众阅读市场，可以按作品主题、题材等进行分类，在人物塑造、情节模式、故事背景等方面具有一致性，是能够给大众读者带来快感体验并调动读者多种情绪的文学作品。

接着他探讨了类型文学发展壮大的原因。认为类型文学在网络世界和大众阅读中大行其道的原因有两方面。其一，科技、资本、读者、作者等因素的合力促进了类型文学的快速发展。如他指出与文化工业、文化产品市场化直接相关的现代受众的消费习惯，以及盈利模式的形成和背后资本的积极推动等因素，助推了类型文学的发展。[①] 其二，类型文学吸收了古今中外文学以及ACG（动漫游）的优秀传统。这些文学资源各有其特点，如游戏的升级模式、西方通俗文学的魔法叙事等，经过网络作家的创造性转化以及持续的创作实践逐渐形成多种多样的文学类型。而网络作家持续性的创造性转化暗示了在网络文学发展的不同时期网络文学类型并不一样，因为当读者对既有类型产生审美疲劳时，网络作家就需要创造新类型以重新吸引读者兴趣。此外，网络文学的创作方式、叙事原型结构蕴含的类型基因也有助于多种类型的形成。如《第一次的亲密接触》是个新才子佳人式的言情小说，是通俗文学中的一个类型。《第一次的亲密接触》说明由其肇始的"网络文学革命"天然地附带了"类型文学"这一概念的印记。[②] 再如黄易《寻秦记》包含的穿越模式在后来的网络穿越小说中得到发扬光大，而网络穿越小说也成为网络文学的一大类型。

夏烈还分析了类型文学发展过程中的一些关键节点。如2003年，各文学网站基本上完成了以类型划分创作、归拢创作的形制。[③] 探讨了类型文学的意义。"年轻人的语言，年轻人的生活，年轻人的痛苦与欢乐，年轻人与时代的身心关系，使这些作品呈现出衰老的纯文学所失去的新鲜、蓬勃的题材的把握力和现实观照力。从这点看，我认

[①] 夏烈：《影响网络文学的力量》，《人民日报》2014年6月24日第14版。
[②] 夏烈：《类型文学：一场非典型性文学革命》，《博览群书》2012年第9期。
[③] 夏烈：《类型文学：一场非典型性文学革命》，《博览群书》2012年第9期。

为当下类型小说是现实主义文学的一个进步，是一种对中国当代文学生态的重要的补充。"① 易言之，类型文学表征了当下年轻人的情感、意志、欲望，具有浓厚的现实主义色彩，成为现实主义文学在当代的新的表现形态。

就内部研究而言，夏烈主要从两方面对类型文学展开研究。其一，从某种类型着手，以小见大，分析类型文学的特性，此类研究以对网络武侠小说的分析为代表。在《网络武侠小说十八年》这篇文章中，夏烈先是分析了影响网络武侠小说创作的力量，继而探讨了网络武侠小说自2000年以来经历的几个发展阶段。他从媒介转型和类型小说的文学性两个维度出发，将网络武侠小说分为"今古"时期、"玄武合流"时期、正在发生的纯武创作新分流时期。其中，"今古"时期大约从2000年始至2005年止。此时的作者多可被赋予港台新武侠乃至民国武侠的接受者和继承人的身份，在创作时明确表示了向"金庸时代"致敬的意愿。"玄武合流"时期大体从2005年开始延续到现在，"玄武合流"即"玄幻"和"武侠"的融合。他指出"玄武合流"时期将传统武侠和架空、异世、言情、修仙、游戏练级贯穿融合的设定成为玄幻小说创作的基本方法，也是玄幻小说成为网络小说第一大类型的重要原因。"玄武合流"的结果是"玄幻"不断扩大，而"武侠"不断缩小，逐渐泛化为网络奇幻（玄幻）小说的一部分。纯武创作新分流是近几年发生的文学创作现象，这一时期的创作具有鲜明的反叛"玄武合流"时期小说写法的色彩，文中以徐皓峰和七英俊的作品为例。② 其二，某些代表性文本分析，如对《大国重工》《杜拉拉升职记》《侯卫东官场笔记》《大道朝天》《放开那个女巫》等多部网络类型小说作了分析或写有书评。在《性别错乱的意趣和类型小说的评价标准——以〈美人谋〉为例》一文中，他分析了《美人谋》的叙事特点，如"青春校园"模式、"腐女"趣味和"耽美向"色彩、"梁祝"

---

① 夏烈：《类型文学：一场非典型性文学革命》，《博览群书》2012年第9期。
② 夏烈：《网络武侠小说十八年》，《浙江学刊》2017年第6期。

模式等，进而指出了类型文学的评价标准问题，除了常规的语言、结构、人物，对类型小说的评判还应考虑到类型特点、阅读效果。因此他认为，类型小说体现出的叙事模式的相似性不能被视为作品质量低劣的评判标准，而是要综合考虑作品体现出的类型学内部的特点、位置。他甚至认为类型特点——如作品体现出的类型融合、类型创新、反类型等特点——即类型性，是评价类型小说的第一标准。①

在对类型文学进行了深入考察的基础上，他提出了"类型性"这一术语。如果说纯文学最核心的特征（评价标准）是文学性，那么他认为"类型性"就是类型文学的文学性，是评价类型文学的核心维度。他阐释道："类型小说是一种坚持以类型化技艺体系作为其文学性指归的，并在此基础上呼唤个体创新和求变、不断丰富其风格的创作方式。那么，仅仅执着于网络性而忽略类型小说的文学传统，是容易将类型小说外在化、纯媒介化的'片面的深刻'，在网络文学环境、网络文学史当中，更值得做的工作应该是将外在的尤其是媒介变革转化为时代文学的内部特征，即其新的文学性积淀的过程研究——把媒介当作文学的要素，而非将文学当作媒介的要素。文学研究的立场就是：媒介是文学的语言、媒介是人性的形式、媒介修订文学最终内化为文学自身。"②而类型文学，"不是互联网时代的产物，它早于互联网时代"③。——于此，他一方面将网络文学与类型文学深厚悠长的传统联系了起来，切合到网络作家的文脉传承；另一方面，他又将网络类型文学的评价尺度放到了"类型性"即其作为文学的内部研究和评价体系之中，为当下网络文学评价标准勾勒了一家之说和可研究、可操作、可构建的清晰坐标系。

他在较为周详的理论建设和作品观照之下，对网络文学时代的类

---

① 夏烈：《性别错乱的意趣和类型小说的评价标准——以〈美人谋〉为例》，《福建文学》2017 年第 9 期。

② 夏烈：《网络武侠小说十八年》，《浙江学刊》2017 年第 6 期。

③ 夏烈：《网络文学时代的类型文学》，夏烈：《网络文学的新传统与未来性》，杭州出版社 2019 年版，第 181 页。

型文学寄予了很高的期望。正如他在2008年主编《MOOK流行阅·幻世》的发刊词里所说——这个意思后来被系统地写成一篇长文《类型文学：下一站的天后？》，[①] 即，依照文学史经验，顺着王国维"一代有一代之文学"、胡适"一时代有一时代之文学"之说，他认为网络类型文学就是21世纪中国的"一时代之文学"。

第三节 场域论

夏烈另一重要的思想成果是提出了网络文学（因为该思想成果普适于网络文艺，通常也可理解为他对网络文艺整体的看法）的"场域论"。追溯其理论出处，"场域论"的观点主要源自法国社会学家布尔迪厄，夏烈在参考了西方原初的"场域"理论基础上，极大地重视中国网络文学现场所实际生成的规律性，最终将网络文学视作一个动态的按照特定的网络文艺生产与消费逻辑共同作用的、由多元主体参与其实践的场所。

那么，何为网络文艺场域？网络文艺场域中具有何种资本？其中的运行规则如何？网络文艺场域中的结构性力量是如何分布的？

首先，布尔迪厄所说的场域虽是一个网状的构型，但我们在最初理解的时候，也可以把它当作一个封闭的空间。既然是封闭的，那么场域总是以拒绝的方式把其他元素排开，以划定场域的边界。就网络文学这一场域而言，它首先就会把非网络文学（如传统文学、传统艺术）排除在外，通过排除行动，网络文艺就形成了一个相对稳定的空间。

其次，场域中最重要的一个概念便是资本。它指的是在某些场域里面拥有的资源与权力。布尔迪厄界定的资本，大致分成三类：一是文化资本，就是我们拥有的学校教育与社会出身；二是经济资本，与平常说的概念差不多，包括继承的与自己挣得的财富，主要是钱的方

[①] 夏烈：《类型文学：下一站的天后？》，《悦读MOOK（第七卷）》，二十一世纪出版社2009年版。

面；三是社会资本，主要是指在社会世界当中拥有的关系、声望与影响。另外，在《实践感》中布尔迪厄补充了一类资本，就是象征资本，其实指的是一种信任，是用操作符号的方式将上面三种资本的占有变得合法。这是资本的概念。并且，资本之间的关系也是动态的，能够相互转化。那么，网络文学场域中不论是作者、批评者、公司和粉丝都在场域中占有一定的资本。就作者而言，他首先占有文化资本和象征资本，通过这两种资本的生产，将作品转化为经济资本和社会资本。这样，作者就拥有了经济收益和一定的社会关系与声望。这一资本再次形成作者的创作动力，促进其进行文化资本的累积。总体上，这是一个循环的动态过程。

再次，场域里面进行的其实是一场争夺资本的游戏，而这个资本既是你的工具，同时也是你争夺的目的、争夺的对象。布尔迪厄把场域比作一场游戏，身在游戏里的人就会争夺某种特定的幻象。在网络文学场域中，不同的作家、艺术家通过资本争夺，确定其在整个场域中的社会位置。

如上所述，夏烈承继19世纪法国社会学家布尔迪厄的场域思想，将其用于对20世纪90年代以来信息技术作用下网络文学景观的阐释。并且，在他20余年来对中国网络文学本土化经验的观察、参与、反思中，发展了这一理论，提出了网络文学（艺）场域中的五种结构性力量，"网络文艺所带来的生态场域勾勒了影响其生成、发展、繁荣的主要力量：技术、受众、产业、政策、文艺，五种力量共治下的网络文艺生态构成了美妙的合力矩阵"[1]。而其中，技术带来的媒介赋权已然成为社会的"基建"，成为整个时代信息社会的常态、基底，所以他在最初阐述网络文学场域的时候又将之缩略为"四种基本力量"：1. 受众（读者、用户、粉丝）；2. 产业资本；3. 国家政策（国家意识形态）；4. 文学知识精英。[2]

---

[1] 夏烈：《网络文艺的主流化与发展观》，《中国艺术报》2019年1月11日第3版。
[2] 夏烈：《影响网络文学的四种基本力量》，载夏烈《观念再造与想象力重建》，北京大学出版社2017年版，第25—29页。

夏烈首先在网络文学20余年的发展史语境中将"受众"和"产业资本"界定为场域内的常量。认为它们事实上形成了网络文学的基本面貌、格局、特征、模式。比如网络文学是一种"以读者的意见和消费选项为指归"的"读者文学""读者小说"①，因此生成了"爽文机制"的"好看"立场："不以好看为目的的小说都是耍流氓。"（南派三叔语）又比如谈及产业资本，他认为"资本，总是建立在大众情感的周期性浪潮的敏锐嗅觉之上，并且以其富有想象力的商业模式结构着有利于它的力量。……资本的商业精神和活跃度同样应该受到鼓励和钦佩……，问题不是来自资本的特点和文化霸权，而是来自平衡的力量没有同时涌现，施加的批评于是在影响力上微乎其微。"② 在对产业资本的批判上，夏烈已然是以"场域"内力量合作与博弈的辩证性来看待的，他所提出的"场域论"始终是一个运动的合力矩阵，其所构成的则是"生态"和"价值"。

夏烈对产业资本的关注和批判其实是一贯的、持续的，着墨颇多，形成了不少独到的观点。比如他鉴于场域的内在平衡与制衡，尤其面对资本一味逐利、赚快钱、毁IP、IP价格泡沫化等，提出了"理想资本"的概念。"理想资本不应该是对青春期的中国网络文学资源和环境施加浪费、污染的掘墓人，而必须是一群富有生态意识和长远眼光的文化儒商；与此对应，理想作者也不应该是一拨粗制滥造、重复拷贝，并且毛孔全是金钱、妄想自我利益独大的'土豪与屌丝'的结合体。网络文学的超级'IP'得来不易，需要养护和精耕，需要与之相关的产业链上的各类专业人才通力合作……理想资本实际上是中国网络文学下一步发展暨综合治理工程中最需要有所认识并加以培养、挑选、鼓励的核心要素。"③ 由于他长期从事与介入网络文学上下游的产

---

① 夏烈：《影响网络文学的四种基本力量》，夏烈：《观念再造与想象力重建》，北京大学出版社2017年版，第27页。
② 夏烈：《影响网络文学的四种基本力量》，夏烈：《观念再造与想象力重建》，北京大学出版社2017年版，第28页。
③ 夏烈：《当下网络文学的综合治理与时代使命——以2014年中国网络文学现场为核心》，夏烈：《观念再造与想象力重建》，北京大学出版社2017年版，第104页。

业工作，策划出版了包括《后宫·甄嬛传》（流潋紫著）、《芈月传》（蒋胜男著）、《我读书少，你可别骗我》（马伯庸著）、《萌妻食神》（紫伊281著）等畅销书的经验，他在一线跟踪批评了2015—2016年的网文IP产业（《综艺报》专栏），以及能对网络文学影视改编（《迈向2.0版本的网络文学与影视业》）、阅文集团高层调整和商业战略（《如何看待商业模式转型中的"阅文风波"》）等经常做出即时的反应评判。

夏烈又将"国家政策"和"文学知识精英"作为新时代以来介入网络文学场域的两个巨大变量。对于国家政策，他一方面说，"任何国家，都通过法律法规、检查制度、资助鼓励等来申明他们的价值立场和传播边界，其主要目的是引导和规约有社会影响力的文学艺术在现有法制与公序良俗间的尺度"。但也提醒，"在执法时需要注意的另一个维度则是如何专业化、内行化，避免'一刀切'造成的网络文学生长性的损伤"。① 这样的辩证思维和知识分子立场，始终是他持守的研究和评论之道，在2015年以来国家部委提倡网络文学"现实题材"写作的问题上，他一方面积极解读、学理分析，但也同样指出"必须正视网络文学的基本特性""精品同样出自非现实题材写作"，并建议警惕"一些披着'现实题材'和'现实主义'外衣的炮制作品、劣质作品……占据所谓'精品'的一席地"的投机行径。② 在2020年的《网络文学"无边的现实主义"论——场域视野下的网络文学现实题材创作20年》中，他进一步厘清了网络文学自身孕育形成的现实主义传统，概括了目前存在于网络文学创作中的三种"现实主义"——社会主义现实主义、民间现实主义、网文现实主义（玄幻现实主义）——从而用发展的"无边的现实主义"概念客观地说明了它们各自的合理性，为网络文学20余年现实写作的内在文脉培土蓄根。

---

① 夏烈：《影响网络文学的四种基本力量》，载夏烈《观念再造与想象力重建》，北京大学出版社2017年版，第29页。

② 夏烈：《网络文学现实转向的迷与悟——从网络文学入选"中国好书"说起》，《文汇报》2019年6月17日。

而夏烈在对产业资本和国家政策等维度所做的研究阐释、建设批评中，正好也透露了他坚持的"场域论"中的第四种力量：知识分子的思想立场。他曾感慨"中国文学界的知识精英的力量在这一领域是偏于薄弱了"①，他对这种薄弱背后的文学史观、权力意识、傲慢与偏见等都做了条分缕析乃至不客气的批评。他在多篇文章、访谈中批评了知识精英和传统文坛的"小圈子、小知识、小格局"问题，认为这是"真正横亘在知识分子和人民大众之间的壁垒"②；他也通过网络文学启示同行，如何哲学性地调整理解时代变化的框架或曰范式（paradigm），恰如大海中航行时的领航员，"船和大海都处于运动中。他必须测定方位、找到方向、定位自己的位置和目的地"（克尔凯郭尔语），并且认为网络文学所带来的文学运动，是健康的，"一定意义上形成新的文学思潮（反叛主流的声音）和文学运动，打破任何一个超稳定结构，重估纯文学和俗文学各自的腐败与益处，是解放和回归文学自身健康的必由之路。文学无运动，就是死亡和专制的滋生之地，是反文学的"③。他还为此寻找了五四的理想主义和人文情怀，以及麦克卢汉的媒介交替的"文明引渡"来鼓舞当代文学知识精英接受并介入网络文学现场，这些无疑都是深刻的，苦口婆心的。学者房伟由此认为，"夏烈对于学院派批评的指责非常尖锐：'学院文学批评接近于烦琐、无趣与自我封闭的知识生产'……批评观念的再造与批评想象力的重建，更有待于青年批评家的意识转变，以及对高校体制束缚的反思。夏烈的网络文艺批评实践，让我们看到了青年学者可贵的勇气与开阔的视野"④。

在夏烈的场域论思想发展中，他又将之引向了另两个核心概念："生态链"和"价值链"。在2018年的《网络文艺的主流化与发展观》

---

① 夏烈：《影响网络文学的四种基本力量》，载夏烈《观念再造与想象力重建》，北京大学出版社2017年版，第28页。
② 夏烈：《访谈（一）："五四"民国的理想主义灵魂在我身上作祟》，载夏烈《观念再造与想象力重建》，北京大学出版社2017年版，第68页。
③ 夏烈：《文学未来学：观念再造与想象力重建》，《南方文坛》2013年第1期。
④ 房伟：《随夏烈察望网络文艺的趋势》，《博览群书》2021年第6期。

一文中，夏烈首次提出了这两个概念，它认为前者就是网络文学场域论的实际形式、作用："所谓生态链是基于其生产链和生态观的一种观念系统的链接，即认为这些力量所代表的社会利益、愿望将在网络文艺这件事上长期并存、博弈合作，在动态平衡中实现网络文艺的大发展大繁荣。"强调生态链，并不是否定网络文艺场域中的问题、弊端，而是强调网络文艺各类型、各层次之间的辩证关系，以及网络文艺和现实社会的辩证关系，需要做总体性思维和综合治理。所以，他同时提出了"价值链"："网络文艺的价值链在于它必须同时满足影响其生成发展所需的五种基本力量的价值指引，在它们的合力场中构建自己的价值体系。"① 换言之，不应消灭场域中的基本力量，以网络文学（网络文艺）繁荣发展的生命力为运动指归，强调动态平衡、互为制衡、协调协同、综合治理，在大环境大背景中适应中国国情，将网络文艺形塑为有世界影响的中国特色社会主义文学的有机组成部分，是生态链和价值链之间的辩证逻辑，也是他场域论目前的基本思想。

第四节　中华性研究

一直以来，通俗化、类型化的文学作品受到大众读者的欢迎。那么，原因何在？夏烈对这个问题进行了思考。"不少通俗文学在民国，在20世纪五六十年代、八九十年代以及新世纪以来的网络文学中不断重现其辉煌的流行度和传播率，是谁在促使它们回到中国现场，又是什么原因让这些被启蒙主义和精英文学批判过、摈弃过、压抑过的东西一次次'还魂'，并生动甚至繁荣地表现中国人喜怒哀乐，成为几代人记忆的呢？"② 夏烈认为一个很重要的原因是这些作品包含的"中华性"特质。"中华性"并不是一个新论题，但夏烈结合网络文学这

---

① 夏烈：《网络文艺的主流化与发展观》，《中国艺术报》2019年1月11日第3版。
② 夏烈：《为什么要提网络文学创作的"中华性"》，《群言》2017年第10期。

一新兴文学现象进行了新的思考。2017年，夏烈在《光明日报》上发表了不足千字的文化评论约稿《是时候提出网络文学的"中华性"了》，一时在学界引起较大反响，网络上大量转载，还有学者用万字长文对其进行了论辩。受限于报刊的性质，夏烈未能在文章中对"中华性"问题展开深入探讨，后来在同侪学友的建议下，他紧接着在《群言》杂志发表《为什么要提网络文学创作的"中华性"》一文，对"中华性"问题做了4000字不到的补充论述，使论题得到相对完整的阐明。

夏烈首先阐释了何谓"中华性"。"中华性"是网络文学在长期持续的创作中自然而然地形成并传达出的精神质地和文化自觉。刘新锁在论辩文章《也谈网络文学的"中华性"》（下文简称"刘文"）中认为夏烈在《是时候提出网络文学的"中华性"了》一文中提及的"中华性"的内涵包括四个方面："中华文化基因""趋势""表达和理解""审美元素"。刘文由此批驳夏烈提出的"中华性""看似有着统一的论说范畴和目标指向，然而细究实则语焉不详让人无从把握"，"实是一个所指支离破碎又飘忽游移的空洞能指"。[①] 刘文的批驳忽视了中华文化的丰富多元即所形成的"中华性"的多元内涵，它体现在政治、经济、文化、审美等社会生活的方方面面。不过，如果仅仅从《光明日报》的千字文来看，刘文的批评并非毫无道理，但刘文显然并未看到夏烈此后的《为什么要提网络文学创作的"中华性"》，更未对夏烈的网络文学思想做整体的了解，因此直接将"中华性"的提法作为"现代性"的对立面，认为这是1994年国内人文学界"中华性"提法的"老话题"，是民族主义和主流意识形态对文化、文学领域的重新征用。姑且不说这种万字对千字的叙述空间上的不对等，实际上从双方的文章来看，视角和立场确实迥异。刘文，是传统知识精英坚持站在"现代性"（以"世界性""人类性"为名，其实也即"西方性"）视角，认为在文化、文学领域提"中华性"就是一种非"开放"

---

① 刘新锁：《也谈网络文学的"中华性"》，《扬子江评论》2017年第5期。

的、以特殊性压抑普遍性的主张。而从夏烈的两篇文章来看，实际上他从来没有把"中华性"与"现代性"对立起来，没有拒绝开放、发展、全球化和普遍价值的论述，他恰恰是站在网络文学与中华文化关系的事实书写、事实存在的基础上，试图反思为什么中国网络文学重写、续写、改写的中华故事依旧能不断具有时代生命力，反映和吸引时代读者。他是在网络文学的长期研究中才对上一个阶段（文学）知识精英思想、观念、方法等提出了全面反思，这也正是他在另一篇重要的文章《态度与方法：略说介入网络文学20年的学术资源》中论及的："但今天面对网络文学，我觉得另一个话题同样有意思甚至更易于突显，那就是百余年来始终不曾断绝的'颇合旧制'即与中国古典小说更多继承性、又雅俗共赏而与大众更亲和的'通俗文学—网络文学'脉络，是否在事实上说明着骨血基因中的'中华性'记忆。这构成了'五四'以来文学话语主流的'西顾'和民众集体无意识的'东藏'间巨大的张力效应，也多少构成了知识精英和普罗大众的取向、兴趣、价值观和文化治理方案的不同。当然，这样的问题对彼此都是潜在的，流动的。可当今天网络文学和网络作家若自觉向'中华'核心聚拢的时候，映射着什么，趋势会如何，我们应怎样应对或引导？"①——换言之，夏烈恰恰是站在现代知识分子的立场，指出了在中国实际中容易被传统知识精英叙事所遮蔽的不真实、讳莫如深的一面，指出知识精英貌似先进开放的观念中可能蕴藏着对民众意识的压抑、对史实的虚构以及态度方法的乖谬和失效，所以他提倡正视网络文学的"中华性"问题。

夏烈认为："'中华性'不是简单的中国传统文化或者中国古典文化，而是包含了多个中国历史时期的大传统和小传统、古老基因和现代基因；它是中华已经完成和正在发生的文化遗传密码序列的当代体现、当代见证和当代融合。"②综观夏烈的相关文章，其笔下的"中华

---

① 夏烈：《态度与方法：略说介入网络文学20年的学术资源》，《中国图书评论》2018年第10期。

② 夏烈：《为什么要提网络文学创作的"中华性"》，《群言》2017年第10期。

性"实际指向中华优秀文化的品格与基因,反映中国人对真善美的价值追求和对"世界性""人类性"的拥抱与贡献。因此,诸如过往传统文化中的"黑道文化"(江湖文化、流氓文化)和风水文化(相术、堪舆术等),他主张列入"中华性"的黑名单,在价值上认为是"转了坏的"和"转坏了的"部分。①

虽然中国网络文学天然地蕴含"中华性"基因,但此基因并非必然会转变为现实存在、自觉意识。早期的网络文学在其娱乐("爽文")诉求的表达中,有基因但并未体现出多少"中华性"。当网络文学逐渐转向传达生活参照、精神动力、价值关怀和家国情怀、再造中华价值系统、确立国家民族认同的趋势时,才逐渐彰显出"中华性"。这也是夏烈认为"经过近20年的发展"才是时候提出网络文学"中华性"的原因,即"中华性"养成的过程和自觉的节点。刘文持相反观点,认为我们大可不必要等到"经过近20年的发展",才"到了可以提出其'中华性'的时候了"。②刘文提出此种观点与对网络文学缺乏总体认识、以对点的认识代替对面的认知有关。网络文学早期确实出现过一批具有"中华性"特质的作品,但在庞大的网络文学体量中,这些作品显得微不足道。近年来,随着越来越多具有"中华性"特质作品的出现,网络文学的"中华性"才得以发扬光大。另一个"是时候"提出网络文学"中华性"的原因在于,随着网络文学在中华文化海外传播中占据越来越重要的分量,才有必要通过对"中华性"概念的提倡来加强网络文学创作中的"中华性"特质书写。在全球化语境中,网络小说代表的是中国故事、传播的是中国声音,其蕴含的"中华性"特质有助于在全球范围内传播中华文化、建立中国人的身份标识、展示中国人的形象,乃至于助力实现全球华人的中华身份认同。夏烈如是说:"当中国人越是全球化生存,越能感受到中国综合国力增强所带来的中华崛起时,这种中国故事的讲述习惯就被赋

---

① 参见夏烈《为什么要提网络文学创作的"中华性"》,《群言》2017年第10期。
② 刘新锁:《也谈网络文学的"中华性"》,《扬子江评论》2017年第5期。

予了'在世界如何建立中国人自己的身份'这样一种坐标思维,如此,网络文学的中国故事讲述方式便与我们在世界中建立中华主体身份坐标完完全全地联系在一起,这也是网络文学海外传播获得一定成功并充满自信的原因。"①

网络文学蕴含的"中华性"特质受到语言表达功能与小说叙事艺术特点的影响。夏烈分析了网络文学"中华性"的几个表现方面。其一,武功和侠义。"武功和侠义之所以被看作是中华文化和人文精神表达的一种有价值的媒介,其原因是它曾经提炼和凝聚了中华性——中国人想象力和生命镜像,将力与善与美有效结合,构筑了中国人清新刚健的面向。"② 其二,诗词歌赋、典章名物等中华审美元素。他指出:"大量的古代神话、诗词歌赋、诸子百家、典章名物、闲情雅玩等中华审美元素借由网络小说这个载体被'另类唤醒',和《中国诗词大会》《见字如面》等文化综艺节目一道,增强了国民的文化认知,凝聚着海内外华人的文化意识。"③ 其三,重述中华史的小说叙事。"很多网络名家名作越来越倾向于中华史的叙述——你可以说这是中国古已有之的强大的史传传统和历史演义的文脉所致——这本身就是一种'中华性',即21世纪的网络小说作者仍然自动地绍继这样的传统和文脉,并擅长在此领域作为。……中华史的小说叙事道路就是一种'中华性'的基因表达。"④ 其四,爱国主义思想的网络叙事。"军事类网络小说始终以另一方式强化着'中华性'表达,这一表达借助电影《战狼》的主题'犯我中华者,虽远必诛'得到清晰的标举。"⑤

网络文学不仅表现出丰富的"中华性"意蕴,还参与构建当下与未来的"中华性"。换言之,"中华性"呈现出动态变化的属性,过去的"中华性"由既去的社会文化生活的方方面面构成,当下与未来的

---

① 夏烈:《为什么要提网络文学创作的"中华性"》,《群言》2017年第10期。
② 夏烈:《网络武侠小说十八年》,《浙江学刊》2017年第6期。
③ 夏烈:《是时候提出网络文学的"中华性"了》,《光明日报》2017年9月21日第2版。
④ 夏烈:《为什么要提网络文学创作的"中华性"》,《群言》2017年第10期。
⑤ 夏烈:《为什么要提网络文学创作的"中华性"》,《群言》2017年第10期。

"中华性"则建基于当下与未来的社会文化生活的方方面面。当下与未来的"中华性",既是发展中的"中华性",又是开放的"中华性",一切优秀的、产生了巨大影响的文化元素都可参与建构。网络文学作品充分反映了当下社会年轻人的情感、意志、愿望,生动表现了网络时代新涌现的社会文化元素,读者规模庞大,影响力巨大,实质上参与构建了新的正在生成中的"中华性"。如众多"70后"至"90后"作者,他们丰富、发展了中华史的重述与演绎。①

"中华性"固然是民族的,但又属于世界。只有是民族的,才能是世界的。因此,"中华性"不仅要有民族意识,还要具有世界意识。如《三体》建构的"中华性"包含了"世界性"与"人类性"意识,即"人类生命共同体"意识,王德威说:"他问的问题是,超越了简单的现世的对中国的关怀之外,作为一个中国人,我们是不是能够对中国的更广义的文明,甚至对世界的文明对宇宙的文明做出我们的回应。"② 简言之,具有世界意识的"中华性"是开放的,它可以而且应该吸纳人类文明的优秀成果,消化吸收后,通过文学艺术等形式表现出来,进而反哺世界。

经过二十余年的发展,网络文学的创作与阅读显现出巨大的影响力。其影响早已经溢出中国,辐射海外。在中华文化的海外传播中,网络文学扮演着重要角色。可以说,网络文学已成为"越来越强烈地反映着全球化语境下中华主体性确立的敏感区"③。因此,夏烈在2017年提出网络文学"中华性"的命题,其合理基石在于对现实情形的正确判断,即网络文学经过长期发展所表现出的巨大影响力,对实现全球华人的身份认同与形塑当下的中华文化所产生的重要作用。也正因此,"中华性"提升了网络文学的价值。不过,"中华性"只是评价网络文学价值的一个维度,而非唯一维度。网络文学正处于生成变化中,相应的,其评价标准也具有开放多元的特点。总的来说,夏烈提出网络文学的

---

① 夏烈:《为什么要提网络文学创作的"中华性"》,《群言》2017年第10期。
② 王德威:《乌托邦,恶托邦,异托邦——从鲁迅到刘慈欣》,《文艺报》2011年6月3日、6月22日、7月11日。
③ 夏烈:《是时候提出网络文学的"中华性"了》,《光明日报》2017年9月21日第2版。

"中华性"命题,不仅仅是对过往事实做出价值判断,更是希冀通过对历史的回顾总结,提出对未来的期许。"期望正在发展变化中的网络文学创作能够熔铸更高的价值观照,在未来影响中国文学的凤凰涅槃。"①

第五节 文学未来学与总体性

波兰小说家斯坦尼斯劳·莱姆1971年的科幻小说《未来学大会》(*The Futurological Congress*)以黑色幽默的方式和反乌托邦主义的视角,探讨了现实与人类未来可能呈现的虚拟场景。如果说《未来学大会》是莱姆对所生时代波兰乃至全球呈现的社会现象、现实问题的反思、反叛基础上对人类未来的想象,那么源于对中国新时期文学发展以来形成的文学体制和权力关系的"不满足",夏烈提出的"文学要有一种未来学,便于她勘破对于现在的迷信"②同样饱含了对中国文学反思观照和未来想象的意图。

回溯和梳理夏烈和文学、文学界的关系及其对"新世纪文学"诞生以来的新现象、新问题的讨论,可以发现"文学未来学"是其不可回避的学术思想。为打破传统文学权威定式,夏烈2013年在南方文坛发表的《文学未来学:观念再造与想象力重建》,讨论了文学未来学的产生基础及建构路径,即观念再造与想象力的重建。他认为"必须常态化地重新平衡文化与文学生态的结构性,一定意义上形成新的文学思潮和文学运动,打破任何一个超稳定结构,重估文学和俗文学各自的腐败与益处,是解放和回归文学自身健康的必由之路"③。对于这种"文学思潮"和"文学运动",不管是白烨提出"以文学期刊为主导的传统纯文学,以商业出版为依托的大众文学,以网络媒介为平台的新媒体文学"的"当下文坛的三分天下说"或者对陈思和提出的"先锋宣言的期待",夏烈认为都是暂时性的,乃至借助旧观念、诠释新问题的

---

① 夏烈:《为什么要提网络文学创作的"中华性"》,《群言》2017年第10期。
② 夏烈:《文学未来学:观念再造与想象力重建》,《南方文坛》2013年第1期。
③ 夏烈:《文学未来学:观念再造与想象力重建》,《南方文坛》2013年第1期。

思路，更为前瞻的应是建立一种与现实相参照与发明的"文学未来学"。

文学需要关注人类的想象和体验，关心科学与生活提供的想象与感受，从古代神话到清代诗文小说，再到当代文学，可以发现想象力的消减之势，但反观构建想象力的中国当代文学资源，夏烈认为还存在四个方面的先天不足，即：（一）与传统文化的疏离；（二）现代白话文学语言的未臻完善；（三）传统文坛对科学、物理学等关注的匮乏；（四）狭隘的文学观念和文学序列。这些短板都加深了中国当代文学想象力的匮乏和无力。"文学未来学"在此背景下被提出，同时也为中国当代文学的发展指出了方向。

"未来学"作为一门新兴的学科自20世纪70年代后期被引入中国，其较早进入中国文学研究领域被作为系列名在1986年提出[1]，1989年由中国未来研究会发起、主办的"《西游记》超前未来观学术研讨会"从未来学角度论定了《西游记》的超前未来意义，指出其不仅是一部经典神话小说，也是一部科幻式的未来学著作。随后有杨俊从"西游学"的兴起对未来学在中国古典文学领域内的运用展开的研究[2]。除此之外，文学界有关"未来学"的大讨论并未形成。

夏烈的贡献是把"未来学"引入了当代文学的研究范畴，从总体上阐述了"文学未来学"的目的、特征及架构。他认为"文学未来学"首要的目的应是"在社会转型和文化裂变的阶段比较精准地指出文学理应关注的生命视野，刷新创作者旧的观念认知，重新发现人与广阔世界的关系，激发创造力、想象力和批判力，并重估文学经典的秩序"。在这里需要注意的是，文学未来学不同于其他未来学之处是其侧重点是"增进文学叙述的生命涵量和包容力"。[3] 夏烈认为从文学未来学着眼，人与宇宙、人与自然、人与社会、人与人、人与自我这

---

[1] 李洁非、张陵：《现实主义概念（新时期文学思想未来学思考之三）》，《文学自由谈》1986年第2期。

[2] 杨俊：《"西游学"的兴起——未来学在中国古典文学领域内的运用》，《云南社会科学》1991年第2期。

[3] 夏烈：《文学未来学：观念再造与想象力重建》，《南方文坛》2013年第1期。

五大关系是思考文学本身的最基础"木桩"。西方文学在过去两百多年中在人与社会、人与人、人与自我三个维度上已有较多表达，但由于中国特殊的历史境遇，在传统的三个维度上仍有相当的空缺，在人与宇宙和人与自然的关系维度的现代表达欠缺更甚。因此，在文学未来学中，必须看重人与宇宙、人与自然这两个维度的位置，类型文学中的科幻文学、奇幻文学、生态文学也应进入主流文学视野。未来的文学创作要关怀更高级的维度，探索新的生命特征和人类的关系，关注身体、灵魂、语言（文字和声音）三者在科学与神话中的表现力和表达力，成为一种经过观念再造和富有文化想象力的"文学未来学"。

夏烈在21世纪针对"文学未来学"展开的研究，有关文学发展趋势和方向的探讨无疑拓展了新时期文学发展的空间，相应的也会引发文学创作上的变化，有助于传统文学走出封闭空间，打破壁垒、扩大关注领域，丰富对科幻、奇幻等类型文学的书写和观照。

此外，进一步沿着"文学未来学"梳理，这一前沿整体性观点生成的深层原因可以让我们联想到其有关"总体性"的论述。夏烈认为"世界变化了，就不能用上一个历史阶段所形成的固定标准来衡量，而是要回到总体性上。""总体性概念不是把一切形态看成孤立的、个别的存在，而是将之视为相互中介、纠缠交错的存在。"[1] 现代西方哲学中的马克思主义派以及结构主义派都十分重视事物的总体性。"总体性认识论对于我们分析和认识事物以及自身都具有非常重要的指导，是我们最终通往总体性真理的必由之路。"[2] 总体性是指导其观察、解读、梳理、归纳、提炼问题的方法之一，提出"理解一个新生事物，就要回到总体性上来"[3] 的观点则具有前瞻性和创新性。

如用总体性方法论来分析网络文学的出现、发展、普及这一现象，即是把网络文学放在世界文艺、全球文化格局，人类发展及其存在的可见的与不可见的关系之间的相互影响中，从而帮助我们正视网络文

---

[1] 夏烈：《中国网络文艺的常识与趋势》，浙江工商大学出版社2020年版，第77页。
[2] 马宾：《詹姆逊的总体性观念与文化批评阐释》，苏州大学出版社2016年版，第36页。
[3] 夏烈：《中国网络文艺的常识与趋势》，浙江工商大学出版社2020年版，第75页。

学的存在。回顾中国文学的发展历程，网络文学之于21世纪的主流文学正如百年前的新文学白话文运动之于古典文学而后的经典化，两者都在一定程度上颠覆了旧的表达形式，吸纳了新的作者和读者群体。这一观察视角有助于减轻、转化、消解传统的文学观、文学工作者、接受者对网络文学的轻视、偏见、拒绝，从而为网络文学的身份正名。

他有一些代表性文章都体现了这种总体性思维。比如《网络文学时代的类型文学》，在讲网络文学与类型文学之前先从总体性原则出发，认为"互联网及其虚拟世界尤其是分泌出的文化（文学艺术）黏性，是人类思想和智能发展到崭新阶段的'造物'"，他从人类"造物"的哲学社会学意义为今天的网络文学作了"生命树"式的梳理。他把互联网之前人类的造物运动讲述为：一次是器物层面的生产工具和生活工具，其最终的形态是物化了我们的生活，形成了城市和社会；另一次则是写作。"而目前的互联网及其虚拟世界是第三次模仿（指对造物主式的创世与造物的理解的模仿，本章笔者注）——某个方向上进化了的造物方式，它再次召唤着人性的踪迹、两性的踪迹、身心的踪迹填充并且发展出人类的创造之域。"[1] 他把这样的梳理叫作"重回总体性"："我有时候在想，无论时代的思潮和文学的潮流在如何变化……要回到哲学的总体性上去思考人和文学的发生与存在，这样很多新质、异质都可以被良好的理解。"[2] 可以看出，他对时代的网络文学的把握是在哲学和历史的总体性理解基础上的，而这种为网络文学而作的总体性梳理与其为文学而作的"未来学"建设，在思想和方法上是一致的。换言之，是从总体而至未来的，但触发点则是当下的场域。

而承担了他场域论雏形的、发表在《人民日报》上的《影响网络文学的力量》所提出的受众（读者）、产业资本、国家政策、知识精英的合力矩阵，其实也是在"总体性"指导下的思想成果，依托这种创新性、整体性思维和方法，夏烈建构了影响网络文学的来自消费端、

---

[1] 夏烈：《网络文学时代的类型文学》，杭州出版社2019年版，第180页。
[2] 夏烈：《访谈：回到"总体性"，重理文化根》，杭州出版社2019年版，第208页。

供给端、治理端、评价端的四种力量的场域。夏烈从哲学性的总体观出发，又为网络文学构建了一种可分析的总体理论，认为只有上述四种力量的动态交互及合理介入，中国网络文学的环境才会全面刷新，最终捋顺其在中国文化发展布局上的意义和价值。

夏烈提出的"文学未来学"、"总体性"方法论及所构建的"力量场域"，对于我们更加清晰、更为整体全面地剖析网络文学的当下发展并研判未来具有重要指导意义。

第六节　网络文学研究的学术归根

网络文学的出现改变了文学的承载、传播媒介和存在方式，消解了传统文学中作者高于常人的关系假定，加深了作者与读者的平等性，"摒弃以作协为代表的现存文学体制，试图建立起一种属于自己的全新文学法统"[①]。其自身的反叛性和对传统文学的颠覆等多方面的原因，使得世纪之初的文坛并不接纳其进入"文学内部"，所采取的是简单排拒的态度，拒网络文学于"文学"门槛之外。夏烈意识到做网络文学有遭受边缘化的危险，故而开始寻找并率先在学术界提出了网络文学的学术（学科）归根问题，通过对标近现代通俗文学、类型文学来引证网络文学的历史位置和当然性，并扩大观看视野，从学术角度找到了传统学术资源的支撑和研究谱系。

2018年，一般所说的网络文学20年。夏烈在《中国图书评论》上发表《态度与方法：略说介入网络文学20年的学术资源》。他认为，网络文学在现当代文学学科内部的归根是必要的，这对于反哺学科也具有重要意义。一方面，现当代文学为网络文学的研究提供了基础方法，另一方面网络文学的学术资源也为充实和批评现当代文学提供了新的生长点和契机。

[①] 张业松：《关于二十世纪九十年代文学的文学史意义》，《复旦学报》（社会科学版）2002年第2期。

夏烈探究了网络文学研究与批评者的架构，提出参与到网络文学研究和批评的文学知识分子主要来自中文学科内的两大方面：文艺学（文艺理论）和现当代文学。网络文学诞生之初至今，以欧阳友权、黄鸣奋、陈定家、许苗苗、单小曦、黎杨全等为代表的文艺学新老学者呈现出良好的理论敏感性和创意力；而白烨、邵燕君、夏烈、马季、王祥、黄发有、周志雄、庄庸、何平、肖惊鸿、黄平、桫椤等，大多都是从纯文学研究和批评的队伍过渡到网络文学，或兼治纯文学和网络文学二者。这两大学科的研究和批评者夯实了网络文学研究的基础，增强了网络文学研究的权威性及网络文学文本的影响力。

但夏烈之所以思考"网络文学的学术归根"这一问题，是觉得不应仅仅从现有网络文学研究评论单造一个新传统就了事了，而是要试图同新时期乃至新文学以来的中国文学学科建设的大传统做一个对话、接榫，力求贯通其中的思想史细节。这样，他就回到了由范伯群、王德威、陈平原等从近现代的通俗小说、类型小说中看到的中国文学现代性的"多重可能"。已故范伯群教授的有关中国文学现代性发源的学术观点，经由近现代通俗文学研究和史述成果找到了网络文学的萌芽及存在逻辑，成为中国现当代文学学科中难得而重要的一种学术资源、学术思想。王德威则在晚清通俗小说的问题上提出过"没有晚清，何来五四"的观点，事实上论例了晚清文学现场的中国实践的丰富性和以通俗的、类型的样式出现的晚清小说的思想史功能、价值。陈平原则以晚清小说、武侠小说的研究开拓了严肃的学术研究和了解之同情相结合的范式，对今天做网络文学类型学和国家民族志研究多有参照。夏烈敏锐地意识到，这些学术资源与今天网络文学学术正当性的关系，他说："晚清以降的近现代通俗小说及其现代性、大众性、市场化，即被新文学作家'扫出文艺界以外'的巨大创作存在，与今天的网络文学、类型文学的情况、遭际非常相似。"[①] 并因此对范先生

[①] 夏烈：《态度与方法：略说介入网络文学20年的学术资源》，《中国图书评论》2018年第10期。

提出的中国现代文学史观应该是"知识精英文学与大众通俗文学双翼展翅翱翔"的"两个翅膀论",充满钦敬,他说"最终感受到范先生在现当代史述共同体中要提通俗文学的地位和'两个翅膀论'的不易与苦心"。认为这是顺着"五四"和"20世纪80年代"的"两新"(新文学和新时期文学)之定论径直讲现当代文学的正宗和经典,所无法体味的一种情感。"这种情感下,你能感受到忤逆和真相、严苛和同情、精英和大众、启蒙和趣味、西化和中华之间一对对、一层层的秘密在撕扯。"①

夏烈指出,只有将古今市民文学置诸中华传统文脉整体结构,并且确证晚清近代通俗文学作者是中国文学现代性一份子和先行者的史家、学者,才会通达而精准地定位20年来的网络文学创作潮及其某个意义上具有"文艺复兴"式的价值。这里可以引用陈思和在20世纪末的论述,"这是一个没有中介的集体性的精神运动过程,即使在20世纪行将结束的今天,文学的历程仍将一如既往地跨国世纪之门,向新的未来深入推进下去"②。网络文学何尝不是向新的未来深入推进的实践,伴随网络文学的发展壮大,其必定要走出相对封闭的空间,扩大书写范围。

除此之外,夏烈认为网络文学研究因其现代性、多元性、综合性也吸引了来自艺术学、传播学、社会学研究者的关注,而不同学科的介入也为网络文学的研究提供了更多国际化的学术资源。如马歇尔·麦克卢汉的媒介理论、亨利·詹金斯的粉丝理论、皮埃尔·布尔迪厄的场域理论、安东尼奥·葛兰西领导权理论等。上述理论学说为中文学者从大众文化、文化产业等角度研究网络文学打开了通路。

在他讨论网络文学研究学术(学科)归根的注意力中,能看出他比较明显的现当代文学专业背景的本位。也因此,他能精确地说出一种现当代学科人士的心理隐秘:"在新时期(20世纪80年代)以来经

---

① 夏烈:《网络文学的新传统与未来性》,杭州出版社2019年版,第41页。
② 陈思和主编:《中国当代文学史教程》(第2版),复旦大学出版社2006年版,第2页。

过一二代文学特别是现当代文学学者的辛苦经营，先后厘清了文学与政治、与经济、与建国后、与西方、与文坛代际关系等具体问题，形成其文本细读下的结构与秩序之时，忽然间一个'当代文学'史述的共同体可能因为巨大的异质内容、异质经验，瞬间面临'重写'乃至解释权的更迭，这自然是愈加艰窘的处境。所以，对于网络文学的不喜欢转化成对于网络文学研究者、同情者的不喜欢，边缘化或者压抑化，某种意义上也成了圈内心照不宣的普遍态度。"这样直率的议论包孕着丰富的意涵和相当的批判力，可能将会是一幅历史的重要写真。有意思的是，夏烈并没有将自己从现当代文学的写真中择出去，而是说自己"在中文学科内部盘桓费心那么多，实际上折射了我所处的'中间物'或者过渡者的状态"。他把轻装上阵的角色寄予了更年轻一代的学人。

那么，他做学术归根式的处理目的仅仅是回到范伯群、王德威们的学统，续上网络文学的学科脉络吗？他在《网络文学，中文传统和学科挑战》一文的结尾写了这么一段："并不止简单的将网络文学沿着通俗小说研究的路力求进入当代文学史的一支，而是在人类社会和文化发展的模式中重新认识今天它所呈现的中华性和全球化基因，拷问近代以来中国人面对世界和传统的因应，全面认识和重估网络文学在'中国文学'四字中的因缘、作用，说清楚何以'中国'的文学进路，以及何以'文学'的中国价值（范式）。这些，都是20年中国网络文学带来的全新视野和命题，也是我们实现乃至超越范伯群先生们理想志业的感恩回馈。"[①] 如果说"五四"先贤用的是"打倒"和历史化的办法另立新文学的篇章，夏烈的意思可能是借网络文学全面重估中国整个文学基因的活性，及其与世界文学的融合情况来重新界定何为"中国文学"的史述与经典谱系。

无论这样的思考是否有付诸实施的可能，至少夏烈在指认范伯群是为被现代文学史述压抑的通俗文学的孜孜工作的"辩护律师"的同

[①] 夏烈：《网络文学的新传统与未来性》，杭州出版社2019年版，第43页。

时，也完成着他为网络文学孜孜工作的"辩护律师"的形象。

第七节 新媒介批评论

夏烈文艺实践的第一身份实际上是评论家，这就意味着他的思考必然会涉及新媒体时代的文艺批评。他 2017 年发表在《文艺评论》上的《媒介裂变下的文艺批评生态和批评者重构》着重反映了他这方面的观点。这不是一篇直接谈网络文学批评的文章，而是以批评现场和批评伦理的变迁等思想境况为背景，说明了新旧媒介交界过渡之间，文学批评界思想和方法上的问题、衰变及其出路。这中间自然包括以网络文学为代表的新世纪网络文艺批评该怎么办。

以 20 世纪 90 年代为界限，夏烈将 30 余年的文艺批评划分为"前互联网时期末叶"与"文艺批评新景观"两个时期。

就第一个时期言，夏烈认为，"与这些网络环境相伴而来的网络文艺批评也可以从 1996 年讲起，它们在新世纪（2000 年后）逐渐生长、繁茂、泛滥；那么，20 世纪 90 年代恰好成为传统文艺批评的末叶"。[①] 之所以将其称作"末叶"，也是由于传统文学批评自身长期以来的重重弊病。从当时文艺批评与社会关系来看，20 世纪 90 年代的改革开放向市场经济深化这一选择，事实上成了紧张关系的决定性因素。"商业化、大众传媒的勃发、功利主义与实用主义、作家与批评家在名利上的不平衡，乃至读者对于批评文体、文风的龃龉嫌弃（一种市场化后供需关系与服务购买的意识转变），都与中国的社会主义市场经济有关。"[②] 整个社会的消费主义转向引发的文化领域的通俗化、利益化、消解中心、大众化，与此前文艺领域精英化、艺术化、中心化、崇高化间发生矛盾，该如何协调解决这些矛盾就成为摆在知识分子面前的难题，亦成为批评家们需要慎重调整、重构、安置

[①] 夏烈：《媒介裂变下的文艺批评生态和批评者重构》，《文艺评论》2017 年第 6 期。
[②] 夏烈：《媒介裂变下的文艺批评生态和批评者重构》，《文艺评论》2017 年第 6 期。

的事情。

另外，80年代末经历的思想与社会风波造成了90年代特定的时代、文化环境，使文化界整体呈现出"退回书斋"倾向，这一倾向进一步扎紧了高校学科思维下的学术规范与评价体系。整体的文化风向的"收紧"一定程度上为文艺批评树了风向标，有意无意地左右了文艺批评家的态度，一定程度上也在破坏了文艺批评（包括批评家个性、出身、文体、文风）的多样性，呈现出量化、齐一的特征。并且，在"思想淡出，学术凸显"的语境里，文艺批评从"急先锋"沦为二等公民，论文占领上风，批评家学者化、学院化、教授化成为大势所趋，作协派批评家日益减少，因此，文艺批评越来越缺乏创新、活力、思想先锋性，甚至愈加千人一面。夏烈评论道："这一转折是否寓意着'前互联网时期末叶'的学院精英与如火如荼到来的大众文化浪潮的割裂和决裂？"他认为，"至少在文艺批评的写作和阅读感受上言，就是这样"①。

就第二个时期而言，"媒介赋权"使互联网时代的中国进入全新的社会结构、社会关系和社会文化之中。新的景观溢出了过去批评者们的经验。首先，过去的批评者们缺乏对"媒介"力量的充分信任、理解和评价。其次，如何接受突如其来的从"书本的文化"向"全民书写文化"的转型，在观看、写作、编辑、转发、评论、点赞、打赏等一系列动作中由网民创作和全民互动所诞生的互联网文艺作品就来到了。如何准确评价这一时代、这一媒介、这一批受众阅读审美偏好下孕育的新类型的文艺作品？网络小说、网剧、微电影、网游、直播、订阅号，种种不断更迭刷新的文本类型对传统的文艺批评家来说意味着什么？

新媒介催生了新的批评阵地。一是以博客、微博、豆瓣书影音为代表的批评阵营。无门槛的、草根平民的、社交型的批评话语如雨后春笋般释放、生长于这类批评空间，其中不乏鲜活的、具有创造力的、

---

① 夏烈：《媒介裂变下的文艺批评生态和批评者重构》，《文艺评论》2017年第6期。

个性化的批评话语。"在某些方面,由于鲜活、自由、知识背景不同等原因,那些批评文字或长或短,都能让拥有专业背景的职业批评家们感觉惊喜和羡慕。"二是成规模的互联网文艺批评平台源自腾讯的微信业务即公众订阅号。微信公众号的出现为原本由微博占领高地的批评阵营注入了新的力量。夏烈认为,"如果说微博时期的文艺批评很难成为大众在互联网文化上的焦点,那么,微信的公众订阅号却给予了文艺批评以合适的平台、节奏、传播力"。重要的一点是,微信公众订阅号的异军突起为传统文艺批评平台/机构/学者提供了新的契机。比如《人民日报》《光明日报》《文汇报》《文艺报》等党媒的文艺评论都有各自的订阅号平台,而《北青报》《文学报》等的文艺批评订阅号还形成了自己的特色。另外,学术杂志如《文学评论》《文艺研究》《读书》等也纷纷开始在订阅号上做批评传播。此外,小众批评的订阅号也迅速崛起,出现了一批有影响力的针对文学、影视、音乐、戏剧、美术、书法、舞蹈、设计、动漫、游戏等文艺体裁的批评类订阅号。因此,他给出了公众订阅号时期的互联网文艺批评中两个重要的启示:一,传统文艺批评开始其移动互联网化的进程,并且取得了良好的成绩,与其他网民构成的或专业、或大众的订阅号同台并行,显现了媒介赋权由裂变向融合的方向过渡的特征,并正在形成某种批评生态矩阵。二,从各行各业涌现的非学院体制或体制化生存的批评家,正在媒介赋权的过程中确立自己的坐标点,修正文艺评价的坐标系。

  他因此提出新媒体时代文艺批评家的要素。一是认识论问题,对互联网必须进行哲学性省视。"秉承马克思主义哲学,我们把人类社会叫做'第二自然'的时候,我确实在想象互联网所承担的内嵌的世界是不是一种'第三自然'。"[①]

  二是面对网络文艺,要解决入乎其内的"粉丝""内行"问题。一方面,随着网生代文艺批评者的出现,互联网处境包括ACG(动漫

[①] 夏烈:《媒介裂变下的文艺批评生态和批评者重构》,《文艺评论》2017年第6期。

游)代表的"二次元"文化对他们都不陌生,真正的互联网文艺批评家将成功诞生在网生代人群;另一方面,稍长的批评者以及有志于成为具有深度的引领性的批评者,可以亨利·詹金斯所说"粉丝批评家"①的定义训练自己。夏烈认为粉丝批评家是流行文化领域内真正的专家,类似这样一种批评的"沉浸"是网络性对批评者提出的内在吁求。

三是批评的文体和文风问题。他以批评家毛尖为例,认为要更新我们的批评文体文风,"用写作的方式从事批评",提出"野生批评"的期待。

四是批评家的自我批评意识。他引用何平的话说道:"事实上,绝大多数文学批评从业者也只满足于自说自话,文学批评的阐释和自我生长能力越来越萎缩。……在大众传媒如此发达的今天,文学批评并没有去开创辽阔的演说公共空间。相反,文学批评示微的一个直接后果就是,文学批评越来越甘心龟缩于学院的一亩三分小地,以至于当下中国整个文学批评越来越接近于烦琐、无趣、自我封闭的知识生产。因此,现代该到了文学批评自我批评、质疑自身存在意义的时候了……文学批评从业者必须意识到的是在当下中国生活并且进行文学批评实践……只有通过广泛的文学批评活动才有可能重新确立自己在世界中的位置,建立起文学批评的公信力,同时重新塑造文学批评自己的形象。"②

夏烈的新媒介批评论,让我们看到一个批评家的思想力和调适力,其中包含着历史责任感和强烈的当下意识、未来意识。他说,"修辞立其诚……媒介赋权的契机在我看来,正在于重建文艺批评的'信用'"。在他的思想行动中,时代批评家和时代文艺之间确实又恢复了一种热烈的理想主义的信任和信条关系。有论者由此评价道:"数往知来,文艺遭遇地壳运动,碰撞、扭曲、重构而生长出网络文艺,经

---

① [美]亨利·詹金斯:《文本盗猎者:电视粉丝与参与式文化》,郑熙青译,北京大学出版社 2016 年版,第 86 页。

② 何平:《批评的自我批评》,《南方文坛》2010 年第 1 期。

过20余年的演变它从草根成为新时代文艺的主流之一。这既要归功于技术的发展、网络文艺的生产者、消费者,也需要关注像夏烈这样因理解、热爱、出于本自具足的责任感为网络文艺奔走的人。瓦茨拉夫·哈维尔认为,一个知识分子的一生概括地说都致力于思索这个世界事物和事物更广泛的背景,他们的主要职责是研究、阅读、教授、写作、出版、向公众发表演说,致使他们更能接受较为普遍的问题。夏烈就是哈维尔笔下的那个履行知识分子职责,持续托举网络文艺向上生长、向上传播的人。"①

---

① 秦东旭:《数往知来:文艺的地壳运动与赛博重构——读夏烈〈中国网络文艺的常识与趋势〉》,待刊稿。

第九章　许苗苗：网络文学研究的同步者

新媒介的兴起，为文学带来了媒介转型的问题。需要从"转型"的维度上，探讨从印刷文化到数字文化这一历史更替过程中文学出现的新现象、面临的新课题，并在此基础上思考相应策略，给文学在网络时代的发展提出某些建设性的意见。具体而言，就是强调在研究中渗透前后时期的比较意识，注重考察文学在新的文化语境中遭遇了哪些传统时代未曾遭遇的困境、危机，获得了哪些传统时代未能获得的机遇；考察文学写作者从先前孤独的阅读状态，从暗哑的、无声的时代，到喧哗着群聚于赛博空间这一历史变迁过程中呈现的种种征候与新生现象，并在此基础上给以理论上的甄别、分析与建议。许苗苗的研究即侧重从媒介转型的角度来揭示网络文学的深层变化。

在许苗苗看来，之所以强调批评的"转型"，是试图表明数字文化给文学带来的冲击与改变不是无关痛痒、可有可无的，而是剧烈的，震荡的。有些研究者否认数字媒介对文学的重大影响，认为数字媒介在本质上只是一种工具，只要人这个物种没有根本性的改变，人文学术、文学批评所依赖的基础也不会有大的变化。显然，这种观念对"人"的理解仍是笛卡儿意义上稳定的、明晰的、一成不变的理性主体，主体与工具是掌控与被掌控的关系。然而按照麦克卢汉"媒介即信息"的逻辑，在与数字媒介的交往、使用关系中，文学从业者的精神结构、思维取向与发言方式必然会深深打上数字媒介的烙印。

许苗苗强调数字媒介给文学带来了根本性的影响，但并不意味着这就是技术决定论。历史唯物主义在评价工具、技术在社会发展中的作用时，始终把它同其他社会因素，同生产关系联系起来理解。换句话说，许苗苗在考察数字媒介对文学产生的影响时，总是考虑到中介因素，将其与复杂的社会语境、政治经济条件与文化状况联系起来研究。

"转型"这一概念似乎隐含了"断裂"、"新生"与"更替"等含义，它似乎是指"历史过程中的转化和质变"，是一个"伟大过渡"，是社会发展过程中的"渐进性中断"，是"实践本体"有意识地"推进历史的一种创造性活动"，是对原有的平衡状态进行"质向突破"的"理性转换"。在许苗苗看来，转型的确包含着"断裂""质变"等含义，但并不意味着它就是一种进化论式的递进式演变，真正需要警惕的恰恰是这种乐观主义信念，它可能隐含着抛弃历史，指向未来，把新生的文学现象全盘合理化、合法化等预设判断，而数字媒介的兴起所带来的文学批评的新变正处于21世纪以来的时间段，这就更容易萌发急于总结历史、开辟未来，并刻意强调两个时期之间"断裂"意义的"新世纪"情结与乌托邦冲动，但这未必就符合历史事实。换句话说，这种"转型"可能带来了积极的方面，但也可能孕育着消极因素。在许苗苗看来，数字媒介既造成了文学的祛魅、繁荣与增长，也让它潜伏着某些危机与问题，我们必须以审慎、理性、辩证的态度来看待这些新生的文学现象。

第一节　与中国网络文学同步的学术之路

许苗苗是网络文学研究领域内较为年轻的学者，但她介入这一领域的时间却并不短，迄今已有二十年历史。网络文学是许苗苗正式走向文学研究后涉足的第一个领域，可以说，她的研究道路与中国大陆网络文学是同步的。

一　与网络文学同步的研究之路

许苗苗最初接触网络文学有极大的偶然性。1999年，刚刚考上北京师范大学当代文学专业研究生的她遇见一位同样刚考上中科院计算机专业研究生的老同学。两人相互简单给对方科普自己的研究方向后,老同学为表示理解和参与,说:"哦,原来你研究的是像《第一次的亲密接触》那样的小说!""什么?啥?哪位作家新作?哪本刊物第几期?"一连串的追问让老同学惊讶极了,他不理解,为什么这篇已经在理工科大学生中极为流行的小说,在"文学专业人士"耳中竟然那样陌生。而这件事也让许苗苗觉得汗颜:身为老同学眼中的"文人",立志走在文学最前沿,关注文学新动向的她,竟然只将目光投向文学史,忽略了真正与之同步的时代。

早期上网主体以高校师生居多,那时的网络文学是典型的青春文学,新颖、活泼、随意性强又十分个性化,这吸引了许苗苗和众多与她同龄、喜欢写作的年轻人。不同的是,大部分人选择在网上创作、圆了作家梦,而许苗苗的网络经历却成为她研究的一部分。她守在电脑前,聊qq、发帖子、抢沙发,甚至还担任校园网某论坛版主……这样的经历在当下年轻人中非常平常,但在1999年,绝大部分写作以纸笔完成的年代却颇为另类。正是这种对互联网的熟悉使她亲身见证了网络文学最初的发展。

当时,印刷文化还一统天下,人们尚未意识到网络不仅仅是一个载体,更将开辟一个可与印刷媒体并称的新时代,甚至连"网络文学"能不能算文学研究对象还存在争议。许苗苗也曾对自己深深沉迷网络,大量阅读网络上众多无名文本、疏离文学杂志主流的状态产生过怀疑,但是,她坚持了自己的选择,她相信:一个真正的文学研究者,要有与众不同的勇气,要与时代同步,甚至超越时代,不应对争议性话题视若无睹,置众多同龄人的文学取向于不顾。攻读硕士学位期间,正是她正在感性创作与理性研究之间徘徊的阶段,她很多时间都投入了对网络文学的观察与研究之中。

1999年被视为中国大陆网络文学"元年",也是许苗苗开始读研、从文学创作走向文学研究的第一年;《第一次的亲密接触》是网络文学中无法忽略的滥觞之作,也由与IT男的一次谈话进入了许苗苗的视野。

从那一年的那篇作品起步，许苗苗开始了对网络文学的关注和研究。

与早期网络文学共同生长的特殊经历拓宽了许苗苗的视野，也使她抢占了网络文学研究领域的话语先机。

2000年9月，许苗苗在《文艺报》"文学周刊"发表其第一篇网络文学研究论文《与网相生》，对当时文学圈内有关"网络文学"的界定范围、定义方式等进行了讨论，该文随后入选作家出版社《文艺报文萃》一书。2001年3月，她另一篇讨论网络文学文本特点及其与传统印刷文学相异之处的文章《独行特立——网络文学新论》又在《文艺报》发表，这两篇作品的发表构成了其后续研究的基础。

硕士在读期间，许苗苗陆续发表了《网络文学的定义》（《北京市政法管理干部学院学报》2002年第1期）、《网络文学的特色》（《广播电视大学学报》2002年第2期）、《网络文学的五种类型》（《甘肃社会科学》2002年第4期）、《破网而出——网络文学下网的趋势》（《甘肃高师学报》2002年第6期）等文章，并撰写了《大众文化批评》（首都师范大学出版社2002年版）一书"网络文学批评"一章。从这些文章可以看出许苗苗对1999—2002年的网络文学热点问题、思潮论争、重点作家作品以及产业发展趋势等进行了同步的追踪和思考。

在积极参与网络文学现场、追踪热点事件、投入网络创作的基础上，许苗苗拟以"网络文学"为硕士学位论文选题。这个想法虽然偏离当时当代文学研究主流，却获得其导师李复威老师的鼓励和肯定。在写作过程中，新加坡学者南洋理工大学的云惟利教授建议她将网络与期刊接合，以传统期刊对网络文学的呈现和评价为突破口选取案例。云教授是许苗苗从未谋面的网友，互联网展示了它信息共享和跨界沟通的神奇力量！

就这样，许苗苗在2001—2002年，穷尽了当时文学和文学研究类期刊上所有的网络文学专题和评论，写出了将近10万字的初稿，最后将学位答辩论文划定在《网络文学的生成机制》这个命题内。在答辩过程中，学位论文评委会主席刘锡庆老师对文章给予了很高评价，认为这是一篇优秀的硕士学位论文。许苗苗受到激励的同时，也坚定了继续此领域研究的信心。

二　工程师、网站站长和女性视野

硕士毕业后，许苗苗进入北京市电信公司总经理办公室工作。没人知道，这个朝九晚五、循规蹈矩的小白领，同时在网络上还有另外的身份。她开设了个人网站"妙妙人间"（www.xumm.net），自己写代码，做特效，发布自己创作的散文、小说，网友的诗作以及当时尚未出版的《中国网络文学论稿》等。网页设计带给她一个意外收获的"工程师"的职称。

对于这时的许苗苗来说，网络已经不仅是工作对象，也是社交领域和一个与研究现场保持联系的纽带。2002年底，"中国当代文学研究会第12届年会"在桂林召开。会上，许苗苗的发言引起与会者的兴趣。当时广东作协的批评家张柠与她聊起网络文学，对其研究提出了一些非常宝贵的意见，并建议她将书稿改得更加有可读性，寻找出单行本的机会。这期间，通过对网络文学的共同爱好和探索，许苗苗还与"左岸文学网"站长盘索，当时还在北京大学读书、如今炙手可热的青年理论家李云雷，作家徐则臣等相识。另外，网络文学界活跃的写手和评论者邢育森、吴过、元辰等，都与许苗苗进行过电子邮件或留言互动，这些持续的交流也使她保持了与网络文学的联系。可以说，她虽然已经离开校园，却并未疏离研究现场。经过一段时间持续搜集、整理、充实资料，并不时在自己的主页上征集网友意见，她始终把握着网络文学的最新动向，陆续发表了《媒体与文学》（《中国艺术报》2002年12月）、《网络文学的作者（写手）类型》（《海南师范学院学报》2003年第1期），撰写了《解构影视幻境——兼及与文学、历史、性、时尚、网络的关系》（中国社会科学出版社2004年版）中《影视与网络》的专题，并出版了研究著作《性别视野中的网络文学》（九州出版社2004年版）。

《性别视野中的网络文学》列入首师大荒林主编的"中国女性主

义学术论丛"。虽然书本立意是从女性写作者、论者亲历的角度对这一新的文学现象加以描摹和记述,但许苗苗本人当时尚没有明确的女性主义意识,因此行文还是追求史录的客观、公允、平实倾向,力求将早期中国网络文学的发展史还原、重现,但不容忽视的是,在网络文学创作中,众多女作者确实表现出色,此书专门辟出《气质暧昧的女写手》一节对网络女作家进行了记录和评判。许苗苗将女性网络文学写手分为推崇时尚写作的小资代言人型、向传统作家靠拢的教师型以及依靠制造热点引起关注的话题型。小资代言人指安妮宝贝等。她以《告别薇安》等作品营造出了一种时尚的都市氛围,一种在充足的物质条件下厌倦了的,懒洋洋的,无聊而伤感的气氛,将写作和阅读变成一项轻松、时髦的行为,并令诸多都市男女为之痴迷。教师型则指尚爱兰等,她曾以《性感时代的小饭馆》获"榕树下"第一届网络文学大赛一等奖。尚爱兰也曾被称为"网络美女作家",但她的作品力图突破人们对美女作家的类型化想象,努力向传统作家写作靠拢。话题型女写手是 2002 年以后,随着博客技术普及而走入公众视野的。博客被一些人视作"网络日记本",是个人私生活在网络上公布的舞台。木子美、竹影青瞳等女性写手用以有意无意间展示个人的性经历。女写手博客的亲历性、直白化以及流露出勇敢、率性的态度,使之与传统作家截然不同。许苗苗此书虽然并未秉持鲜明的女性立场,但辟出的女写手章节,以及写作中秉持的关注、同情和公允的态度非常值得肯定。从网络文学研究史角度来看,此书为第一部系统实录早期网络文学状况的作品,对中国网络文学的诞生、发展,其在学术界、普通读者以及图书出版产业方面引起的论争、带来的契机和挑战等情况进行了全面的记录和到位的评价。

三 重回研究现场

《性别视野中的网络文学》是我国网络文学研究界早期成果之一。出书对于当时身在写字楼的许苗苗来说,既是完成了心愿,又意味着另一个梦想的开端。2005 年,许苗苗重新回到北师大,开始了文艺学专业文化与传播方向博士研究生的学习生涯，师从蒋原伦老师。

如果说硕士期间许苗苗接触网络文学时依然是感性的，带有较为强烈的感情色彩，是从自身创作经历出发去靠近这个领域，那么博士期间新的专业方向和高强度的理论训练使她得以站在媒介文化变化的角度上，以更加理性的眼光看待网络文学。

攻读博士学位期间，许苗苗发表文章《博客——一种媒体、一类人》（《文艺报》2006年1月28日）、《在博客中体验偶像生涯》（《文艺评论》2006年第2期）、《电子杂志——一切皆有保障》[《海南师范学院学报》2006年第6期、《人大复印资料（出版工作）》2007年第6期转载]。2005—2007年参与张柠主编的"文化中国"书系，撰写了与网络文学、文学相关的章节，其中《2005文化中国》中"博客风潮"部分被《书摘》（2006年第6期）转载。

获得博士学位后，许苗苗去往北京市社会科学院文化研究所工作。这时，网络媒介的力量已为学界所共识，与以往边创作、边评论、边研究不同，许苗苗有意识地与网络写作现场拉开距离，开启了纯理性的职业化学术研究生涯。在《文艺报》上发展了有关网络文学的系列文章如：《网络文学：现状及问题》《网络文学的空间及问题》《网络文学并非网络上的文学》《纸媒化是网络文学的发展还是消亡》《创新性的缺失与话题性的增长》《网络文学"打榜"之我见》《"网络文学"译名的背后》《从结构变化看网络小说的发展需求》等，其中部分收入作家出版社出版的"文艺报年度文萃"系列。连续为"上海文学年度发展报告"撰写网络文学相关部分《对"网络文学"发展的推动与阻碍——"盛大文学"在2012》《网络文学在2013》等。以及《网络文化的兴起、演变与意义》《电子语言的魔力》《网络文学的发展态势及其研究的缺失》《网络小说：类型化现状及成因》《电子语言：创新结构与跨界应用》《中国网络媒体走向文化自觉》《精英趣味与大众生产力》等论文，部分篇章被《人大复印资料》《新华文摘》转载。并自2009年起担任人民出版社出版的"首都网络文化发展年度报告"副主编，迄今已连续出版五期。

由这一时段的研究成果可看出，许苗苗的研究已经从单纯的网络文学扩展到网络文化范围，由关注文本内容、形式等传统议题扩展到媒介特性和产业发展。

四　文化研究的深化

随着对新媒介文化研究的深入，许苗苗意识到，研究网络文学如果只是把对象瞄准网络文学本身，难以在研究上有真正突破，在著名学者王晓明老师的点拨下，许苗苗开始有意识趋近文化研究的视角，见证、记录与观察新媒介文化，以求更深刻地理解网络文学，经过一段时间的深入研究后，她陆续在权威期刊、重要报纸上发表文章，深入探讨了新媒介文化。比如，她研究了网络剧对影响艺术的拓展并写了《网络剧，了解并善用优势》一文，该文比较了传统电视剧与网络剧的特点，传统电视剧注重前期宣传但绝不剧透，而许多网络剧没有能力前期宣传，一边拍、一边播、一边改，从不介意使用观众早已烂熟于心的"梗"，将删改和漏洞全都暴露在观众眼前。比起成型的电视剧来，这种视频更加亲和，它呈现的是"作者"、"规范性"和"成品"不完美的那一面。而在人人都试图发声的网络时代，这种拆解成型作品，以服软、装傻和示弱来打破影像产品相对较高进入门槛的行为，更能成就观众的心理满足感。通过这种比较，许苗苗揭示了网络剧对传统电视剧的突破，以及带来的新的艺术表现力。许苗苗对二次元文化也作了深入研究，注意到二次元文化的特殊性，认为二次元文化并不是日本宅文化的移植与照搬，而是一种互联网促成的、超越地域、具有多文化杂糅特点的青年亚文化，它由广大网民参与构建，并在传播中不断丰富和扩充。许苗苗进一步深入考察了二次元文化的心理基础与哲学基础，认为网络时代人们从观念上接受了虚拟、平面、线性甚至数字化的身体，我们上网用的头像、颜文字，原本只是"代号""ID"，但如今，网友已经成为拓展现实交往的重要渠道；虚无缥缈的网络财产也可以被转让和继承。这些网络身份标识与二次元的图像化人格不谋而合，为人们接受二次元身份、理解二次元世界提供了认识角度和哲学基础,可以说,二次元文化建基于互联网的虚拟世界观。许苗苗也对新媒介文化中的"标题党"进行了深入分析,认为在网络语言的鄙俗化背后,有诸多社会心理原因,如为吸引眼球、表达年轻人的反叛情绪等,也不排除商业运作的可能,但是,我们首先应当关注标题党这种网络语言本身的构成及带来的文化变革力量。网络语言虽是文字形式,却有一大部分来自口语,难免带有日常生活用语的特征。日常用语历来与方言、俗语、粗话、脏话混杂在一起,甚至某种意义上,这些正是其生命力所在。特别是粗话脏话的意义随语境、语气转移,褒贬也不尽相同,有时甚至不过是口头禅,没有任何特殊意味。但这种无意味的口语变成文字就固定了下来,进入了书面语或"屏幕语言",并得到广泛传播,因此网络上的口语传播已经和日常生活中的口语表达在情景上出现了巨大的差别,正是这一点被许多人忽略。此外,许苗苗紧跟时代热点,相继发表《个人公众号广告:情感关系与物质逻辑》《毒鸡汤,速朽媒体中的时代景观——以"咪蒙"为例》等文章,及时、准确地勾勒与揭示了各种层出不穷的新媒介文化,在学术界产生重大影响。

五 责任感与使命感

如前所述,许苗苗最初涉足网络文学研究之时,它还只是一个新兴的文学现象。这一现象能否拥有持续发展,会不会随着网络泡沫的破灭而夭折,谁也说不清楚。因此,许苗苗在早期的研究过程中,面临学科定位问题,也时常彷徨。网络文学是一个跨学科的话题,从事这方面的研究,无论是在与文学联系紧密的中文领域还是与媒介联系更紧密的新闻传播领域,都缺乏稳定的归属感。

随着网络文学的发展,越来越多的作者投入了网络创作的队伍,作品数量迅速增加,在线收费模式以及后续资源的开发更使这一创新文化产业得到了急速增长,而现在又兴起了新的"免费论",在大数据时代,网文行业正面临重新洗牌,网络文学面临前所未有的变革,与此同时,学术界也有越来越多更加成熟且具有实力的研究者将关注点移向网络文学。通过与众多师长、同道的交流与碰撞，许苗苗意识到自己"与网络文学生长同步"研究经历的独特价值。与更加年长的文学研究者相比，她了解并掌握网络技术，且对网络虚拟生活全面投入；早期的论坛经历使她与不少知名IT界人士成为网友，真正做到跨学科互动；外语优势使她能够获得国外最新研究成果资料，得以与域外研究保持同步。与更加年轻的学人相比，她经历了从印刷文化向新媒体文化过渡的阶段，见证了网络文学的诞生、发展、低潮和转折，亲身参与了文学界关于网络文学的历次论争。这样的学术经历是难得而宝贵的，她从中树立起了对网络文学研究的自信，也明确了自己作为网络文学研究者的责任。

虽然网络文学研究已经日渐受到学界重视，但它毕竟是一个正在发展、未定型的文学现象，其中不仅涉及文学观念的转变、媒体文化的发展，还牵扯到商家、产业等方面的利益。依然是一个十分复杂的命题。特别是在青年学子、普通公众以及国外研究者之中，网络文学依然是一个争议性较大的话题。作为一名研究者，必须承担拨开言语迷雾、重现文学现场，在众说纷纭的话题之中揭开网络文学神秘面纱的使命。

带着这种使命感，许苗苗多次在"中国中外文艺理论学会新媒介分会""北京学术前沿论坛""媒介文化与网络文学高层论坛""多维视野下的文艺学学科发展研讨会"等学术会议上，就网络文学的最新发展和问题作大会专题发言，并积极与与会者交流讨论。2014年5月，许苗苗参加了由北京市作协与江苏省作协组织的"网络文学南北论坛"，7月参加了由中国作协组织的"全国网络文学理论研讨会"，与诸多共同关注网络文学的专家学者切磋讨论。许苗苗还积极承担"首届网络文学艺术大赛""首都青少年最喜爱的网络小说评选"等活动的评委工作，曾接受中央电视台新闻频道的采访。最近几年，许苗苗多次担任"网络文学+"大会评委、"网络文学20年20部代表作品"评委；连续多年担任中国作协、新闻出版署组织的各类网络文学年榜、推优等活动评委，同时还在北京市"社科讲坛"上，进行《中国网络文学——现状、问题、趋势》《都市空间与历史记忆——从烟袋斜街说起》的讲座，向公众普及相关知识，也曾在高校进行《穿越到历史中的现场——与亲历者一起制造网络文学》《从草根到大神——网络作家如何赢得社会资本》《新媒介中的传统文化呈现》等讲座。

许苗苗的贡献还在于利用自身外语优势，向国外推介中国网络文学研究成果，积极促成网络文学的国际交流与对话。2012年4月，在英国伦敦威斯敏斯特大学访学期间，许苗苗做了题为Chinese Internet Literature 的讲座，向国外学者和青年研究人员介绍中国网络文学发展历程。2013年7月在奥地利参加"文化研究协会（Association of Cultural Studies）夏季学院"期间，进行题为Cultural Studies in China 的专题演讲，与国外学人讨论中国网络文学、媒介文化等问题。同时，还发表了对域外汉学家、网络文学研究者贺麦晓的访谈《网络文学研究：跨界与沟通》（《文艺研究》2014年第9期）。此后在"文化研究协会（ACS）双年会 Cross-roads"（2018，中国上海）进行"Spotlight"发言；在"文化研究协会（CSA）2016年年会"（美国宾夕法尼亚 2016）、"第一届全球创意产业讨论会"（Global Creative Industries Conference）（中国香港 2015）等国际国内会议上进行大会发言，引起与会学者关注。

在自身的不断成熟与社会各方的支持下，许苗苗与网络文学同步的研究之路已呈现出长期发展的清晰脉络，以及由感性向理性，由现象到理论的趋势。许苗苗乐于将自己的学术之路伴随中国网络文学的发展共同发展。

第二节　主要学术研究领域

许苗苗的学术研究领域主要集中在三个方面。

一　对网络文学及理论的研究

许苗苗在2000年前后的硕士学位论文中已开始了对网络文学历史

及理论的研究,她对网络文学的定义、历史、网络文学作品、写手与读者的类型、网络文学的批评和规范、网络文学的美学特色和价值观、大众文化特性、网络文学发展的趋势、传统文学的上网等逐一作了深入研究。当时正值网络文学兴起的时候,她的相关研究具有重要价值,这表现在两个方面。一方面,她的成果对后来的研究具有重要的启发性,比如她关于网络文学作品类型的划分,将其分成"留言板(BBS)故事型"、"传统文学型"、"大众参与型"、"接龙游戏型"与"完全网络型"等五种,将写手类型分为"参与型""文人型""表演型"三种,将读者划分为"交互型""评论型""接受型"三种等,这些划分具有某种始源意义,起到了填补空白的作用,她对网文相关要素的理论界定与划分到现在仍产生影响。另一方面,在许苗苗投入研究的时候,网络文学的发展尚不成熟,还处于萌芽阶段,未来的走向尚不明确,但她的一些预判与理论思考是比较准确的,可以说以历史的方式参与了当下的思考,比如在对中文网络文学的历史梳理中,她从留言板入手,视其为中国网络文学的发源地,联系到目前人们正在探讨中国网络文学的真正起源问题,许苗苗可以说最早涉及了这一重要话题。在许苗苗看来,网络文学的雏形是留言板上发的"帖子"(一定篇幅的文章),而这就是中国网络文学的起源。她深入细致地考察了留言板的发展及对中国网络文学的影响,留言板(BBS: bulletin board system)最初是由一些热心人使用私人设备兴办的,用户登录后,可在相应的区域发布和阅读信息,这种留言板的影响面较小,随着网络技术的发展,基于TELNET(远程登录)的留言板(BBS)出现了,比起私人留言板,后者拥有更丰富的内容和更广泛的支持者。电子邮件列表功能将志趣相投的一群人联系起来,把他们关心的话题传递给列表中的每一位用户,使他们之间得以相互交流。清华大学的"水木清华站",北京大学的"未名站"等,都是基于TELNET的留言板(BBS)。这种留言板甚至决定了中国网络文学的特点,比如早期网络文学明显带有留言板的话语互动与交流色彩,不少小说中充满了那些用符号拼出的表情符,如";)"": -("等,而这种倾向随着社交媒体的兴起得到进一步发展。许苗苗从留言板入手，揭示中国网络文学的谱系，可以说凸显了中国网络文学的独特性。许苗苗的这一结论对当前各种关于中国网络文学起源的争论具有借鉴意义。

在对网络文学的界定中，许苗苗同样做出了重要的理论贡献。究竟什么是网络文学，一直是非常重要的学术话题，网络文学的发展及相关研究已经二十年，对网络文学的界定仍存在巨大争议。在这方面，许苗苗在这篇硕士学位论文中的观点同样具有始源意义与启发性。许苗苗对当时存在的网络文学的五种定义，即"网络工具版""时尚阅读版""网络垃圾版""网络艺术版""结合版"，进行了梳理与辨析，在此基础上，她认为网络文学应符合以下三点要求。其一，媒介：网络文学是由网人在网络上发布的，供网人在线阅读的文学作品。它具有文学作品的特征，但其形式不能脱离网络媒介。其二，表达方式：网络文学以声音、文字和其他视觉效果为表达方式，具有交流和互动性。网络文学是一个流动的过程，其内容是不断变化、更新的。其三，版本：网络文学作品只有原始版本，没有最终版本，它与其后的回应和更改构成一个整体。从许苗苗的这一界定可以看出，她是以网络性、互动性、流动性来界定网络文学的，可以说把握了网络文学最核心的属性，网络文学绝非传统文学的纸质版，而是流动中的事件。许苗苗认为作品与前后的回应及更改构成了一个整体，这才是完整的网络文学，这一观点也颇为深刻，人们总是从文本、故事、作品本身来理解网络文学，这实际上是印刷文学观念的制约，许苗苗在网络文学发展的初期就有这种理论洞见，可谓难能可贵。对网络文学的这种看法也是许苗苗一贯坚持的，她认为"网络文学"不能等同于"网络上的文学"，这是两个概念，纸媒体上的文学是严谨的、静态的，具有形式上的封闭与稳定，而电子媒介上的"文学"必将是立体的、动态的，具有丰富变化和无限延伸的可能。

在完成硕士学位论文写作后，许苗苗持续深耕网络文学研究领域，并出版专著《网络文学的媒介转型》，此书涵盖了她这些年来关于网络文学研究主要的研究成果。在学术思想上，许苗苗提出"媒介转型"的研究视野,所谓媒介转型指文学作品突破原有载体向其他媒介传播和延伸的过程。网络改变了人们对媒介与文学关系的认识,作为文学在新媒介中的表现形式,网络文学的出现一方面将媒介问题引入文学视域,另一方面也将文学的本质、样式、审美形态、接受过程等传统文艺理论问题再度推到台前。同时,它也为文学、影视、动漫游戏等不同文化娱乐形式跨越媒介边界、相互融合做出多次有价值的探索。聚焦于"媒介转型",这本专著分析网络文学在媒介转型中的表现和作用,探索文学理论在跨媒介背景下的新动向。"转型"是指文学作品突破原有载体向其他媒介传播和延伸的过程,重点是印刷文化中所形成和强化的"文学"概念在网络文化兴起之际存续、变形、演化的过程。

由于媒介转型是当前文学艺术面临的普遍性问题,这本专著从网络文学的探索实践切入,能够为看待这一问题提供新的视角。目前网络文学研究一般沿用文艺学或当代文学方法,以纸媒介文学规范要求网络文学,所以这一研究具有重要意义。网络时代,媒介的作用前所未有地凸显,高度专业化、学科化的文学研究开始考察媒介带给人类社会文化的变迁和影响。作为新兴文化现象,中文网络文学的诞生、发展、转型各个阶段都处于研究者力所能及的范围内,从媒介转型的角度考察网络文学,是探索文学、文化在新传播媒介环境中发展变化的合宜角度。

在许苗苗看来,从媒介转型角度看,网络文学发展历史可分为五个时期,分别是文学上网、第一次纸媒转性、第二次纸媒转型、全媒体转型和新技术转型。许苗苗以时间为线索,以专题为节点,讨论网络文学媒介转型的过程,分析其背后的驱动因素,辨析经济力量入侵和文学整体变革、媒体技术发展的探索。

在这本专著中,许苗苗将网络文学的历史回溯和逻辑考察有机结合起来,在用四章勾勒它的演变线索之后,又用四章阐述作者所进行的理论思考。围绕媒介转型的问题和对策,许苗苗展示了网络文学这一行业瞄准市场利益所进行的激烈竞争,类型化和IP资源开发所面临的瓶颈，侵权、抄袭与文本盗猎等暗流的涌动，政府为净化网络文学空间所采取的行动，网络技术和资本要素在促进网络文学变革方面发挥的作用。围绕媒介转型中的新文学诉求，作者也深入分析了网络文学创作主体的身份变化，揭示了网络文学包括"金手指""穿越与重生""爱情最大"在内的游戏逻辑，以及近年来从认同虚幻到"反攻现实"的趋势。围绕媒介转型中文学经典的命运，作者将《红楼梦》作为个案，剖析了从原作上网、网络原创、主题论坛到跨媒体互动的相关现象，并考察了"红楼同人"（小说）的成因与特色。围绕媒介转型中文学形态的拓展，作者阐述了"超链接"、"多媒体"和"互动性"等范畴的意义（媒介拓展），将关注的视野从中国大陆扩展到港台和海外（空间拓展），阐明了读者或受众通过文学批评所发挥的作用（理论拓展）。

　　许苗苗以"媒介转型"为切入点，可以说非常准确地把握了网络文学史的演变历程，同时她也深入揭示了从印刷媒介到网络媒介这一历史转换过程中"媒介转型"的复杂性，不只是存在文学上网这种单向的由印刷到网络的转换，也有网络到纸媒的回归，而这种回归本身又呈现出不同的阶段，第一次回归是指在早期网络文学时期，网络写手在网上出名后，出版社跟风而进，其结果是出现了大量以"网络文学"为名的实体书，带来了"上网出名，下网出版"的现象，这是由网络向纸媒的回归；第二次则是在类型化网络小说标领风骚的背景下呈现的回归现象，"盛大文学"作为产业旗手，通过组织评奖、"十年盘点"和"网文大赛"加以激励与引导，这促成了网络文学的线下出版现象。随着网络文学产业链的发展，这种媒介转型又进一步复杂化，呈现出以知识产权（IP）为纽带，使网络文学从"树下独舞"发展到"盛大狂欢"，以富豪排行榜取代无功利文学梦，用基于媒介转换的产业链扩张来制造像唐家三少这样的"大神"现象。许苗苗深刻揭示了媒介转型过程中的复杂性与各方力量博弈的历史张力。

　　许苗苗的深刻之处还在于她反省了这种从纸媒到网媒的转换及回归的情况，在她看来，我们需要警惕与反思这一现象，二十年前网络文学概念刚出现时，人们还积极讨论其特有的传播优势、独特的表达方式以及对传统创作、阅读经验的更新，而随着资本、权力对网络文学的不断干预，网络文学的网络色彩开始淡化，只剩下了"尚未在纸媒体上发表的文学"甚至"尚未达到纸媒体发表水平的文学"，这是网络与文学的双重悲剧。她认为网络文学发展之初之所以能够引起较为强烈的反响，是因为当时的参与者没有局限于"文学"的框架，它超越了纸媒体作品的单一性、平面化，在文字符号创造、句式语法活用、内容形式探索等方面都显露出多维度发展的立体性，其后，网络文学作品以传统的经典作为模仿对象，吸收成名作家的创作经验，以传统审美体系为参考也有其道理，然而，经历过多年历练之后，没有被市场打垮、没有被读者遗忘，却因未能树立起自身价值而渐渐沦为传统文学不成形的附庸，则是目前网络文学发展道路上最大的问题。

二 对新媒介文化的研究

新媒介兴起后，各种文化现象层出不穷，作为网络达人，许苗苗对这些现象都及时进行了思考与分析。

新媒介的到来首先让语言产生了变革，许苗苗对新的语言——电子语言进行了研究，类似于麦克卢汉"媒介即信息"的思路，许苗苗认为媒介不只是工具意义上的，而是本体意义上的，它制造了新的语言，也生成了新的日常生活与情绪体验。互联网、手机成为最为大众化的交流工具，而语言和文字正是借助了这样的工具不断尝试更新人们的日常表达方式，制造新的语言感受和语言体验。许苗苗认为，电子语言的根本特点在于其跨界性，电子语言本身的口语化、随意性，使用者的公众性、隐蔽性等特点，使这一新语言形式以自由跨界、融合的姿态出现在媒介世界——书面语与口语界限的消失，方言、普通话和外语的融合混用，古汉语跨越时空进入现代汉语的疆域，图形、符号对文字的参与和诠释，可以说，正是这自由的跨界和融合，让电子语言具有了兼收并蓄、常常令人耳目一新的感觉，丰富甚至引导了大众日常语言的变化。

随着电子语言的发展，许苗苗对其作了进一步的观察与研究。她在《全媒体时代的微话语表述：弹幕文化里的〈红楼梦〉》一文中，关注了弹幕语言文化，认为弹幕视频擅长以代入感唤起用户主动参与，当网民将自身代入红楼角色，将现实境遇投射到故事情节时，其对《红楼梦》的情感和理解程度也随之提升。网络受众因共同爱好结成以红楼梦为中心的趣缘群体。他们的关注、参与和再创作，虽然表现为随机零散的微话语，却支撑起文化经典在互联网上生命力延续这一严肃的大主题。许苗苗这一观点显然是深刻的，对文化经典在网络时代如何传承、如何传播进行了新的思考，颇有启发性。

许苗苗也对网络语言中的"标题党"进行了分析。她认为，标题党善用惊悚、污秽、煽情或带侮辱意味的词句为题，这种情况与网络语言的口语特质有关，网络语言可以说是书面化的口语，在传达私人情感方面，相较于规范的书面语无疑更有冲击力。近年来，越来越多网络词汇变成流行语，小部分人的口语借由网络成为青年群体的习语，部分还登上了印刷媒体，甚至被收纳入词典，成为受全社会认可的新词，这显示出网络词汇丰富大众文化的过程。以往印刷文化中建立的语法规则和语用习惯得到了扩充，网络语言成为当代文化中不容忽视的部分，但要促使网络语言向健康文明方向发展，应该对口语中的不良用语和习惯加以警惕，不能仅仅为了吸引眼球和达到传播效果而无所顾忌，更不能滥用语言暴力。使用语言是个人的自由，但大众媒体则必须考虑受众，遵守文明和道德规范。诚然，智力健全的人对于语言暴力有分辨能力和抵抗力，正因如此，在媒介文化转型的过程中，更应当提高分辨力和抵抗力，肩负起区别对待，审慎选择的任务。在许苗苗看来，从印刷文化到网络文化，并不是一种线性更替，所以网络语言不代表"先进"，印刷语言也不代表"落后"。在网络语言入侵印刷品的同时，印刷品也主动吸纳网语。媒体变得多样，内容更加丰富和自由，但结果却不应是语言整体的粗鄙化和趣味的衰退。许苗苗对媒介转换过程中的技术乐观主义有清醒的认识与思考，这些观点显然对如何构建网络时代的公共伦理与社会秩序有借鉴意义，尽管网络语言暴力充满诱惑，但公共媒体环境不应是喷泄戾气的出口，自我约束依然是成熟的标志，网民只有保持理性，维护道德、秉持文明力量，才能使语言走向真正的自由。

在新媒介兴起后，身体开始得到了频繁的呈现、展示与观看，许苗苗及时对网络时代的身体进行了研究。她追溯了身体被规训与观看的历史，对于个人来说，身体应当是自主的，但它又脱不开与各种社会关系的纠葛。身体形象更是带有被呈现和被观望两重意义，在其形成过程中，它受制于政治力量、思想力量、商业力量，也受制于传播载体，它不再是自主的，而带有强烈依附性。在网络时代身体会如何呈现，又被哪些力量宰制呢？许苗苗以"微博"为中心，对微博中的身体进行了深入研究。在她看来，微博里充斥着形态各异的身体：写实的、夸张的、优雅的、低俗的、思想性的和纯肉欲的。它们各行其是又和平共处，彼此强化又相互消解，浏览微博就如同享用一席身体盛宴。在当代文化语境中，身体具有活跃的话题性，既可用以对抗传统观念，又可生发个人兴趣，正好适合微博公众不断转移注意力的需求。而微博作为一种新兴媒体，不仅在技术上便于筛选内容，还为"观看身体"这一私人行为提供了公开途径。在网络时代，匿名的观看者与展示者之间呈现出多重关系，视觉文化的凝视机制面临新的转换，身体在大众狂欢中不断被展示与书写，许苗苗较早对这一现象进行了研究，表现出理论思考的敏锐与文化批评的犀利。

新媒介也带来了个人公众号的生成与发展，公众号成为热门网络现象，拥有庞大的阅读量和分众传播能力，而个人公众号广告在传播力上让传统广告媒体难以企及。许苗苗侧重分析了公众号运作中的情感逻辑、情感规训与情感劳动问题。公众号号主等网络红人作为新型大众人格的表达力量，某种程度上替代了以往明星在广告中的地位。个人在公众号中以多变的形象和灵活的修辞策略加强了说服效果。自恋者以不容抗拒的自信迫使粉丝听命，谦卑者通过取悦读者换取经济回报，专业人物则看似理性地展开劝说。个人公众号的号主和转发者共同参与广告商品代言，类似口碑传播，却比以往的人际传播范围更广。在许苗苗看来，个人公众号广告是网络媒体和广告双重进化的结果，它很好地将广告的说服策略与网络媒体的分众特性结合起来。微信公众号的兴起恰恰是在广告宣传从广而告之进入人格化、情绪化的时期，因此一些个人公众号在资本和市场机制的运作下，"顺理成章"地承担起广告功能。自媒体中看似不起眼的普通人竟然具备广告明星都望尘莫及的强大吸粉能力，这充分展示出网络与众不同的新特质。广告开始重视并积极利用自媒体，广告主角也不由以往的演艺明星或体育明星把持，网络红人作为新型大众人格的表达力量登场——由此，成名于网络自媒体的号主在公众号中施展个人魅力的过程与广告语通过"任性""我就是喜欢"等强烈情感刺激来扩张影响力的过程同理。如果说广告在重点说服中分别运用了不同的修辞策略，那么个人公众号号主在自我表达欲望、获得认可欲望和成功欲望推动下进行的个人形象建设在运用修辞策略时则更加灵活，并借助每日更新的优势将其细化为受教、娱乐、共情、陪伴等多种诉求。在对公众号广告分析的基础上，许苗苗又分析了公众号中的毒鸡汤，认为相对于稳定的印刷文明中有限的媒体类型，互联网最大的贡献在于制造出一大批新鲜又速朽的媒体。门户网站、博客、微博、微信公众号，每一个都曾创造过辉煌，却又难免沦为被新技术淘汰的老界面。在数据就是理由，点击就是态度的时代，"十万加"隐含着关注，却不代表认同。聪明、努力、风靡一时的大号咪蒙缺乏超越媒体形式的东西——稳定的价值观，因此，虽然是最成功的微信公众号之一，它的生命力却注定难以持久。

除此之外，许苗苗还对其他新媒介文化现象进行了广泛的分析，与之相应，她发表这些文章也不局限于专业性的学术期刊，而是充分利用各种时效性强的报纸、网刊，不管是研究对象，还是发表渠道，都保持一种现场、鲜活、带有体温的特点，许苗苗试图摆脱传统学术研究的古板、八股气质，走向一种生动活泼的文化批评，表现出文化批评家的睿智与敏锐。

三 对媒介语境下都市空间文化的研究

有关都市空间文化研究，是十分时髦的话题，其理论谱系和思想来源均不易梳理，以往物理空间和精神空间是两分的，在列斐伏尔那里拓展出了"社会空间"理论。所谓的"社会空间"是在物理空间和精神空间中构建的，并总是和一定的政治权力，及社会的生产方式相关联。列斐伏尔提醒人们，必须认识到那种客观、公平和纯粹的"空间公理"已不复存在。因为社会空间有某种排他性——不是它本身有排他性，而是在具体的社会历史进程中，"空间已经被占据了，被管理了，已经是过去的战略对象"了，因此"空间是政治性的"。当然，空间不仅仅是政治性的，还有许多相关因素缠绕其间，因此，我们才能理解苏贾（Edward W. Soja）为何以"第三空间"的理论来涵盖前者。不过以理论为旨归来读解都市空间，就会显得有些乏味，并且言不尽意。都市文化理论研究是暧昧的，说其暧昧并非就理论而言，而是现实都市空间的魅力，总是在理论难以言传之处。许苗苗熟悉西方空间理论，她从列菲弗尔、福柯、让·鲍德里亚、大卫·哈维、爱德华·索亚、弗雷德里克·杰姆逊等西方学者的空间理论入手，以此为线索，考察空间理论逐步获得独立清晰的形态，从纯粹的地形地貌观察、空间功用布局等物理层面走向社会关系和文化层面，从而成为一个与城市文化息息相关的范畴，同时在空间研究中也融入自己的具身体验，让理论分析与生活经历结合起来。

许苗苗对都市空间进行研究，起始于她的博士学位论文《大都市小空间——写字楼阶层的诞生与新都市文化》。许多年轻人作这类研究，往往是受某种理论的启发，然后在生活和书本中寻找相应的材料和例证，而许苗苗却不同，她是对写字楼生活有了切身体验，才试图去认识和理解空间理论的。因此写字楼阶层的诞生和都市的空间生产对于她来说，是非常直观的对象，而非理论思考的产物。

"写字楼"称谓早在20世纪30年代就已出现，但写字楼在近十余年间才成为中国当代都市的标志性景观。从"办公楼"到"写字楼"，反映了中国大陆经济体制改革和产业结构的变化。其实这些变化已经在许多方面一一展现，通过分析文学、影视等作品中的写字楼形象，追踪写字楼逐渐为人们所熟悉并参与生活的过程，可以较集中地看到中国当代社会近年来发展、转变、演进的历程。

在许苗苗看来，写字楼蕴含着丰富的阐释空间，同时，作为一种城市语汇，它也反映出当代社会各种力量在城市建筑中的场域争夺。解读写字楼的空间意义，可看出其从单纯的建筑延伸为丰富文化意象的过程。在研究中，许苗苗注重写字楼空间对人群聚合和文化的影响，落脚于"写字楼阶层"。"写字楼阶层"依据空间维度划分，它与白领、小资、布波、乐活等都有某种程度上的交叉、重合和渗透，而其本身又是跨越经济地位的。

许苗苗对都市文化空间的研究是与媒介紧密结合在一起的。在她看来，大众媒介通过与阶层的互动为写字楼人员身份、地点、消费行为等贴上标签，促成阶层文化的形成。写字楼阶层产生时间虽晚，声势却迅速壮大，他们具有区别于其他阶层的突出特点，如习惯服从秩序，倾向于以数字来衡量事物，把网络虚拟场景当作经验的重要来源等。这些特点体现在此阶层的日常工作、生活中，并因其示范作用引起其他阶层效仿，进而波及社会各个领域，我们似乎可以看到一个"写字楼社会"的影子。

在专著《北京都市新空间与景观生产》中，许苗苗进一步研究了都市空间文化。当代都市空间是文化研究不应忽视和不可回避的对象，她说的都市新空间是指近二十年来北京的新建筑和新规划的场所。一些新空间以旧地名或历史陈迹命名，并不是为了复古或修旧如旧，而是为使空间呈现出更加丰厚的历史意蕴。在新空间与历史的结合过程中，既有经济考量、商业目的，也有文化功用。在这本专著中，许苗苗着重研究的是文化想象力在都市空间的生产、阐释和解读中产生的巨大作用。

这本专著的正文分为"新空间和历史记忆""空间消费和意义生产""概念的空间和应用的空间"三部分。第一部分选取前门、王府井、会馆、寺庙等,分析新空间对历史资源的创造性利用;第二部分以什刹海、后海、烟袋斜街周边的自然景观和购物街以及北京CBD周边写字楼等建筑空间为例,呈现空间对都市景观的制造、对社会隐形秩序的建构以及空间意义的生产过程;第三部分讨论了现代空间理论、风水说等在当前都市空间的呈现,并尝试就当前北京都市空间的规划、利用状况及现存问题提出对策和建议。附录是作者在北京什刹海、后海、烟袋斜街一带调研期间进行的资料整理和小店采访实录。在这本专著中还收录图片30余幅,部分为作者及亲友自行拍摄,部分收集自网络。

许苗苗所描述和理解的空间,一开始就是社会空间,或者说是"第三空间",在北京这样的大都市生活,又适逢这样一个高速发展的年代,她的感性经验是和北京空间的扩展共同生长的。空间的生产背后是权力、是资本、是欲望,这一切又和历史传统交织在一起,但是作者看到的是演变过程,因此,如果用某种统一的理论来读解这座城市,可能会适得其反。面对这一挑战,许苗苗关于都市空间的研究基本是阐释性的,用她自己的说法,是"文化理论与城市研究的融合"为这本书的写作提供了思路。

在这本书里,北京空间的魅力源自丰富的细节、异质化的内涵及其在作者情感中的烙印。虽然空间研究不可耽于感性,我们也能看出作者试图跳出北京空间演变的具体过程,对其进行理性思辨和批判的努力,但不容否认,其行文依然建筑于她们这一代人的个人经历和情感细节之上。个人经历赋予其个性化视角,情感细节则赋予其文笔迷人的特质。本书虽然与常见的客观冷静的规范性研究论著不同,却仿佛带有特殊的魅力,吸引人一口气读下去而全然不觉乏味。

书中所涉及的北京空间,无论是前门、王府井、什刹海等传统著名地标,还是法源寺、各类会馆等新近媒体热点,都不是原来意义上的景点和历史建筑,而是现代工业和消费社会生产的都市新空间。北京城的空间有某种历史封闭性,这是传统社会和旧政治格局所造就的,但是这一封闭性格局为现代化建设所打破,城墙被铲平、道路被拓宽,一幢幢簇新的高楼拔地而起。这样由各类建筑相互交错、穿插、切割的空间，包围了人们的视野，然而某些历史建筑和残迹，特别是历史记忆，依然深藏在人们的心底。在《前门：城市纪念碑的生成与消亡》《什刹海：京城贵地的时尚变迁》等篇目中，许苗苗从相对平静的20世纪80、90年代的北京图景入手，联络今夕，试图唤醒这种历史记忆。而从《王府井：都市景观生产》《波德里亚的消费理论与烟袋斜街的消费实践》两文中则能看出本土化消费市场在实践中建立了主体性，其对东方主义观望予以回望，对消费文化理论予以发展。都市空间的含蕴很大程度上源于文学作品和大众传媒的阐释和塑造，许苗苗通过对法源寺、湖广会馆、部分写字楼空间的分析，探索了媒体在空间文化意义生成中的作用。另外，书中有关写字楼对都市秩序的影响、宗教空间在当代都市中的功用、国外空间理论、中国传统"风水说"对当今都市建筑的影响等篇目，也可谓"脑洞大开"，对都市空间文化研究很有启发性。

  许苗苗对都市空间文化的研究还在于将都市文化与新民俗结合起来。她以当代北京都市空间为对象，在结合地方文化民俗传统的基础上，考虑到北京作为大都市的空间发展动态，对都市空间容纳、影响、规范社会生活和文化的能动性加以关注。通过对北京当代空间的分析，探索都市空间在民俗传统的传承与转变中的作用，真实和虚拟空间在都市文化和新民俗生成中扮演的角色。在传统民俗活动中，特定空间不仅是发生场所，还发挥不可或缺的建构作用。如今的新北京人来自全国各地，缺乏文化一致性和延续性，以往以地域、家族亲缘为中心的民俗难以继续，但北京人置身同样的北京空间，共同解读都市空间语汇，在一致的空间环境中，酝酿、积累并构建新民俗。

  在对这种都市新空间与景观生产的研究中，许苗苗仍延续了她一贯的媒介视角。随着媒介技术的发展，互联网进一步渗透当代都市生活，导致实体空间与虚拟空间的界限进一步模糊，新兴电子手段参与民俗活动，为传统民俗增添新形式。许苗苗的研究以一定篇幅聚焦新媒体，分析讨论新媒体参与构建都市空间文化的过程；以节日庆典的呈现方式为例探讨新媒体时代新民俗的产生；对新媒体中反映出的社会习俗、情感关系、粉丝文化等问题进行案例分析；同时也涉及影视作品中北京空间和情感关系的表达。

许苗苗具体从媒介语境研究都市空间文化的文章，主要有《从定位到无界——媒介与都市空间的生成》《媒体空间里的都市情感关系》《"互联网+"时代过大年》《消逝的节日——新媒体对传统节日的冲击》等。《从定位到无界——媒介与都市空间的生成》重点讨论都市空间文化的形成过程中媒介的重要地位，正是媒介使概念性的空间与实体空间相互融合并彼此渗透、积极互动。在有关现实的空间与虚拟的空间、物理的空间与概念的空间等对照范畴的比较中，媒体发挥着重大的作用。许苗苗认为，当今互联网时代，赛博空间打破传统地理疆域和物理界限，空间具备新的内涵。研究国际大都市北京的文化空间，不能忽略媒介在其中的作用，也不应漠视网络虚拟空间对城市空间文化的影响。《消逝的节日——新媒体对传统节日的冲击》《"互联网+"时代过大年》两篇文章通过展示新媒体技术手段对传统民俗节庆仪式的改变，讨论传统民俗节日在当下时代的转变。在此文结论和《"互联网+"时代过大年》一文中，许苗苗认为，现今民俗节日的力量依然是强大的，虽然已遭到新媒体所携带的多元文化的种种侵蚀，但其与民族历史渊源相联系的传承性，其独立于日常生活的特定性，其凝结不同文化情结的包容性等，依然使它具有强大的感召力。同时，认为年味儿的浓淡，并不取决于传播方式的变迁，而是来源于孕育"过年"这一风俗的社会结构。都市新生活改变着民俗，手机和电脑则扮演着将之具象化的角色。互联网深度参与我们的节日，但节日并没有被替代，而是在新媒体的虚拟空间中得到延伸，增添了新的色彩。

第三节　许苗苗学术研究的特色

许苗苗关于网络文学的研究具有自己鲜明的特色，这表现在三方面。

一　许苗苗摆脱了网络文学研究常见的空疏学风，既熟悉文学现象，也融入了自己的亲身体验，真正做到了历史与逻辑、现象与理论的结合

　　网络文学研究常见的弊病是很多研究者对网络文学、网络文化不熟悉，一些今年出版的专著所举的例子仍然还是《第一次的亲密接触》《风中玫瑰》等早期作品，完全没有考虑到网络文学的发展变化，即便谈到了当下的一些作品，也具有随意性，不知道哪些作品重要，哪些作品不重要，只是笼统地根据一些文学网站的排行榜来选取阅读。这种问题的出现，的确与网络文学作品的数量繁多、篇幅过长有些关系，但在根本上，还是由研究者的研究态度所致，对网络文学这一庞然大物有畏难情绪，在学术研究上试图走捷径，没有进入网络文学的创作、阅读与传播的"现场"，只是隔岸观火所致。与之相比，许苗苗对网络文学现象非常熟悉，她的研究一直伴随网络文学的发展，一直处在最前沿的研究领地，同时她相对年轻，熟悉网络文化，也曾有办网站的经历，而最重要的是，她也对网络文学投入了情感，真正关心网络文学的成长。"晋江文学城"是她个人阅读钟爱的文学站点，她对它的钟爱，不仅在于诸多大热女频作品以及那些认真写作的女神妹妹们，还在于它是一个很好的研究对象：纸质出版、影视改编、数字版权保护、网文出海之类重要事件中从不缺席，而且并没有单纯为盈利而屈从于资本。作为著名文学站点中唯一没有被当年的"盛大"或其他资本全盘收购的企业，晋江的创始人冰心和管三始终将站点的主动权握在自己手里，确实在创业的同时坚持着对网络文学的理想。相比其他研究者，由于真正关心网文的发展，许苗苗对网络文学的把握就不是空洞的，而是具体的，她的理论思考建立在扎实的实证研究基础上。

　　许苗苗熟悉网络文学、网络文化现象，这让她的分析贴近网络文学的发展实际，比如她从游戏文化层面来分析网络文学，在《游戏逻辑——网络文学的认同规则与抵抗策略》中认为网络文学存在一种游戏逻辑。游戏逻辑是网络文学对电子游戏预设规则的借用，也是网民

以低成本幻想改变世界的游戏态度的体现,它在网文中表现为金手指、穿越、爱情最大等。许苗苗进一步深入分析了网络文学中的这些要素。金手指最初只是故事的逻辑补丁,却逐渐发展为网络小说不可或缺的特色元素。穿越的流行源于网络社交的跨时空属性,但它并不展现异时空图景,而是以穿越者现代身份作为求新变的动力。网文中的爱情成为纯粹的个体关系,对同性以及跨物种爱恋都很包容。从这种分析可以看出,许苗苗并不是从空洞理论出发,而是从非常具体的网文要素入手,在此基础上得出结论。她认为,点击量决定着网文能否转化为其他媒介形式。网民通过点击和主动传播参与热文制作,将表达自身态度的游戏逻辑拓展到多种媒介视野中,进而影响多个社会阶层。当前网络小说虽是大众文化工业的一部分,但网民低成本的人气支持使其具备表达底层态度的抵抗性质。这是网络文学抵抗话语权威、形成自我力量的策略。可以看出,许苗苗在具体分析基础上得出的理论观点就不再是那种常识化的、人云亦云的观点,而是充满了洞见。

总之,许苗苗将语境研究与文本研究相结合,将社会思潮与作品个案相结合,对网络文学在媒介变迁语境中发展衍化的轨迹进行了个体透视与总体把握。她借鉴了系谱学方法,将案例放在历史语境中,还原其生成的社会、媒介背景,研究影响媒介转型效果的因素和因素之间的关系。作为研究者,许苗苗在把握网络文学现象时显示了历史工作者的睿智、理论工作者的辩证;作为亲历者,她在体验网络文学变动时显示了"少年作家"的敏感、"写手中人"的贴心。在前一意义上,她娴熟地运用来自文艺学、社会学、传播学等学科的理论来解读文学转型的历史脉络;在后一意义上,她不时流露出自己对于网络文学界方方面面的感受,以至于为相关人员身份的转换、情感的变动而唏嘘。

二 许苗苗的研究带有诗人哲学家的气质,她并不追求系统化、抽象化的理论建构,而是从现象与感悟入手,娓娓道来,形成一种潇洒自如、信手拈来的文化批评风格

许苗苗从"书架"与"收藏夹"入手,分析网络文学的新质,就带有这种诗人哲学家的鲜明特点。她认为,架上图书与收藏夹网文的区别,透露出文学一词以往被遮蔽的媒介特性。印刷时代的作者普遍面临的发表压力,而互联网写作则使差异化的创作欲望得到解放。由于收藏夹的隐秘性,网络小说利用隐晦的"恶"提升阅读快感,但也需应对市场与监管的双重压力。网络小说虽然使用文字,却追求画面感、听觉效果和间离性,制造多媒体观感。互联网使文学不再依附于纸张,也褪去与书籍关联的特性。从书架到收藏夹的转换,意味着某种意义上文学活动日渐从封闭、严谨的专业性活动,转化为模糊宽泛、牵扯多个媒介领域的社会行动。从这种意象入手,得出这种颇有意味与启发性的结论,这正是许苗苗一贯擅长的批评手法。

在对都市空间文化的分析方面,许苗苗同样以点带面,比如对北京空间文化的研究,她选择北京部分有特色的代表性空间为案例,在实地调研的基础上,结合文化理论进行分析。她关注那些被忽略、被遮蔽、被误解的空间,或是那些已深度融入当代都市生活,成为都市文化一部分的空间。从人们感知和认识空间的方式角度,分析空间诉诸视觉、想象、记忆等方面的特性,根据空间特色和问题选择研究对象。针对案例分析人们对其认知的过程,包括空间规划理念和公众印象,二者是否相符合或不符合的原因等。在这种研究中,许苗苗侧重对空间特性进行剖析,分清楚哪些是构成北京都市文化不可或缺的部分,哪些能够成为北京空间的代表性形象,这些空间在城市意象构成中发挥着什么样的作用。许苗苗将研究对象集中在前门、什刹海、烟袋斜街、王府井、法源寺、金融街、CBD以及教堂、会馆、写字楼等,它们都是当代都市的新空间,有的沿袭了历史名称、利用着历史记忆,有的则生产都市景观,融入当代元素,为都市文化打下基础。在案例分析的过程中,许苗苗将消费理论、媒介理论、身体理论、青年亚文化理论等与北京空间实际相结合,这种以点带面、文本与理论相结合的文化批评,摆脱了理论的晦涩空洞,读来颇有趣味。

许苗苗的这种分析路径并不意味着缺乏理论性,恰恰相反,她对网络文学的认识又绝非浪漫的、肤浅的,而是表现出深刻的理论性,比如她以文学中"作者"概念的变迁为线索，从文学史、文学理论、媒介转换等角度，反思形成壮大于印刷文化语境中文学理论的不足之处，探讨新媒体环境下文学理论的新需求。在她看来，"个体作者"并非文学发展的必须，而是随着书面文字和印刷品权威的加强、知识产权法规的明晰而确立的。当前的文学理论形成并壮大于印刷文化中，自然会对这一体系的主张加以维护，它通过"风格"和"文学性"等观念巩固了个体与作者之间的联系。在网络文学实践中，作者不再局限于个人，而是成为一个文学生产的类概念。她认为，网络文学提供了一个从媒介角度看待文学实践，发展文学理论的契机，文学理论应当正视并积极应对新媒介文学。又比如她从场域、文学制度的视野审视网络文学，深入探讨了其中资本、权力的各种博弈，表现出理论的深度。在《情感的退场——网络文学发展与关键词的转换》一文中，她认为制度参与了网文面貌的强力塑造，在中国作协、新闻出版管理部门的推优、排行榜和审读、阅评之下，网络文学也逐渐变成"玄幻、穿越"：不指涉、不追究、纯幻想、纯娱乐；"小白文、正能量"：简单轻快，话题保险；近年来在强力导向下，又出现大批"现实题材"以及"强国流"等与生活相关的主题征文作品。网络作者纷纷加入专门的组织网络作协，成为人大代表，号称社会"新文艺群体""新社会阶层"。在这种情况下，早期网络文学时期纸媒更具合法性的状况出现了逆转，如今希望以写作成名，依靠网络比依靠印刷媒体更加容易。这一结论是颇为深刻的，准确揭示了权力、资本作用下网文作家文化资本形成机制的转向。

许苗苗这种研究风格，颇有本雅明的风采。寻找、审视、发掘与维护文学碎片——这种批评策略，也就是本雅明所擅长的寓言式批评（allegorecal criticism）。受超现实主义的影响，本雅明总关注那些貌似微不足道的事物，如"一片街景""一桩股票买卖""一首诗""一缕思绪"，并寻找那些隐伏其中"串通连缀"的"线索"，力求在"最微贱的现实呈现"中，即在支离破碎中，"捕捉历史的面目"。他热衷于细小甚至毫厘之物。对他来说，"一个对象物越小，其意蕴越大"。在阿多诺看来,"本雅明身上有着一种卢卡契所缺乏的东西,即对富有意味之细节的敏锐目光。那是一些不太引人注目,无法用既存框架去套的东西。他们给思想带来了新鲜要素"。这种评价,也适用于许苗苗的研究。

三　许苗苗的研究形成了"网络文学—新媒介文化—媒介语境中的都市空间文化"的金字塔知识结构

许苗苗的研究主要侧重三个方面,网络文学、新媒介文化及媒介语境中的都市空间文化,这三个方面是紧相联系的,它们形成了一个金字塔的知识结构与文化背景。在最基础的底座上,是许苗苗关于媒介语境中都市空间文化的研究,中间层则是新媒介文化研究,顶部则是网络文学研究,而贯穿其中的则是"新媒介"这一线索。

新媒介本身与空间存在密切联系,赛博空间是一种全新的空间,它与传统的、长期被看成空的容器、看成与主体、运动无关的"形式的空间"有显著差异:"你说不清它在何处,它也没有什么令人难忘的形状和面积可供描述,更无法告诉一个陌生人如何到达。但即使如此,你却可以在其中找到要找的东西。网络布满四周——不在特定的某处,但同时又无处不在。"它是一种似非而是的"真实的虚拟文化"(culture of real virtuality)。赛博空间是政治、权力的空间,涉及权力的争夺与置换。戴维·哈维借鉴马克思主义理论,把地理学转变为空间政治学,认为空间内蕴着权力的支配与争夺,个人或群体总是借助合法或非法的手段支配空间的结构与生产,对"间隔摩擦"、对自己或他人占有空间的方式"实施更大程度的控制"。赛博空间也是资本、经济学的空间,是商业力量的控制与规训的空间。列斐伏尔反对把空间看成中立的、客观的外部环境,认为空间是社会性的,是资本力量的扩张,资本主义不仅生产空间中的物品,更重要的是把空间变成了生产的对象,即生产与再生产空间本身。资本主义形成了一个由银行、商业和主要生产中心等构成的"抽象空间",资本集团、技术专家与工人都被编入了这一空间的生产过程。从空间政治经济学出发,许苗苗就能对新媒介文化、网络文学的各种现象有准确把握，也就是说，位于金字塔底部的媒介化语境的都市空间文化研究给她提供了观照新媒介文化与网络文学的理论视野，处于中间层的新媒介文化研究则连接着都市空间文化研究与网络文学研究，它既从基础的都市空间文化中获得理论视野，也给网络文学研究提供文化背景与知识语境，这让许苗苗对网络文学的研究不至于一叶障目，只见树木、不见森林，而具有了文化批评的宏阔视野与整体观照。而处于最上层的网络文学则给新媒介文化与都市空间文化研究提供了鲜活的材料与现象。这样一来，许苗苗的整个研究就互相连接、互相印证与打通，形成了较为完整的研究体系。

第十章 肖惊鸿：网络文学发展的助推者

肖惊鸿研究员，著名文艺评论家，影视编剧，毕业于中国传媒大学戏剧电影文学及广播电视艺术学专业，获博士学位。肖惊鸿的学术成就是多方面的。作为行业专家，肖惊鸿是中国寓言文学研究会党支部书记兼副会长，并历任鲁迅文学奖、儿童文学奖、少数民族骏马奖等多项国家级奖项的评委，同时也是优秀作家作品传播与推广的专家学者，其卓越建树不仅在传统文学方面，更在于中国网络文学的海外传播。

作为业界著名的编剧，肖惊鸿曾撰写《祝你平安》《意外》《追捕》《迫降乌江》等现实题材影视作品，也曾参与《快嘴李翠莲》《皇嫂田桂花》《太阳照在桑干河上》《娜仁传奇》等知名影视作品的策划与改编工作，并于央视《大家》及凤凰"名人面对面"栏目中，策划推出《中国现代文学名家》专辑、《中国当代作家访谈》系列等，可谓是创作成果颇丰。

肖惊鸿在学术研究上同样颇有建树，她善于从国家立场引导网络文学创作，助力推出网络文学精品，致力于促进网络文学的海内外传播，为促进网络文学的行业发展及加强行业建设，付出不懈努力，并取得了丰硕成果。她不仅身兼中国作家协会网络文学中心研究员、中国作协网络文学研究院副院长、全国网络文学重点园地工作联席会议办公室副主任数职，还主持了网络文学研究大型丛书《网络文学名家名作导读》《网络文学名作典藏》《金推手网络小说》《金手指网络小说》的编撰工作，其独立撰写的学术专著《戏剧的历史化与历史的戏剧化》同样获得学界好评。

肖惊鸿不仅是网络文学主流化、精品化、经典化的重要推动者，更是网络文学海外传播的重要践行者。作为网络文学的行业观察家，她通过自己的创作实践与深入研究，对促进中国网络文学的健康发展，发挥了重要的引领作用。

第一节　十分注重网络文学的国家价值，致力于推动网络文学的主流化发展

2017年，作为中国作协网络文学研究院副院长的肖惊鸿在接受橙瓜专访时，明确提出"出精品才是网络文学的中国梦"（《中华读书报》2017年10月25日第17版），并表示"在教师、编剧、翻译、作家、研究员等等身份中，自己更着力于网络文学评价与推介"。作为一名专职的网络文学工作者，她在中国作家协会这个专业性人民团体中恪守职责；作为一名专家，她志在做一个优秀的新文艺推介人，促进青年新文艺健康成长，这是她孜孜以求的目标和方向。在这次专访中，肖惊鸿表达了对于网络文学发展的诸多重要见解。她指出，"网络文学从它诞生的那天起，就带有中华优秀传统文化的鲜明印记。它乘着科技发展的时代快车，在大众文化领域进行了创新性变革，让带有娱乐因子的类型文学借助网络生成、传播，并形成产业化发展模式。网络文学极大丰富并深刻影响了中国当代社会生活，对中华文化在新时代的发展做出了创造性的贡献"。并对于"网络文学更加健康更加快速的成长"进行富有创见的思考，在肖惊鸿看来，网络文学是文化产业，而文化则来源于社会历史的积淀。因此，网络文学发展更适合慢工出细活。急功近利与其文化产业的本质特征是背道而驰的。因此她明确表示"出精品才是新时代网络文学的中国梦"。

时隔三年，肖惊鸿以《网络文学的国家价值》一文（光明日报客户端2020年9月1日），对网络文学的国家价值再次予以学理性的总

结与梳理。肖惊鸿认为"中国网络文学经过20多年的迅速发展，伴随互联网技术进步，融入中国改革开放大潮，造就了一批优秀作家，涌现了一批优秀作品，成为中国特色社会主义文学的重要组成部分，是中国当代文学不可或缺的存在"。其国家价值主要体现在以下几个方面。第一，她从网络文学作家猫腻、爱潜水的乌贼创作中对《山海经》、四大名著等中国远古神话体系和文学经典以及西方奇幻文学的传承出发，概述了网络文学对于传统文化的传递与创新作用。第二，她认为作为IP源头的网络文学，逐渐发展成为多版权持续开发运营的文化产业的重大支撑，成为当下多达80%的影视、游戏、动漫、漫画等文化产业的内容源头，带动了文化产业规模化发展，带动了文化的进步。第三，肖惊鸿认为众多的网络文学作品取材于历史，作家从创作伊始，即将视野投向广袤而深厚的历史长河，一方面将华夏文明的历史作为创作的内容源泉，另一方面在作品中融入在历史进步中人的力量，以其广泛的影响和艺术魅力，用现实思考赋予了历史价值，揭示了人类历史发展规律，注入了理想观照，彰显了历史智慧。第四，在近年来的网络文学作品中，书写改革开放、描绘工业崛起、聚焦缉毒英雄、展现互联网创业等现实题材网络小说作品日益增多，承载着改革创新的时代精神，成为新时代网络文学发展的重要一环。第五，经过近30年的发展，至今网络文学作者已多达2130万，网络文学以巨大的想象力创造了一个个异彩纷呈的故事，形成了影响广泛的网络文学现象和文化景观。文学网站承担起凝聚作家、发表作品、传播运营的产业平台作用，成为中国特色社会主义制度下文化发展的重要阵地。网络文学界创造出一大批丰硕的成果，这些作品极大丰富了中国当代文学和文化传播，成为国家记忆的重要组成。第六，网络文学同时也代表了当代中国形象，经过近30年的发展，网络文学海外传播由自由的实体出版到有组织的IP出海，再到产业平台海外生态建设，以至于未来的以网络文学原创为内容源头的海外全产业链发展，中国网络文学海外传播前景美好。目前，中国网络文学覆盖数十种语言，网络文学读者几乎遍布全球各个国家。中国网络文学作品深得全世界读者喜爱，也成为传播形象的重要载体。

肖惊鸿指出，中国网络文学蕴藏着巨大的想象力、创造力，发展成就为世人瞩目。为千万作者和数亿读者构建起强大的精神桥梁，为实现中华民族伟大复兴中国梦，提供广泛的价值共识和追求。网络作家与时俱进，积极参与到全球文学文化发展进程当中。网络文学构筑的中国力量，加强了我国同世界的文化联系，扩大了我国对世界文化的影响。她提出，在全球形势风云变幻的今天，世界与中国面临许多新的课题。网络文学界更要立足于我国国情和网络文学的发展实践，坚定信心，坚持以人民为中心的创作导向，走进新时代、面对新问题、揭示新特点、抓住新机遇、投身新发展，不断创造出反映人类社会文明进程新成果，为世界文学文化发展贡献中国智慧。

第二节 在助力推出网络文学精品力作方面，不遗余力，十数年坚持不懈

从论文《成长的一代——有感于网络小说〈再不相爱就老了〉》到《辰东与〈遮天〉》《希行与〈诛砂〉》，再到论著书稿《网络文学的两个世界：男频和女频名作比较》，肖惊鸿的网络文学评论以网络文学名家名作与精品力作为主要观照对象，进行了持续的关注、分析与推介，在助力推出网络文学精品力作方面不遗余力，堪称功不可没。

其论文《成长的一代——有感于网络小说〈再不相爱就老了〉》，于2009年11月26日在《文艺报》刊登，作为其早期的网络文学评论，在感叹盛大文学"起点中文网"都市言情类小说约占近6万部参展作品的一半，且差不多等于当时纸质小说出版量20年总和的同时，她敏锐地发掘了这部"语气温婉，内容警世，效果惊人"的小说。这部关于"80后"情感生活的网络小说，在肖惊鸿看来，既是"关于成长"的小说，又是一部关于"友谊与爱情，复杂与纯净，机智与敦厚，果敢与徘徊，慷慨与悭吝，热烈与冷静，甚至还有一种叫忠贞不移的东西也悄悄地蛰伏在里面"。小说揭示了"80后"的一代人爱与

性的对立和交融与矛盾：一方面表现得豁达、开放，既前卫也尖锐，可另一方面又对自己的所作所为无法释然。他们在疯狂中痛苦着，在堕落中挣扎着。同时也对美好情感怀有热烈向往。他们渴望真爱的回归，寻找爱的真谛，表明他们是有理想追求的一代，也是注重情义的一代。对于"80后"的讨论，一直众说纷纭，褒贬不一。肖惊鸿认为，其实这个问题不复杂，关键在于我们要放平心态，别着急，他们自然会慢慢长大，在这部小说里通过网络作家的成长，我们同样见识了"80后"的成长。

2019年肖惊鸿再次论著书稿《网络文学的两个世界：男频和女频名作比较》，其内容聚焦于作为男频名家名作的唐家三少的《斗罗大陆》，辰东的《遮天》和女频名家名作希行的《诛砂》与关心则乱的《知否？知否？应是绿肥红瘦》，此书以具有一定的学理性高度、方法论借鉴意义以及视角的代表性，是肖惊鸿关于网络文学精品力作的一次集中阐释。首先，肖惊鸿从男频名作《斗罗大陆》进行切入，她指出网络文学发展史中《斗罗大陆》是独特的存在。千万青少年甚至儿童读者喜欢原著、IP改编以及衍生品，归根结底，这是小说《斗罗大陆》的成功。也正因为这部作品的读者群体的年轻化、低龄化，她在评析这部作品时，有意识地使用年轻读者的视角。为此，安迪斯晨风、天气、墨阳、Alice、闲闲、菜籽等几位"80后""90后""00后"的《斗罗大陆》的粉丝读者，以他们的立场和审美，为导读提供了第一手的精彩的"网生评论"。在读者视角主导下，她试图以"小白文"式的评析还原"小白文"经典之作，以求最大可能的"完璧归赵"抑或"珠联璧合"。而后，她又从唐家三少个人谈到时代际遇，从网文创作延伸到IP开发运营，对于唐家三少的成功因素一一剖析之后，深入对《斗罗大陆》瑰丽神奇文本世界的细致分析：从独特的世界观架构，升级路线和秘宝装备，明暗双线及层级渐进的故事情节铺设，到血肉丰满的人物世界和创造"斗罗宇宙"的雄心，尤其是对于主角浓墨重彩的塑造、配角绚烂多姿的剖析，透彻到位。肖惊鸿还关注到《斗罗大陆》的情节设计，以爽文、爽点构成大道至简的情节，及其网络时代的艺术风格，对此一一深入分析，系统全面。对于《斗罗大陆》的 IP 成就，同样由电子版权、有声小说到动漫改编、游戏改编、影视改编进行全方位关注。肖惊鸿指出，《斗罗大陆》作为一个超级大 IP，无论是改编成漫画、游戏还是影视剧，最终指向都是更广泛的内容传播力以及对"斗罗宇宙"更辽远的想象。"打造具有世界影响力的中国 IP"不仅是唐家三少的梦想，也是所有喜爱网络文学的读者的梦想。她对于《斗罗大陆》的研究分析，从学界到读者社群，以及影视衍生的评价，均一一予以梳理。

通过肖惊鸿的系统研究，学界及读者得以窥见《斗罗大陆》的整体风貌及影响。而肖惊鸿对于辰东的《遮天》的分析，则是从作者辰东的线上"坑神"到线下大家进入《遮天》的世界，对《遮天》中的金手指模式、现实与想象的交互、叙事策略及其文学特质展开分析，辨析其与《斗罗大陆》截然不同的叙事策略与体系。此后肖惊鸿又就希行的《诛砂》与关心则乱的《知否？知否？应是绿肥红瘦》这两部女性作品展开讨论，着重分析了《诛砂》如何以女性与人性的视角切入，赋予这部女频网络文学治病救人与抚慰心灵的"疗救"意义。而针对《知否？知否？应是绿肥红瘦》的评述，则是以网络文学的经典类型"穿越"文为基础，从小说到同名电视剧，进行细致入微的梳理，将一部古代礼教制度下的女星奋斗传奇阐释得淋漓尽致。

《网络文学的两个世界：男频和女频名作比较》以四位名家、四部名作作为切入点，打通了网络文学类型、特点、机制、内涵、IP、社会文化及经济与产业价值意义等众多要素，既细致入微又各成体系，不仅为后续研究提供了方法论借鉴，更是对以网络文学名家名作为代表的精品力作的有力助推。

第三节　关注网络文学的现实主义倡导与发展

在其《网络文学的现实主义——让网络文学成为当代文学的一处独特景观》一文中，肖惊鸿对于现实主义与网络文学的关系进行了分析，尝试厘清二者关系，针对"网络文学有无现实主义？网络文学创作中的现实主义是如何界定的？"这一关键问题，肖惊鸿提出，作为文艺流派的现实主义，是作为对浪漫主义的反抗而走上历史舞台的。而事实上，无论是面向现实还是面向理想的文学书写，都离不开对现实的写照。其所理解的现实主义作为一种创作方法，是文学创作的天然因素，也是最主要的特点。它首先是世界观，其次是方法论。

对于网络文学中有无现实主义，肖惊鸿认为，网络文学以巨大的文学想象力一方面继承了中外文学传统，特别是神话体系传承，另一方面将现实元素与想象力嫁接起来，以穿越、重生等手法架构了一个又一个奇崛的世界观，演绎着既非现实世界里发生、又符合现实社会伦理的具有现实主义观照的故事。如辰东的玄幻类小说《遮天》，从真实的地球人叶凡到未知的妖魔横生的星域，所有的人都在修炼，以求强大己身，成为最强大的人，战胜邪恶，保护亲人和族群，其中的亲情友情爱情，无论哪一种故事推进都带着中国社会的现实基因以及中华传统文化的现实观照。对于网络文学创作中的现实主义的界定，肖惊鸿认为这是一个关乎网络文学从哪里来，向哪里去的重大问题。她指出网络文学创作中的现实主义尚未被认真梳理出来。在其看来，从狭义来说，现实题材不仅是要书写现实，还要有现实生活的经验观照。网络文学之所以在经历30余年的飞速发展后，能够拥有如今的巨大体量，并以此为核心源泉带动全产业链发展，主要依靠巨大的想象创造的爽点机制，紧贴现实生活的写作即现实题材的写作，显然无法取代网络文学创作的基本面。从网络文学发展特征来看，其基本面并非现实题材，且从网络文学创作的根本属性来看，现实题材恐怕也是网络文学创作的短板。正因为现实题材作品的缺乏，这也有望成为网络文学发展探索的空间。一种文学有一种文学的景色，一种文学有一种文学的繁荣。因此，对于网络文学创作，现实题材是一回事，现实主义是另外一回事儿。尽管现实题材写作不是网络文学的全部，但现实主义无论是作为一种世界观，还是作为方法论，在网络文学创作中始终存在，从玄幻类作品到历史军事、都市青春、古言现言等都无法将现实主义与其剥离。即使是科幻题材,现实主义作为一种世界观和方法论的重要性都难以忽视。最终肖惊鸿指出,我们不能断言非现实题材的网络小说就失去了现实主义观照,网络小说中的大部分作品都不是现实题材,但也恰恰都是现实主义的产物,而这正是网络文学之所以成为网络文学并发展到今天的繁荣局面的根本所在。正是网络文学的现实主义,让网络文学成为当代文学的一处独特景观。她对于网络文学与现实主义的关系,予以明确的澄清与界定。

现实题材成为创作新潮流,发挥网文创作手法的优势,现实题材创作意义深远,以上三点,则是肖惊鸿见于《网络文学的机遇与挑战》一文中的独特思考。肖惊鸿强调,进入新时代,网络文学的现实题材创作得到国家层面的引导、提倡、鼓励和扶持,现实题材已经成为网络文学创作的新潮流。而无论是哪一种题材,作家都不可避免地从现实经验中寻求理想、从生活日常中追逐光亮。这既是网络文学创作的"来处",也是网络文学创作的"归路"。很多网络文学作品将现实当背景,为的是回到天马行空的想象世界,因此严格意义上的现实题材之于网络文学的本体特征及创作特点并不贴切,网络作家把握现实题材的难度也更大,但也不乏一些网络文学作家迎难而上,试水现实题材,这与国家和行业的倡导密不可分。网络文学界重要表彰项目中,现实题材占相当大的比例,如"优秀网络文学原创作品推介活动""中国网络文学排行榜"等,各地网络文学奖也逐渐向现实题材倾斜。与此同时,现实题材网络文学作品被影视改编的比例也大幅增长。网络文学行业通过征文大赛等活动响应现实题材创作大势。阅文集团、连尚文学、17K小说网等,发掘了一批优秀现实题材作品。一些资深网络作家投入现实题材创作,一批网络作家新秀进场,以书写现实题材崭露头角,如陈酿的《传国功匠》、恒传录的《中国铁路人》等,而擅长都市类创作的网络作家,自觉地向现实靠拢,创作出具有现实生活逻辑的都市题材作品,在校园、行业、职场、婚恋等内容中,书写理想、爱情、青春、奋斗。如舞清影的《他从暖风来》等,对网络文学现实题材表现手法做出了积极探索和有益尝试。另一方面,在时代精神感召下，现实题材创作成为新文艺群体的重要创作导向，并形成了自身的特色，发挥了网文创作手法的优势。网络作家的现实题材创作通常都是"大手笔"，在反映现实生活的广度和体现时代精神的高度上下功夫，他们的创作更多聚焦社会变革的大题材，讴歌祖国、讴歌时代、讴歌英雄的佳作频出，如齐橙的《大国重工》。此外，反映"改革开放40年""新中国成立70年"奋斗历程的作品也十分引人注目，如阿耐的《大江东去》等。在贴近当下生活方面，网络作家对脱贫攻坚、抗击新冠疫情等重大社会现实表现出极大关注，如罗晓的《大山里的青春》、夜独醉的《稻子花开》等讲述脱贫攻坚故事，王鹏骄的《共和国天使》、陈酿的《酥扎小姐姐的非常朋友圈》等表现全民战疫。这类作品也都具有传统现实题材作品没有的优势——网络文学独有的创作手法。而都市言情、青春校园、婚恋家庭、乡村致富、行业职场等题材的网络文学作家在创作中积累了丰富经验，形成了深受读者欢迎的风格手法。这些创作手法能否运用到现实题材创作中？是否能在现实题材创作中开拓创新？这已成为网络文学现实题材创作的关键。不少网络作家做出了有益探索，如志鸟村的《大医凌然》，这部典型的医疗题材的硬核行业职场文，融合了金手指功能，将网络小说特有的创作手法与现实题材完美融合，在爽文机制中塑造了锐意进取的职场英雄，表达了现实生活中的理想追求。故而，网络文学现实题材创作同样意义深远。

　　肖惊鸿指出，年轻人正成为数字阅读的主力。这个巨大的、规模持续增长的读者群体，对于网络文学行业是喜亦是忧。大众化、娱乐化是网络文学的鲜明特征，从读者熟悉的"天马行空"的幻想题材到现实题材，这一转变无疑是对网络作家的重大考验。目前，网络文学现实题材的读者接受情况不够理想，大多作品"叫好不叫座"，在平台的表现差强人意。如何做到"双效合一"关系到代表时代风尚、反映时代精神的现实题材创作如何借助网络文学的传播力和影响力，抵达广大读者，影响社会风尚的大问题。

　　网络文学现实题材创作折射了整个文化产业的发展方向。因此，作为 IP 源头的网络文学行业，抓好现实题材创作无疑是重中之重。而在国家文化产业发展格局发展中，伴随着中国文化"走出去"，现实题材逐渐进入文化产业全球化的国际传播视野，如缪娟的《亲爱的翻译官》、阿耐的《大江大河》等作品在海外收获热烈反响，就体现了这一点。随着网络文学国际传播产业化态势的形成，现实题材作品将获得更多海外传播可能。相对传统作家来说，网络作家书写现实题材，在故事性上更有优势，更容易获得 IP 红利。现实题材相对篇幅短，翻译难度低，海外读者、观众更容易被中国当下发生的故事吸引，这些都是现实题材作品在海外传播的优势。现实题材影视剧的海外走红，客观上为网络文学现实题材创作打开了一条通途。网络文学现实题材日益成为"中国故事海外讲"的重要内容。在网络文学平台运营模式制约下，网络文学现实题材作为一种新的创作增长点，如何将作家的创作挑战和平台的创新压力转化为动力，让现实题材创作不仅成为新的"创作和阅读增长点"，也成为"新文创的起爆点"，做到"既叫好又叫座"，实现社会价值与市场效益的双赢，真正触达海内外亿万读者、观众，是业界未来的探索方向。

一方面是对于网络文学现实题材的倡导，另一方面也深入思考网络文学在走向现实主义时遇到的机遇与挑战，如何规避问题，如何获得更好发展，正是作为专家学者型的管理者的肖惊鸿，从国家立场和行业发展的两个维度提出建议同时指出问题的优长所在。

第四节　对于网络文学的海外传播，以"中国故事和世界潮流"予以凝练和期许

对于网络文学的海外传播，肖惊鸿以"中国故事和世界潮流"予以凝练，并进行了系统性梳理（《网络文学海外传播：中国故事和世界潮流》，《光明日报》2020 年 4 月 8 日）。在这篇整版署名文章中，肖惊鸿认为：网络文学用独特的中国表达传播中国文化，孕育了全世界人民共有的价值追求。通过网络文学，"让世界拥有中国，让中国

拥有世界"。对于网络文学的海外传播作用及影响描述可谓一语中的。对于网络文学的海外传播，肖惊鸿梳理出，"一、从偶然到必然——海外传播发展进程；二、从主观到客观——海外传播内外驱动；三、从内因到外因——海外传播核心力量"。这三个典型阶段，代表了中国网络文学海外传播的历程与特点：从2001年"星星之火"的网络小说进军东南亚的实体版权海外落地，至2010年"中国网络文学第一个黄金十年结束，网络文学海外传播开启了'文化逆袭'新起点，进入新的历史发展阶段"。从2010年至2017年，网络文学进入"众声喧哗——IP多元化海外传播"阶段。这一阶段网络文学的出海沿袭第一个黄金十年，实体版权输出仍领先这一时期的出海之路。2011年，晋江文学城签订第一份越南文版权合同，言情向网络小说开始大量走出国门。之后的"花千骨现象"及《步步惊心》《家园》《斗破苍穹》《斗罗大陆》等成百上千部网络小说版权成功输出。自2015年的网络文学IP元年始，网络文学海外传播转变为多种文艺形态，多部超人气网络小说改编的动漫、影视、游戏等多种文艺形态纷纷出海，如动漫《从前有座灵剑山》、《全职高手》及IP剧《琅琊榜》相继登陆日韩等亚洲国家，而2017年起点国际（webnovel）正式上线，开启企业、行业和产业"出海"战略布局，标志着网络文学海外传播进入产业业态输出阶段。以网络小说为主体的网络文学，从"网站购买版权、翻译之后在网络上更新、读者网络付费阅读"模式，兼有"海外翻译网站部分授权、大量盗文、在线翻译、延后追更"方式，到正式迈入"正版主导、同步更新、多元布局、全面覆盖"机制。在产业化输出布局下，多种文艺形态传播加大了落地性和影响力。2017年至今，肖惊鸿认为网络文学的海外传播进入"多头并进——打造海外产业生态"。具体表现为"起点国际"（Webnovel）作为国内互联网领军企业的阅文集团在海外率先做出的付费阅读文学平台，2017年上线至今（2021年数据变更）累计访问用户已超7000万，用户覆盖全球200多个国家，其中东南亚、印度、非洲的用户超过50%，向海外授权作品20万部，点击超千万的作品超百部，囊括武侠、玄幻、奇幻、都市等多样题材。

起点国际开创性实现以中英文双语版在海内外同时发布、同步连载网络文学作品，缩短中外读者"阅读时差"。在 Google Play 营收榜单上，Webnovel 长期位列图书分类头部，并上线漫画 400 余部，如 IP 改编漫画《修真聊天群》等。同时，肖惊鸿还注意到，2017 年中文在线在美国推出"视觉小说平台"——Chapters 取得傲人成绩，目前 Chapters 用户数量超过 2000 万，年增长率 20%，月活跃用户 500 万，成为全球排名第一、中国最大的视觉小说平台，以优秀的改编能力和产品运营能力，成为中国网络文学企业海外业态的成功创举，其中《流浪地球》《乡村教师》等作品广受欢迎。中文在线积极促进中国网络小说 IP 影视剧海外输出，联合出品的电视剧《天盛长歌》获全球知名互联网娱乐平台 Netflix 预购，计划翻译成 10 余种语言，向全球 190 多个国家和地区的 1.3 亿用户播出。纵横文学于 2018 年成立美国子公司与香港子公司，通过 Tapread 阅读产品在 Google Play 和 Apple Store 上线，与 Wuxia World、Gravity Tales 等海外网站建立长期合作关系，积极开拓北美和东南亚电子阅读市场。Tapread 共有 300 余部小说如《长宁帝君》《剑来》《最强狂兵》等以及漫画等翻译作品主要输出美国、印度、菲律宾等 180 个国家和地区。2015 年，掌阅立项并发布"iReader"国际版本，开启国际化征途，成为进军海外的首个国内阅读品牌，覆盖全球 150 多个国家和地区，海外用户超 3000 万，可阅读 30 万册中文、5 万册英文及韩文、俄文等内容数万册。掌阅文学已有数百部作品授权海外，翻译成韩、日、泰、英多种文字。知名 IP《惹上冷殿下》上线不到一个月，播放量即达 20 亿，目前已翻译成 26 种语言，并上线 Netflix，在全球超 190 多个国家地区播出。截至 2020 年，晋江文学城版权输出总量达 3000 余部，和近百家港、台繁体出版社，二十余家越南出版社，数家泰国出版社，韩国文学网站，日本版权合作方开展合作，取得每天至少完成一部作品海外版权签署的可喜业绩，成功拓展了缅甸、俄罗斯、美国、加拿大、澳大利亚等多个国家地区的合作渠道，海外图书出版、信息网络传播、外文音频输出三种形态分别掘进，改编作品共 5000 余部，改编形式将近 20 种，其中影视、游戏、动漫、广播剧、有声读物等形式改编作品超1000部，读者遍布全球，海外用户流量超过15%。网络小说改编电影《少年的你》登陆澳大利亚、英国、新西兰等国，得到热议。连尚文学创建海外阅读平台Dolphin Novel 面向美国、东南亚国家提供在线阅读服务，目前已通过AI翻译技术上线800多部作品，同时通过投资 Funstory.ai 推文科技、Super Chinese 超级中文和 MangaToon 漫画堂等海外成熟平台，实现海外产业布局和业态拓展，从语言基础、AI翻译、渠道拓展、形式拓展等多方面，推动网络文学规模化、多样化走出去。博易创为作为资深网络文学内容平台，海外内容输出表现抢眼，除百部漫画输出外，旗下作品如《天才小毒妃》等在韩国等东南亚国家引爆电子阅读和出版热潮。咪咕数媒积极探索有效出海路径，推动创新项目"新丝路书屋—海外中小学数字图书馆"，以满足马来西亚、新加坡、泰国等"一带一路"国家和地区中小学对中文图书的阅读需求。多家网络文学和漫画、有声等平台拓展多元化、多渠道合作，加快海外传播步伐。而网络小说改编漫画近年也快速发展为海内外传播热门产品。MangaToon漫画堂作为目前最大的国漫出海平台，用户超3000万，5种语言同步更新1000余部作品，在美国、印尼、菲律宾等数十个国家动漫分类App榜排名前三。漫画与小说携手出海，全方位向海外用户展示中国IP的独特魅力。

　　肖惊鸿认为：网络文学海外传播在这一阶段初步实现了"三级跳"，从实体版权单一输出的"1.0时代"到IP多元化传播的"2.0时代"，直到海外产业业态布局的"3.0时代"，整体递进式发展，传播路径越来越清晰。进入"3.0时代"的网络文学海外传播，目前海外产业业态布局无外乎三种方式：拓展海外渠道版权合作，即翻译内容的输出；创立海外阅读平台推广海内外原创内容；与落地国合作强化海外综合IP授权，结合影视、动漫、有声等多种产品形式，扩大网络文学核心内容影响力。这三种产业业态布局指向同一个目标：在海外构建完整的网络文学IP产业链，进一步提升中国网络文学的国际影响力。网络文学行业从业者对海外传播前景普遍看好，"没有竞争，只有空白"。

对于网络文学的海外传播的内外驱动,肖惊鸿进行了从主观到客观的分析,其驱动分别为"'洋生力军'——海外传播原创现象"、"'华人华侨'——海外传播先行力量"与"'两种翻译'——海外传播桥梁纽带"三个方面。2018年4月起点国际(Webnovel)尝试对海外用户开放创作功能,一支"洋生力军"在中国海外平台出现。截至目前,起点国际(Webnovel)海外来自世界各地作者已超过11万人,共审核上线原创外文作品28万部,其作品题材多元、内容多样,蕴含热血、奋斗、尊师重道、兄友弟恭等中华传统文化和中国网络文学元素。海外网络文学创作者数量还在持续增长。中国网络文学还催生了海外网络文学发展的"同人"现象。而20世纪90年代初,一批海外留学生创作了最早的"网络文学作品"。1991年4月,北美留学生创办第一份中文电子周刊《华夏文摘》,少君的《奋斗与平等》成为最早的网络首发小说。此后20多年间,网络文学催生了一大批境外文学翻译类网站。2014年,北美网络文学翻译网站Wuxia World(武侠世界)建立,读者地域分布为北美第一,其他包括加拿大、巴西、印度等全球100多个国家和地区,读者总量3000万左右,平均月浏览量约1亿次。

华裔孔雪松和孔雪松GGP(Goodguyperson)因为热爱中国文化、武侠小说和玄幻网文,又熟悉英语表达和西方读者口味,于是领潮流之先,构架起中国网络文学海外传播的先行力量。随着网络文学海外传播的进一步发展,特别是伴随产业业态输出,国内网络文学企业海外自建平台以内容版权、运营模式在商业化布局中优势明显,形成多元化、规模化发展态势,成为强大的新生力量。

网络文学能够传播海外,翻译起到了桥梁和纽带作用。2019年"网络文学跨文化传播加拿大论坛"上发布的"年度网络文学海外传播推介",作为全球首个网络文学海外传播表彰活动,首次将翻译纳入"海外传播优秀人物",与"作品"和"项目(业态)"放在同等重要的位置。例如,FT(无际幻境)翻译组(全称为Endless Fantasy

Translations），2016年成立，Gamer是唯一的译者。现在翻译团队已有200余人，当时正在翻译的作品有100多部，覆盖言情、都市、历史、穿越、末世、武侠、仙侠等。其翻译的言情长篇《许你万丈光芒好》，在Webnovel（起点国际）上线以来获得超3亿总点击量及8亿多条读者评论。

  随着中国网络文学海外传播"3.0时代"的开启，产业模式输出海外，翻译队伍得以发展壮大。伴随网络小说海外"爆款"不断涌现，优秀译者也随之"浮出水面"。例如CKtalon，从2015年至今利用业余时间翻译中国网络小说，共翻译了《真武世界》《我真是大明星》《绝对选项》《飞剑问道》《诡秘之主》《死在火星上》等数千万字，其翻译力求精确性、可读性与翻译速度，并注重标准化与最优化，翻译简单易懂，广受海外读者追捧，拥有大量忠实粉丝。但肖惊鸿也指出，网络文学作品海外传播翻译团队缺口巨大，AI（人工智能）翻译进场成为必然。国内各大互联网平台投入AI翻译研发，如推文科技作为全球首个AI翻译用于网络文学的日更内容量最大的英文小说平台，专注翻译生产、渠道分发、内容变现，截至目前同步更新作品超过5000部，覆盖海外近百个渠道，200多个国家和地区。肖惊鸿指出人工翻译与AI翻译相结合，优势互补，或可为中国网络文学作品规模化出海提供整体解决方案。

  肖惊鸿进一步探究了网络文学海外传播的核心力量，从内因到外因，分别来自"三位一体"——海内外联动效应，指出"未来已在路上——中国故事和世界潮流"的不可阻挡。关于"三位一体"的海内外联动效应，肖惊鸿指出，中国网络文学的大众化属性，以及互联网时代赋予网络文学传播的先进性，使网络文学携带着中国精神、中国价值、中国力量，以巨大想象力重构了社会生活，营造了人类终极梦想，用现实经验和艺术想象融合了东西方文学宝藏，既凸显了文学和社会学价值，也表达了世界文学坐标中的中国经验，作者、作品、读者的"三位一体"，聚合成海外传播的核心力量。网络文学生产传播的网络特质，使作者和读者因作品产生即时交互性，粉丝文化随之发展壮大。作者与读者的互动进入新的发展阶段，"网生代"已成为阅读主体和消费主力。他们更具有"世界公民"的胸襟，关注社会，超越自我。他们正能量追星，在作品中感受二次元美好，打赏、投票、写评论的方式，成为粉丝读者的标配。他们勇敢跨越"三次元"国界，奔向网络文学"二次元"传播通道。网络文学内容生态体系渐已形成，与"社交共读、社群建设、粉丝共创"的IP粉丝文化生态相得益彰。而政府与社会力量、作者与读者的双重互动，有力促进了网络文学内容质量提升，加快了网络文学精品化、经典化进程，同时进一步促进了网络文学海外传播。海外读者本科以上学历占比近半，一定程度上说明，传播海外的优秀网络文学内容出现大众化与精英化的融合趋势。肖惊鸿进一步指出，网络文学内容生产对相关文化产业的核心驱动，使网络文学行业的社会影响远大于经济效益。这一方面加剧了网络文学IP市场及文化产业的竞争态势，另一方面强化了网络文学内容生产的质量生命力。携带跨文化传播基因的网络文学，从偶然到必然，从主观到客观，不仅成为中国读者的当代文化大餐，也让世界人民广泛瞩目，产生了强烈的情感共鸣。在海外传播过程中，网络文学国际影响力大幅提升。中国网络文学海外传播，不仅是文学、不止于文学。网络文学通过作者、作品与读者的联动效应，逐步实现了从文学事件到文化效应、从产业经济到文化生态的养成。网络文学用独特的中国表达传播中国文化，"让世界拥有中国，让中国拥有世界"。

　　基于以上研判，肖惊鸿指出，"未来已在路上——中国故事和世界潮流"正在形成。网络文学以领先的产业优势成为中国文化"走出去"的一张重要名片，网络文学海外传播战略布局已见雏形。在近二十年的海外传播发展当中，几大主要问题随之显现：翻译、盗版，还有文化差异性。海外盗版通常有两种，一种是海外网络文学翻译网站，不经原著作权人授权许可即大量翻译网络文学作品；一种是海外网络文学（翻译）网站直接盗用网络文学企业海外自有平台（渠道）内容。翻译问题主要表现在，难以满足复杂的多语种语言需要和内容的精准要求。而文化差异性问题体现在，海外用户越广泛，文化差异越凸显。如种族、宗教等敏感内容在创作中的把握显得尤为重要。上述三个问题都是围绕内容核心产生，却也说明了海外读者（从业者）对网络文学传播内容的重视程度。从偶然到必然、从内因到外因，新的创作生态与海内外产业生态密切关联，决定了中国网络文学海外传播是网络文学发展的必由之路。

  网络文学海外传播正在从内容到模式、从区域到全球、从输出到联动实现多元化、规模化的整体性增长。伴随中国网络文学海外传播的进一步发展，从产业业态看，中国网络文学海外自有平台与渠道越做越大，规模化产业生态初步形成；从业态内容看，以网络文学为核心的多元化、多形态传播成为主流；从内容发展看，网络文学的核心价值和创作特征，以持续更新、与读者互动的创作模式带动全球，助力全世界更多热爱写作的人实现梦想；从发展趋势看，全球更多的读者不仅被"中国创造"的网络文学作品吸引，也能读到具有本土文化特征和意味的"本土创造"的网络文学作品。以上种种表明，适应时代、世界和文化趋势的中国网络文学海外传播战略正在形成。体现强大文化自信的中国网络文学传承了中华优秀传统文化和文学谱系，吸纳了西方奇幻文学精华，将中国精神、中国价值、中国力量带向世界，对"人类命运共同体"倾注了深刻关切，对人类共同的未来赋予了文学的想象和希望。这是前所未有的中国故事，这是体量巨大的中国故事。这故事跨越了几千年，穿越了五湖四海，从远古神话到大洋彼岸。网络文学创作带来的理想生活愿景和家园美好，孕育了全世界人民共有的价值追求。这一切，都指向一个清晰的未来：中国网络文学海外传播，对促进世界文明交流互鉴发挥越来越重要的作用。

第五节　深刻关切中国网络文学行业，为行业健康规范发展起到重要先行作用

  2016年9月30日中国作家网刊登的《从文化自信到文化自觉》一文，是作为全国网络文学重点园地联席会办公室副主任的肖惊鸿，对

于网络文学健康发展提纲挈领式的论述。肖惊鸿开篇便指出，"中国作协一直高度重视网络文学的发展，重视网络文学工作，特别是在深入学习习近平总书记在文艺工作座谈会上的重要讲话精神，贯彻落实中共中央关于繁荣发展社会主义文艺的意见后，在大力发展网络文艺的指导思想引领下，更加清醒地认识到网络文学是中国特色社会主义文学的重要组成部分，是网络文艺的基础，网络作家是中国当代文学创作队伍中不容忽视的重要力量"。引领网络作家在网络文学创作中坚持以人民为中心的创作导向，弘扬社会主义核心价值观，不断提升作品的思想性和艺术性，让网络创作充满正能量，在中国特色社会主义文化建设中起到重要作用，是中国作协网络文学工作的宗旨和方针。

在中宣部的指导下，中国作协发挥行业优势和力量，在实践中探索，初步总结出网络文学工作的一点经验。这些经验概括起来是："一个制度、十一个机制。"具体内容便是：建立了全国网络文学重点园地工作联席会制度。通过联席会制度，中国作协与全国各大网络文学网站已经形成了稳定牢固的机制和业务关系，在这个平台上，为引领、协调、团结、服务文学网站和网络作家，实施了一系列的有效工作，取得了良好效果。联席会制度已经成为中国作家协会网络文学工作的一个重要抓手。建立的十一个机制为：全国"一盘棋"的网络文学组织机制，网络文学定期调研机制，全国网络文学工作交流机制，网络文学作家培训机制，网络作家重点联系机制，网络作家入会机制，网络作家的教育引导活动机制，评选推广优秀网络文学作品机制，网络文学重点作品扶持机制，网络文学现象批评和作品研讨机制，网络文学理论评论支持机制。肖惊鸿表示，中国作家协会网络文学管理工作通过以上基本做法，使网络文学工作者时刻牢记自己的责任、使命，使网络文学作品经得住现实评价和历史考验，也希望各级管理部门加强指导，各级职能部门通力合作，各省市作协加强配合，以期在面对网络文学新情况、新问题不断涌现的前提下，更有效地开展网络文学管理工作。

2021年在中国共产党建党百年之际，肖惊鸿以《巡礼网文百部精品,以网络文学书写奋进的时代与光荣》为题,回望巡礼近年网络文学现实题材作品聚焦党史、凝聚当代,构筑起百花齐放、欣欣向荣的网络文学创作园地,加快迈向经典化、精品化为旨归,对于网络文学主流化的推动,网络文学精品化、经典化的发展,网络文学现实题材的倡导及网络文学海外传播等再次予以重申,更以行业观察家与管理者以及专业研究者的视角,对于中国网络文学的健康发展,提出了期许。

肖惊鸿指出,为庆祝建党百年,发挥网络文学传播优势,引领网络作家学党史、知党情、跟党走,鼓励创作更多讴歌党、讴歌祖国、讴歌人民、讴歌英雄的优秀作品的征集活动,突出"没有共产党就没有新中国""没有共产党就没有中国特色社会主义"的创作主题,反映中国共产党从诞生到发展壮大的历史进程,体现中国共产党的领导核心作用,书写建党百年来社会发展、时代变迁、文化传承、人民奋斗等富含现实主义元素的优秀故事。网络文学在党的领导下,经过20多年的发展,涌现出一大批优秀作家,创作出一大批优秀作品。特别是进入新时代以来,关注社会现实、聚焦革命历史的现实题材创作得到更多重视,优秀现实题材作品层出不穷,不仅彰显了网络作家的历史使命和时代担当,也体现出网络文学的巨大影响力。对于征集到的742部作品及入选的100部作品,肖惊鸿认为,这些入选作品立意鲜明,题材丰富,类型各异,风格多样,代表了网络文学的创作成就,彰显了建党100年来中国共产党的丰功伟绩,展现了中国革命和建设的卓越成就,表达了中华人民共和国的崭新面貌和人民的美好生活,体现了网络作家和文学网站的爱党爱国情怀,弘扬了网络文学扬正气、树新风的精神风貌。作品倾注现实主义观照及现实主义情怀,多维度、多角度反映建党百年历史进程,用网络文学书写奋进的时代与光荣传承,向党和人民提交一份庄严的答卷。

主要表现在以下三方面。一是回望党的诞生,致敬前赴后继的民族英雄。网络作家作为生在新社会、长在红旗下的中国青年,面对革命先烈用鲜血和生命换来的红色江山,更要记住那些为了中华人民共和国的成立舍生忘死的前辈。不忘初心意味着牢记过去，网络作家有志于用自己的作品纪念中国共产党的诞生，致敬前赴后继的民族英雄。具体体现在入选作品中中华民族抗日题材表现突出，如酒徒的《烽烟尽处》、骠骑的《太行血》、李枭的《无缝地带》、疯丢子的《百年家书》，铁流、徐锦庚的《国家记忆：一本〈共产党宣言〉的中国传奇》，等等，这些抗战主题作品艺术化地再现了中国共产党艰苦卓绝的革命斗争，用艺术的手法摹画先烈、致敬英雄，纪念中国共产党人为红色江山英勇献身的伟大事迹，纪念中国共产党披荆斩棘、百折不挠的历史征程。网络作家踊跃书写党领导下的中国革命历史的家国情怀，为网络文学留下了弥足珍贵的红色足迹。二是感怀新中国成长，展示改天换地的建设成就。肖惊鸿分析，中国共产党建立了新中国，带领中国人民走进创造梦想、成就梦想的时代。而社会主义革命和建设的伟大成就，激励着网络作家用文字承载力量与智慧，展现大国重器、展示新中国奋斗者的风采。这些作品，放眼祖国，聚焦行业平凡英雄，表现他们的理想和抱负、使命与担当。那些人物、事迹与改革建设的成就，共同熔铸成共和国前进的号角，奏响新中国的最强音。如阿耐的《大江东去》、齐橙的《大国重工》、何常在的《浩荡》、wanglong的《复兴之路》、牛凳的《春雷1979》、骁骑校的《橙红年代》、刘猛的《雷霆突击》、回忆如烟的《消防英雄》、戈壁绿影的《大漠航天人》、冰可人的《女机长》、千崖秋色的《青春绽放在军营》、白学究的《大河峥嵘》、创里有作的《扬帆1980》、坤华的《流金时代》等，这些作品全景式描绘新中国建设的伟大成就，歌颂各行各业平凡英雄，体现了网络作家对新中国建设成就的高度认同，彰显充满奋斗精神的家国情怀与精神品质。三是畅想新时代发展，憧憬日新月异的美好未来。肖惊鸿提到，网络作家与新时代共同成长。进入新时代，中国所取得的巨大成就，极大增强了网络作家的爱国信念，提升了网络作家的民族自豪感。年轻的网络文学和正当青春的网络作家责无旁贷地肩负起这个时代的创新使命。新时代以来，中国社会发生的日新月异的变化，为网络作家赋予了无限的想象力和无穷的创造力。网络文学素来以想象力著称，欣欣向荣的新时代为网络作家插上了第二次腾飞的翅膀。在"两个一百年"历史交汇点上，新农业、新农村、新农民更多地进入网络作家的创作视野，脱贫攻坚题材与实现伟大中国梦成为现实题材表达的重中之重。夜神翼的《特别的归乡者》、罗晓的《大山里的青春》、泗源的《我们的招凤山》、莫贤的《稆子花开》均为此类优秀之作。

　　新时代以来的网络文学创作，更多关注时代新人的价值追求，关注科技发展和人民对美好生活的向往。无论是描写缉毒英雄的吉祥夜的《写给鼹鼠先生的情书》，还是塑造消防战士形象的月关的《极道六十秒》，以及表现空军的扬帆星海的《天梯》，励志的楼星吟的《彩虹在转角》，歌颂创业的郭羽、刘波的《网络英雄传》等，均寄托一代人的梦想与希望。肖惊鸿还提到，不少网络作家将视野投向公路、铁路，从国内到海外，讲述一个个远方的故事。我本疯狂的《铁骨铮铮》、恒传录的《中国铁路人》、巧嫣然的《高铁追梦人》、高原风轻的《建设大时代》、大江东的《百年复兴》等作品，以高铁及高速公路建设为背景，致敬时代工匠，弘扬民族气概，讲述铁路人的钻研精神和科教兴国的梦想，赞美中国大基建在海内外的奇迹辉煌。蓝盔战歌的《维和先锋》则突出中国维和警察心系祖国、勇于担当。这一时期反映都市生活和职场拼搏的优秀作品也大量涌现。如卓牧闲的《朝阳警事》、茹若的《七微克蔚蓝》、真树乃的《冰上无双》等，聚焦警察、运动员、非遗工艺、民族美食等题材，写出了各行各业中国人的拼搏与进取。而诸如蒋离子的《老妈有喜》表达二胎新认知；人参胖娃娃的《宝妈万岁》体现"80后"女性价值；清扬婉兮的《全职妈妈向前冲》讲述女性生活的成长励志；李开云的《二胎囧爸》出示一场育儿喜剧，则致力于剖析女性价值，歌颂女性觉醒。

　　在肖惊鸿看来，进入新时代的网络作家，坚持以人民为中心的创作导向，对人的个体命运和情感世界倾注了更多关注，创作出一大批饱含情感的暖心作品。如小狐濡尾的《南方有乔木》探索以无人机为行业背景的情感世界；板栗子的《徐徐恋长空》讲述外卖小哥的一往情深；沐清雨的《翅膀之末》解锁民航飞行员与管制官的"天际线之恋"；北倾的《星辉落进风沙里》展开关于寻找和守护的情感救援；舞清影的《明月度关山》在乡村支教、留守儿童之间连接起爱的纽带；唐家三少的《为了你，我愿意热爱整个世界》，以亲身经历的相知相爱、奋力拼搏的深切情怀，倾情演绎感人肺腑的励志传奇。面对突如其来的新冠疫情，网络作家更是以高度的人文关怀与敏锐的时代洞察，铸成了包括瑜成夜的《白衣执甲》、陆月樱的《樱花依旧开》、牛莹的《春天见》在内的一系列网络文学作品，展现医护工作者和中国人民众志成城、共同抗疫的必胜信念。

对于这百部精品，肖惊鸿认为，其以思想深度、艺术高度和接受广度获得了网络文学庆祝建党百年殊荣，体现了网络文学发展至今的斐然成就。中国网络文学不仅以神话体系和西方奇幻文学作为源泉，更以越来越多的现实题材作品聚焦党史、反映当下，展现新时代中国特色社会主义现代化建设辉煌成就和人民幸福美好生活，加快迈向经典化、精品化的脚步。"十四五"规划纲要是我国现代化发展的宏伟蓝图，更是网络文学新征程的时代号角。推动"十四五"时期网络文学的高质量发展，是每一位网络文学从业者的新使命与新担当。新时代既是网络文学发展的重大机遇，也是对网络作家的全新挑战。网络文学唯有紧密关注国家的发展进步，融入"两个一百年"奋斗目标的历史进程，网络作家才能成长成才，在新时代的广阔舞台上，体现网络文学的价值。记录党的领导下中国革命的波澜壮阔、反映新中国和中国人民改天换地的丰功伟绩和历史进程，表现中国特色社会主义最鲜明的时代特征和中华民族众志成城的精神风貌，成为网络文学必须要回答的时代课题。网络文学正向高质量发展目标努力迈进。推动高质量发展的根本，在于创作出更多优秀作品，培养出更多优秀人才。网络文学要以实际行动证明自身不仅仅是大众的通俗的娱乐的文学样式，更应为红色江山世代相传起到文化助力作用。

从英语翻译到影视编剧再到现当代文学的跨界经历，赋予肖惊鸿开阔的学术视野与扎实的学理基础；而专家学者与文化业界管理者等多重身份又让肖惊鸿能够立足于民族国家立场,关注网络文学的现状及其历史使命与未来发展;伴随网络文学发展的持续阅读,使其对网络文学与现实世界拥有诸多的独特创见。

我们相信,向往美好、怀揣好奇、追求创新,探究网络文学世界与现实关联的肖惊鸿研究员,在推动网络文学主流化、精品化、经典化的进程中,在网络文学现实题材日趋繁荣的创作引领中,在网络文学海外传播的推动中,在网络文学的健康发展中,定会继续坚持不懈以助推者与引领者的姿态,为网络文学的更好发展全力以赴,带给作者、读者、研究者更多关于网络文学的真知灼见。

后　记

　　我非常荣幸地忝列欧阳友权教授主持的国家社科基金重大项目"我国网络文学评价体系的理论与实践研究"（项目批准号：16ZDA193）子课题负责人之一。在非常艰辛地拟出子课题研究提纲后，我们遇到了一个难题，我这个子课题原意是做一个网络文学批评史论，由于网络文学发展时间过短，围绕网络文学展开的批评成果尽管已蔚为大观，但依然存在学术资源积累不足，学术视野不够开阔，学术史难以梳理等现实问题。做一个研究框架自可勉为其难，但要落地形成真正的批评史论却是不易，一定会存在学术的片面性。网络文学离我们是如此之近，网络文学研究者基本上又是学术朋友，我们如此接近网络文学现场及网络文学批评家个体，要做一个客观而又有十足学术含量的批评史论，极易陷入失准与错位的困境中。更重要的是，欧阳友权教授筚路蓝缕，以先行者的姿态介入批评史的研究中，他于2019年在中国社会科学出版社出版《当代中国网络文学批评史》，以开拓者的勇气拉开了网络文学批评史的序幕，在本书中，欧阳友权教授对文学批评的历史进行了宏观呈现，从文本形态、批评主体、传播方式等角度，对网络文学批评做了系统的分析，对网络文学批评观念、批评标准、批评功能、批评影响力等做出了理论解读。基于此，要在短时间内再建构一个网络文学批评史论，要有新突破。要产生新的学术价值，实际上已做不到了。由是，我们与欧阳友权教授反复沟通，多次对批评史论的写作方式进行探讨，最终我们决定，以批评家个体的批评实践入手，以点带面，以我国当前在网络文学批评方面成果最为丰富的批评家代表，通过个体的批评症候获得中国网络文学批评的理论纵深与研究广度，同时也是对中国网络文学批评的先行者致敬，正是因为他们的学术探索，网络文学才得登堂入室，网络文学研究才得以成为显学。

确立好写作范式后，本子课题采取"以人带史、以史引论"的方式，选取国内10位最具代表性的网络文学理论批评家（黄鸣奋、欧阳友权、陈定家、单小曦、周志雄、马季、邵燕君、夏烈、许苗苗、肖惊鸿），通过对他们网络文学理论批评成果的分析，展现他们的学术贡献，由点到线、由线到面地揭示我国网络文学理论批评的发展水平和学术贡献。从这里可以看出我国网络文学理论批评的发展脉络、基本面貌和重要意义。为避免雷同化评价的泛泛而论，研究者紧紧抓住每一个学者的理论个性，阐明他们的创新特色及其在建构网络文学理论批评中的意义和价值，由此"串"起一部中国网络文学批评史。这种"人—论—史"的阐释方式是修史创新的一种尝试。

由于第一次采取这种写作方式，我心怀忐忑。在此过程中，我得到了各位批评家的大力支持，他们不但提供了各自的网络文学批评成果，而且对写作提出具体建议，甚至提供了写作范本，我谨表示衷心的感谢，但同时，我也要表示我的歉意，由于水平有限，十大批评家的研究成果，我或挂一漏万，或曲解了批评原意，敬请各位批评家谅解！

感谢欧阳友权教授，他是我学术的引路人，在我的学术道路上，欧阳友权教授不断鞭策我，使我不断成长，我希望在今后取得更多的成绩。

禹建湘

2023年1月8日